哥布林千金與轉生貴族的幸福之路
1
為了未婚妻竭盡所能運用前世知識
安娜史塔西亞・賽文森瓦茲
「請妳嫁給我。
我發誓
一定會讓妳幸福，
所以妳也別放棄
自己的幸福。」
吉諾利烏斯・安東魯尼

為了送花給安娜，
前去狩獵魔獸。
「居然能
一刀砍斷
翼狼的頭顱！」
發現安娜陷入危機，
利用身體強化魔法與隱形魔法
在街上超高速移動。

為了安娜必須籌措資金，
那就馬上利用前世知識
做出魔法化妝水大賺一筆！
岳母像孩子般笑了起來，
不管怎麼看都像二十幾歲。
珍妮佛·
賽文森瓦茲

因為吉諾知道
安娜的優點所在……！
「安娜不是沒有實力，
只是你們沒有看清安娜的能力。」

新天新地

[插畫] とき間

哥布林千金與轉生貴族的幸福之路

為了未婚妻竭盡所能運用前世知識

1

Shinten-Shinchi PRESENTS

Kadokawa Fantastic Novels

CONTENTS

第一章 第一公爵家與貧窮子爵家的不對等婚約

◆◆◆吉諾利烏斯視角◆◆◆

「哎呀呀，沒想到剛嶄露頭角的藍邦商會會長，居然是這種小毛頭。」

有位商會經營者向我提了一筆大生意，為了和他見面，我才來商人聚會露臉，結果那個人一見面就對我說這種話。

「十六歲還未成年，所以我確實是個小毛頭，但談生意應該不成問題。」

「……不好意思，這筆生意還是讓我考慮考慮吧。」

男人嘆了口氣這麼說完，就從我身邊走開。

他的態度非常失禮，但我心中沒有一絲怒氣，因為我早已看穿他的意圖。他大概以為在大生意談妥的前一刻對我百般刁難，我就會慌慌張張地妥協吧。

這個方法對年輕人非常有效。年輕人情緒起伏較大，馬上就會被怒火沖昏頭失去冷靜的判斷能力，但這招對我沒用，因為我腦中還有活過八十二年的前世記憶。活了這麼大歲數，這種不講理的事早就碰過無數次了。現在對我來說，這點程度根本不痛不癢。

「這樣好嗎，安東魯尼先生？這麼難得的大生意耶，是不是該追上去跟他談一談？」

正當我開始和其他商人談笑風生時，有個名叫湯姆的商人來找我搭話，但他也是同夥。激怒對方的商業手法伴隨著失去客戶的風險，因此都會安排這種「說客」來避免。要是我被他說服追上前去，那個男人就會對我極力稱讚，為他的失禮道歉吧。這也是招數的一環，為了營造出我想妥協的氛圍。

這兩個人都四十幾歲，在我看來——還是太年輕了。既然會準備「說客」這種老套的暗樁，可見他們其實很想談成這筆生意，我已經看穿他們的心思了。而且激怒對方的商業手法堪稱雙面刃，要是被對方反將一軍，將是相當沉重的打擊。敢挑戰這種高風險的手段，表示他們還年輕充滿活力。

「是這樣嗎？湯姆先生，你也不敢跟我這種小毛頭做生意吧……」

「我當然會怕啊，畢竟安東魯尼先生還小嘛。」

安東魯尼就是我。我的名字是吉諾利烏斯·安東魯尼，是貧窮子爵家四男。我家也遵循這個國家的慣例由長男繼承家業，所以名列第四的我根本不可能輪到繼承人的位置。家裡的經濟條件也沒有優渥到可以繼續扶養繼承人以外的孩子，所以我遲早會失去貴族身分。

這種時候，大部分的貴族都因為不想落入平民階級，選擇以騎士身分封爵，然而我不但選擇走入平民，還踏上商人之路。既然方向已經確定，當然是越早準備越好。在這個國家做生意不問年齡，所以我十歲就開始經營商會，為將來自立門戶做準備。

我年紀輕輕就在大人之間做生意，至今用這種商業手法唬弄我的人也不只一兩個。只要稍微調查一下應該就能立刻知道我會如何對付這些人，連這種簡單的事前調查都懶得做，就是你們的敗因。

「今天我想向在場的各位介紹藍邦商會的新商品。」

我拋出這句話之後，就有一面鏡子被推進會場。這是在玻璃其中一面鍍銀後的產物，前世提到鏡子的話就是這種東西。我知道製作方法，畢竟在日本高中的化學實驗一定會做鏡子。

這些商人只知道金屬打磨而成的鏡子，看到這種反射效果極其鮮明的玻璃鏡都紛紛驚嘆。新商品在普及前的階段都能賣得很好。這可是商人的聚會，誰也不想錯過這個商機，於是全都衝到我面前來，聚會現場立刻變成下訂單的預約會場。

這就是我選擇商人而非騎士的理由，商人才能活用前世的知識。

我創立商會的本金是跟父親借的。雖然是連一臺馬車都可能買不起的微妙金額，很有貧窮貴族的風格。但往後的六年間，我的商會便成長到國內主要都市幾乎都有分店的國內準大企業，全靠前世知識這種犯規的技能。

「方才是我失禮了，我想再跟你談談生意的事。」

嘲笑我是小毛頭的商人跟那位說客一起貼到我身邊，那就不必客氣，好好反將他們一軍吧。我得以「年長者」的身分教教他們，採取高風險手法時必須做好詳細的事前調查。

「非常抱歉，兩位下次請早吧。」

「為、為什麼？」

說客男大吃一驚，似乎沒想到連他都被拒絕在外。

「畢竟兩位都說不敢和我這個小毛頭做生意嘛。我年紀還小，我也同樣擔心兩位會有所顧慮。而且也不能保證兩位隨時會因為我是小孩子就中止生意關係，所以我想優先接洽能與我進行穩定交易的客戶。」

留下這句話之後，我就馬上去接洽其他商人，兩人也一臉苦澀地離開。

和所有徵求者談完訂單後，那兩人又過來找我，不但再次向我謝罪，還提出大幅妥協的契約案，所以我也用他們的手段回敬。我稱讚他們大人有大量，願意和我這個小孩子低頭，再要求他們進一步妥協，最後兩人都露出苦瓜臉。見我直接反將一軍，他們也發現我早就看穿手法了吧。

然而人就是要從失敗中學習，你們還年輕，記取教訓後一定能繼續成長。

交涉告一段落後，我與他們和解，並隨口閒聊起來。

「我當然要結婚啊，這可是幸福的絕對條件。」

「呃，不一定吧？我覺得不結婚也可以得到幸福啊。」

「湯姆先生說的對，結婚後反倒不幸的人可是多到數不清呢。」

這兩個年輕人還不懂獨居老人的痛苦。前世的我在當地是有名的噁男，沒能踏入婚姻，最後變成獨居老人。每天一個人吃飯，直到入睡前都沒跟別人說上一句話，這種日子持續久了真的是孤獨難忍，我再也不想體會這種痛苦了。

我前世最大的敗筆，就是被女性視如蛇蠍百般厭棄，所以老早就打消了結婚的念頭，但這次我絕對不會放棄。不管女性有多討厭我，我都要相信最後會有奇蹟發生，我一定要結婚。

「總覺得你只對結婚觀念特別保守呢。」

「明明還年輕，思想卻這麼頑固。」

兩人都持相反意見，看來我的結婚意願比一般人還要高。

「總而言之，我成年後就會馬上去婚姻介紹所登記資料。唯獨結婚這件事我絕對不會放棄。只要有專業顧問的建議，或許連我都能順利結婚。」

「婚姻介紹所？你嘴上說不放棄，卻放棄了自由戀愛這條路嗎？」

這時安東魯尼家的僕人到來，說父親有急事喊我回去，可見事態確實很緊急，我得馬上回家才行。

一走出聚會會場，就有幾名年輕女性忽然上前攀談。

「有時間的話，要不要跟我們喝杯茶呢？」「啊啊，不好意思，我有十萬火急的要事必須回家一趟。」

我語速飛快地回答後，就逃也似的趕回家。從以前我被女性搭話的時候就會這樣，只要她們忽然上前攀談，我就會緊張得不得了，能逃的話就馬上逃走。

擁有前世記憶的我人生歷練非常豐富，卻對女性一竅不通。前世我是被女性厭惡至極的噁男，也會有意識地遠離女性。前世幾十年都這麼做了，因此這一世也忍不住比照辦理。拜此所賜，前世就不用說了，這一世我也幾乎沒跟女性聊過私事。

隨著年齡增長，自然會學會領導能力，也會變得寬容——這根本是無稽之談。年長者的優越領導力是長年苦心管理部下的成果，老年人的寬容是積年累月的忍讓造就的堅忍性情。不管活了多少年，任何事都不可能在毫無經驗的前提下自然生成。

所幸這個國家的文化是男主外女主內，女性商人並不多，所以連我這種人都能繼續做生意。

◆◆◆

「「「賽文森瓦茲家——！」」」

吃完晚餐後，全家人正在品茶小憩時，父親說了我要相親的事。聽到貧窮子爵家完全配不上的第一公爵家名，全家人都異口同聲地發出驚呼。

這就是他把我喊回家的大事。得知權大勢大的大貴族向我提出婚約，父親嚇得手忙腳亂，立刻把我喊回家。

繼承人長兄此刻不在現場。由於國內第一大貴族即將蒞臨訪問，他得事先準備，重新審視領內的警備體制，還要緊急討伐魔物，忙得不可開交。我們領地早就亂成一團了。

「沒錯，今天我收到了提親信。對方是安娜史塔西亞·賽文森瓦茲小姐，是公爵夫妻當成掌上明珠溺愛的千金獨生女。」

「等、等一下！太奇怪了吧！為什麼那種高不可攀的豪門會對我們家吉諾提親啊！」

擁有一雙紅棕色眼眸的姊姊氣得吊起眼，用力拍桌對父親抗議。一般貴族千金不會用這種口氣對家長抗議，也不會拍桌子，不過這是姊姊的正常反應。這個人本來就不太像千金小姐。

「那個家只有一個獨生女，所以從以前就在尋找願意入贅，並且足以扛下第一公爵家業的有才之人。吉諾在商會經營獲得空前的大成功，領地經營方面也展現出英明才幹，所以在社交界相當出名。再者，小姐芳齡也和吉諾相同，以婚配對象來說算是條件極佳。」

商會經營的成功讓世人對我另眼相看，也經常向我尋求領地經營的建議。多虧我提倡的改革方案，我們瀕臨瓦解的領地才稍稍走回正軌。這個世界的文明比日本落後不少，我在報紙上讀到的微薄知識就算是劃世代的創新改革了。

「可是！你不是說吉諾以後只會走入平民，所以要讓他自由追求婚姻嗎！」

「我確實說過，但這可是第一公爵家的提親啊，我們家哪有權利拒絕……結果變成忽視吉諾本人意願的狀況……我也覺得很抱歉。」

看著極力爭辯的姊姊，父親一臉苦澀地回答。

雖然對憤怒的姊姊和難受的父親有點抱歉，我馬上就接受人生藍圖急遽更改的事實。前世我已經遭受過太多不合理的對待，事到如今也不想違抗有權力者的蠻橫要求。接受有權力者的安排盡全力配合才是賢明之舉，我早就學會了這個道理。

「可是！總不能因為這樣！偏偏還是那個『哥布林千金』！」

姊姊說出了一個陌生的詞彙，於是我向父親詢問。

「吉諾，你不知道嗎？因為你一心只想當平民，對社交界的傳言沒興趣吧。」

父親這麼輕聲嘀咕後，叮囑我一定要守口如瓶，才娓娓道來。

「『哥布林千金』是因為她的容貌很像魔物哥布林才出現的蔑稱。那位千金小姐在社交界也是出了名的醜女，所以談婚事時阻礙重重。賽文森瓦茲家依照爵位高低將遠近馳名的優秀年輕人依序問了個遍，現在似乎已經把標準降到伯爵這一區了。

我總算明白了。就算被極力吹捧成神童，第一公爵家也不可能找這種子爵家四男當女婿，應該是基於必須忽略身分差距這個理由吧。

公爵家千金的夫婿就是賽文森瓦茲未來的當家，因此需要具備勝任大貴族最高責任者的優秀能力。然而，有能力掌管大貴族家的優秀青少年在結婚市場也是眾人爭搶的好對象，靠自己的實力就能得到一定程度的地位與美女。雖然能得到公爵之位，卻要帶著醜女這個拖油瓶，再加上是入贅女婿，要外遇也不容易，優秀年輕人當然會排斥這種婚事。

我對這種感覺不是很理解，於是向父親提問。

「跟小姐同齡，所以就是十幾歲的青少年。比起中年時期的最高地位，這個年紀的人更看重身邊的美少女吧？我以前也是這樣，你應該也不例外吧？」

我不是這種人，卻也無法反駁。

只要能得到爵位，有些人當然不在意跟醜女結婚，但這種想靠婚姻建立地位的，往往是只能靠婚姻上位的無能之人，這樣反而不符合賽文森瓦茲家的擇偶條件。他們可是國家的頂梁柱，擁有廣大領地和無數領民，手握多數產業的大貴族家。繼承者太過平庸也是一大問題。

「聽好了，就算對小姐的容貌有意見，也絕對不能表現出來。我再說一次，就算對小姐的容貌有怨言，也絕對不能寫在臉上，更不能說出口。倘若壞了對方的興致，我們家馬上就會消失不見喔？」

父親如此對我耳提面命。同樣一句話居然說了兩次，可見充滿了危機意識。

「欸，吉諾，你真的要接受嗎？變成第一公爵家的入贅女婿之後，就絕對不能外遇喔？接受這門親事後，這輩子就不能再跟『哥布林千金』以外的女性談戀愛了喔？」

「沒問題，我不在乎長相。」

我完全不在乎人的外表。理由很簡單，因為前世的我是個噁男。

前世在學校跳舞時，根本沒有女孩子願意跟我牽手。

如果把女孩子掉的東西撿起來，她們就會馬上嚎啕大哭，把我撿起來的東西丟進垃圾桶。

『你學校是不是有個超級噁心的傢伙？』

『喔，有啊、有啊。你看，就是他。』

我也聽過這種對話，當時根本沒有勇氣轉頭。

『欸，那個人太噁了吧？』

『唔哇，好扯喔，那是怎樣？唔喔！他往這邊看了！』

也有幾個把自己畫成黑辣妹的少女指著我不停嘲笑。

我懷著「至少要嘗一次女性滋味」的心情去了風俗店，結果我指名的小姐忽然身體不舒服無法接客，使我心靈受創，從此再也不去風俗店。

所以我完全不在乎外表。畢竟我在享盡天年之前都因為容貌持續飽受差別待遇，深知其中的辛酸，所以我才不想因為人的外表改變態度，也不想這麼做。

但我也不是一開始就不在乎外表。年輕時看到美人目光也會追過去，但發現自己有這種傾向時，我就會陷入自我厭惡。

只因為對方長得很美就盯著看，那我不也是因為外表改變態度那種人嗎？不就跟輕蔑醜陋的我，只會吹捧帥哥的那些人是同類嗎？經過幾十年的自我否定後，不知不覺我就變成不在乎外表的人了。

現在的我就算看到美人，儘管能理解他們為何會被歸類為美人，心中絲毫沒有看見美人的感動。過了幾十年，我終於把自己變成這副模樣。我絕對不要變成看輕我的那種人的同類——長年貫徹這股信念，造就出現在的我。

「咦！真的嗎！你不是因為這個家才勉強自己？」

「是啊，我覺得外表不是什麼大問題。」

「吉諾的個性就是這樣。就算有漂亮女孩紅著臉來找他說話，他也都沒什麼反應，讓我這個母親相當擔心呢。」

母親露出了然於心的表情說，跟驚慌的姊姊截然不同。

「是嗎？那就隨便你吧。」

姊姊這麼說完便雙手環胸，生氣地將臉別向一旁。

「……對了……既然你不看重外表，那你的擇偶條件是什麼？……說來聽聽嘛。」

姊姊雖然雙手環胸、將臉別開，卻只將眼神轉向我，用帶著怒氣的嗓音問。

我沒辦法馬上想出答案。過去女性對我避之唯恐不及，所以我也無意對女性設下條件。

唔嗯，我對女性的期望啊……

我回想前世的人生，無法順利結婚的我變成了獨居老人。獨居老人是很痛苦的。每逢元宵節，朋友都在子孫的包圍下開心享福，單身的我只能獨自吃著麻糬，看著特別節目度過。就算想去朋友家，也因為腰腿無力難以遠行，到頭來還是只能一個人過。連個能說話的人都沒有，天天飽受孤獨折磨，一想到死前都要過這種生活，就不想活得太久。

『沒辦法，我的人生就是這樣。』

常常笑著如此自言自語，是我的毛病。為了這麼說給自己聽，認命接受這悲慘的境遇，卻直到最後都沒成功。

我想找個人說話，哪怕只有一句也好。不是店員那種公式化的待客用語，而是充滿體貼情意的溫暖話語。飽受孤獨折磨的我心懷如此期盼，每當季節輪替，這股意念就越來越強烈。

我不想再體會孤獨又悲慘的晚年，想找個溫順善良的人，每天安詳和睦地一起喝茶。

沒錯，這就是我的心願。

「這個嘛，條件就是，晚年能跟我一起安詳和睦喝茶的人。」

「「「啥？」」」

所有人異口同聲。這種時候默契這麼好，果然因為我們是一家人吧。

「什麼啦～～～你才十六歲就已經在想晚年的事？我以前就覺得你這個人怪怪的，但這未免太怪了吧？」

「親愛的，這孩子是不是比我們還要認真看待晚年的事啊？」

「嗯～連我都還沒細想過晚年的事，我的老公吉諾卻已經想得這麼遠了……」

「算了啦！既然吉諾同意，那我也沒意見！」

「好痛！」

姊姊起身經過我身後時，敲了敲我的頭。

「以後要記得送我禮物喔！」

姊姊這麼說完，便回房去了。她搖曳著紅色秀髮的背影看起來有些落寞。

◆◆◆

僕人告知賽文森瓦茲家的馬車已經抵達正門前，於是我們一家人來到玄關大廳的門前等候。聽見馬車停靠在玄關前的聲音後，僕人將古老又厚重的木製雙開大門打開，便能看見賽文森瓦茲一家三口的身影。

我對他們的第一印象是「高潔」，三人身上散發的氣息充滿了威嚴與氣質。

「初次見面，我是賽文森瓦茲家長女，名叫安娜史塔西亞。」

公爵夫妻打完招呼後，有著一頭亮麗銀髮和嫩綠色眼眸的女性如此說道並行禮，優雅的舉止使我看得出神。這位女性就是我的未婚妻吧，我從沒見過如此純潔、優雅又溫順的人。

公爵一家人穿著整體風格端莊保守的旅行裝束，卻只是上級貴族基準的「端莊保守」而已。以安娜史塔西亞小姐乍看有些樸素的旅行洋裝為例，使用的竟是讓人眼球都嚇得彈出來的高級面料，四處綴滿大顆寶石，刺繡裝飾也是特級品。別看我這樣，我好歹是個商人，一眼就能看出大略的價格，因此我從價格就深切體會到公爵家和我家的等級差距。

和安娜史塔西亞小姐做完自我介紹後，我們聊了幾句初次見面必聊的天氣話題，她也以穩重優雅的態度應答。我心想：這名女性的條件太優秀了，或許這門婚事是意想不到的幸運。

「欸，你真的能接受她嗎？」

賽文森瓦茲一家人因長途旅行有些疲憊，因此決定先到房裡稍事休息，等他們休息完再談婚事。等賽文森瓦茲一家人離開玄關，姊姊便憂心忡忡地問。她一定很介意安娜史塔西亞小姐的容貌吧。

安娜史塔西亞小姐穿著遮掩到脖頸處的高領旅行洋裝，所以只有臉蛋露在外面。她臉上長了幾個岩石般的凸瘤，一雙尖耳朵，肌膚也是綠色。

哥布林是這個世界的魔物，耳朵和鼻子都是尖的，一身綠皮膚，身體也長滿岩石般的凸瘤。「哥布林千金」這個蔑稱，就是來自她的膚色、尖耳和岩石般的凸瘤吧。

「大概是某種詛咒吧。畢竟公爵夫妻也是俊男美女，安娜史塔西亞小姐也遺傳了他們的基因，只要解除詛咒就會變回美人吧。」

這個家的繼承人戴比哥哥也用安慰的口吻這麼說，並將大手放在我頭上輕輕撫摸。

「沒問題。就像我之前說的一樣，我完全不在乎外表，反而覺得她性格溫順，說不定是一段良緣呢。」

我用梳子整理被哥哥揉亂的頭髮並這麼說。這是我的真心話，但戴比哥哥和姊姊都用同情的眼光看著我。

「再次跟各位問候，我是賽文森瓦茲家長女，名叫安娜史塔西亞。能與各位見面讓我深感榮幸，今天請多多關照。」

安娜史塔西亞小姐展現出完美的禮儀。

隨後便開始談論我們的婚事。

安娜史塔西亞小姐現在穿著長袖高領禮服，裙襬部分採用現在流行的多層蕾絲設計，所以外面罩著一層桃色半裙。白桃配色是談婚事時常見的必備款式，這身衣服的豪華感卻非比尋常。光是這套綴滿無數碩大寶石的禮服，就可以買下好幾棟這間宅邸了吧。

看到她佩戴的項鍊寶石，我頓時停下動作。

這該不會是！「至高的純愛」！

前不久拍賣會上才展示過這顆寶石，在不賣寶石的商人之間也蔚為話題。

紅寶石只要越接近紅色、色斑越少，價格就越高。被稱為「至高的純愛」的紅寶石尺寸儘管偏大卻是淡紅色，內部還有鮮紅色斑，照理說應該拿不到大顆寶石該有的拍賣價格。然而，那顆紅寶石內部的鮮紅色斑卻是完美的玫瑰形狀，彷彿是熟練工匠刻意打造而成。鬼斧神工般的奇蹟藝術品再配上碩大尺寸，使得它拿到了驚為天人的超高拍賣價。

在我專心凝視項鍊的期間，問候也告一段落，於是我在沙發上坐了下來。這套新沙發是為了今天才特地買的，跟老舊會客室實在很不搭。

兩家的出席者都是婚事當事人和雙方家長，以當事人在中央、父母在其左右的形式面對面而坐。茶水端上桌後，父親先請公爵喝茶，公爵也禮貌回應，從一開始就相談甚歡。或許是對下級貴族緊張的應對態度習以為常了，公爵家每個人都運用巧妙的話術，讓超級緊張的我們這一家放鬆下來。整段對話以公爵家領導的形式順利進行，我們家也逐漸卸下心防，對話才得以成立。

從對話中能感受到公爵夫妻對安娜史塔西亞小姐的厚愛，以及安娜史塔西亞小姐對雙親的敬愛，讓我有些意外。如果像我們家這種直到幾年前連僱用乳母的錢都沒有的貧窮貴族也就罷了，若是將養育孩子的責任丟給乳母的上級貴族，親子之間應該會更有隔閡。

安娜史塔西亞小姐將手交疊放在膝上，挺直背脊而坐，不但對父親的無聊笑話十分捧場，母親因為太緊張而說話結巴，她也毫無怨言地耐心等候。明明才十六歲，卻已經負責管理賽文森瓦茲領內的孤兒院等公共設施了。

貴族女性百百種，有人從不過問領地內的政事，有人會全力輔佐丈夫。安娜史塔西亞小姐應該是能共同處理領地政事的類型，真是難能可貴。

不同於只靠領地稅收過活的前世貴族，這個國家的貴族還得經營事業。不只管理領地還要經營事業，所以比前世的貴族忙得多。如果她願意幫忙處理，確實是相當大的助力。

由於已經參與過實務工作，聊到國政或國貿話題時，安娜史塔西亞小姐都能與大人對等談話。對繪畫和音樂也十分了解，從簡短對話中就能看出她的高貴教養。而且她的談吐完全不像在賣弄知識，不會讓對方產生排斥心理。應答時讓人對她充滿好感，品茶時的舉止也毫無破綻，真不愧是公爵千金。

但沒參與對話時，安娜史塔西亞小姐的表情就略顯消沉，讓我有些在意。她或許在逼自己表現得很開朗吧。

「那麼，之後就把時間留給兩位年輕人吧。」

公爵說完這句話後，兩家家長就離開房間，只把我和安娜史塔西亞小姐留在房內。

安娜史塔西亞小姐臉上的陰鬱氣息越來越深，表情漸漸變得消沉。

我不禁想起前世的記憶。面帶微笑的女性來到我這個噁男面前時，也會不悅地扭曲面容。如果我露出笑容，每個女性都會一臉難受地表現出厭惡。如此反覆下來，我不知不覺也變成了不愛笑的人。

這一世雖然沒遇過這種事，但現在可是論及婚嫁的重要局面。在這種重大場合，女性還是會拒我於千里之外嗎……

不，我不能有這種負面思考。現在放棄的話，就會重蹈覆轍前世的情景。這可是難得的良緣，就算會破局，我也要傾盡全力。就算這次失敗，我也想當作下一次婚事的借鑑。這一世不管發生什麼事我都要結婚，我再也不想體會孤獨的晚年生活了。

「不介意的話，要不要在庭院散散步？雖然跟賽文森瓦茲家的庭院比起來相形見絀，這個時節正好可以欣賞王都沒有的獅須花。」

「哎呀，獅須花嗎？好期待呀。」

安娜史塔西亞小姐露出驚喜表情，隨後笑著這麼說。我則伸出手準備引領她。

「謝、謝謝。」

我已經在這個世界當了幾年貴族，引領女性這種禮節自然難不倒我。安娜史塔西亞小姐比我更常出入貴族社會，應該不會對男性的引領心生動搖。儘管如此，看到我伸出手時，安娜史塔西亞小姐顯得有些驚慌。

氣質高貴的女性忽然露出這種可愛的模樣，我不禁會心一笑。

安娜史塔西亞小姐伸出手來，我在她禮服衣袖下方瞥見類似繩編手環的東西。其他裝飾品都是特級品，唯獨這條繩編手環是平民使用的便宜絲線，不但染色不均勻，編法也很隨便，實在不像工匠的產物。縱使我心生疑惑，卻沒說出口。畢竟是穿戴在禮服下方的飾物，就像內衣褲一樣，就算看見也不刻意提起，才是紳士該有的禮儀。

「哇！這花是什麼品種呀！我第一次見到！」

「花名是白紫雙星花，不是這個國家的原生種。之前拿到種子後，我抱著實驗精神種植，如果在這片土地上也能生長，就打算上市販售。假如花況再好一點，我就能信心滿滿地展示給妳看，可惜目前只開了這一些。」

白紫雙星花這種植物的花是星形，類似前世的桔梗。桔梗的花是五角星形，這種花則是六角星，還有內白外紫的雙花色。但跟桔梗不同的是，這種花的白紫兩色相當分明，配色宛如紫花內又開了一朵白花，才會有這個名字。

安娜史塔西亞小姐始終帶著溫柔的笑靨聆聽我的說明。包含前世在內，這是我第一次跟家人以外的女性私下聊這麼久。原來和女性聊天是這麼愉快的事嗎？

面帶微笑蹲下來賞花的安娜史塔西亞小姐真的好可愛。先前無可挑剔的優雅舉止甚至讓我感受到威嚴，現在卻展現出如此可愛的一面，深深觸動了我的心。

總覺得安娜史塔西亞小姐比剛見面時更可愛了。這種心情是怎麼回事？難道我現在很雀躍嗎？總之和她在一起確實很開心。

「等一下，我來撿吧。」

見安娜史塔西亞小姐想伸手撿拾掉在花圃角落的石頭，我急忙幫她撿起來。她身上的每件衣飾都奢華到可怕的程度，我可不能讓她禮服衣袖的蕾絲或白手套沾上泥土。

用手帕將撿起來的石頭擦拭乾淨後，我將石頭放在手帕上拿給安娜史塔西亞小姐看。

「這顏色很少見呢。」

鮮豔水藍色的長石的確很少見。話雖如此，終究只是長石而已，只要去河邊找個一小時就能找到。沒想到她這位公爵千金會對這種東西有興趣。

「妳喜歡礦石嗎？」

「我應該談不上喜歡吧，但我最近跟家裡僕人的孩子變成了朋友，那孩子很喜歡。」

「妳喜歡的話，倒是可以送妳。就當作送給那孩子的伴手禮吧？」

「哎呀，太感謝了。」

來安東魯尼領地拜訪的前幾天，僕人孩子的腳骨折了，於是安娜史塔西亞小姐去探望他。因為要到很遠的地方相親，她問那孩子想要什麼伴手禮，結果他說想要稀奇的石頭。原本想趁回程在河邊休息時找找他會喜歡的漂亮石頭，結果正好在這個庭院看到不錯的石頭，所以聽到當成伴手禮的提議，她才會這麼開心。

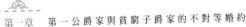

如果是同住的僕人，他的家人也會一起住在貴族的宅邸中。無需租金就能住在這裡的他們，會跟僕人一樣敬重主家的人。不過還不理解身分差距和禮儀規矩的年幼孩童，可能會毫不顧慮地找主家千金攀談，那個喜歡收集石頭的孩子也是如此。

『大姊姊，妳的臉為什麼會長這樣啊？』

那孩子似乎對安娜史塔西亞小姐這麼說，在一旁低頭道歉的母親應該嚇到心臟都要停了。

『這是詛咒。對不起喔，你嚇到了吧？』

安娜史塔西亞小姐蹲下來與孩子視線同高，如此回答。

大部分的孩子都會懼怕安娜史塔西亞小姐的容貌不敢靠近，但偶爾也會有幾個好奇的小孩來找她搭話。安娜史塔西亞小姐似乎很喜歡小孩，所以對這些孩子相當溫柔。

這場婚事絕對是天降的大禮，這個人太完美了。再來就是安娜史塔西亞小姐會不會因為這場相親討厭我的問題，我一定要拚盡全力不讓這場婚事破局。

在庭院小徑走了一會兒，我們來到只有幾階的臺階處。我將安娜史塔西亞小姐放在我右前臂的左手牽起，側著身子用左手拉著她慢慢下臺階。

這是碰上臺階時的引領禮儀。這個世界的貴族女性都穿蓬裙，而且還長到遮住腳踝，所以她們完全看不到腳邊的狀況。如果是沒有臺階的地方，只要男性張開手肘引領，女性將手搭在上頭就能順利通行，但碰上容易摔倒的臺階，男性就要握著女性的手協助行走。

我只是理所當然地協助引領，但我握住安娜史塔西亞小姐的手時，她卻一臉驚訝，並帶著有些羞紅的臉頰向我道謝。舉止優雅謹慎的女性露出這種反應，真的是格外可愛動人。

我發現自己嘴角微微上揚，急忙收起表情。笑得太猥瑣她可能會覺得我很噁心，一定要繃緊神經才行。

「吉諾利烏斯先生，我有話想跟你說。」

散步途中話題告一段落時，安娜史塔西亞小姐似乎等候已久般對我這麼說。

「那麼，我請僕人在那座涼亭備茶，我們到那邊聊吧。」

在盛放爛漫的獅須花旁邊有座白色涼亭，將安娜史塔西亞小姐帶到涼亭後，我與她面對面而坐。等僕人準備好茶後，我便將他支開。

「妳要說什麼呢？」

「非常抱歉，這場婚事是父親一意孤行決定的。我會再跟父親談談這件事，麻煩請給我一點時間。」

◆◆◆安娜史塔西亞視角◆◆◆

「怎麼哭了？」

我坐在自家宅邸內的圖書館沙發上看小說時，母親上前向我搭話，我才發現她來到我身邊。

「只是被小說劇情感動而已。」

用手帕拭淚的同時，我如此回答母親。

「什麼小說？」

「瑪麗・安東和蘭斯・阿克賽爾的故事。」

「是悲劇收尾的愛情故事呢。」

「不，這部小說並不是悲劇。我原本以為故事會以悲劇收尾，結果完全不一樣，所以才會深受感動。」

根據史實，瑪麗在蘭斯征戰沙場時被捲入宮廷鬥爭不幸喪生，但這部小說不一樣。蘭斯得知瑪麗被陰謀陷害惹上嫌疑，可能會被處刑時，為了馬上結束戰爭趕回國家，竟採取魯莽的突擊戰法。好不容易回國的蘭斯身負重傷四處奔走，才總算成功救出瑪麗。

如此耀眼的愛情故事，讓我不禁感動落淚。若能被男性愛護至此，該會有多幸福啊。

「妳真的很喜歡歷史改編的故事呢。」

「比起殘酷的現實，我更喜歡圓滿的故事。別站著說話了，請坐吧。」

我吩咐僕人備茶，在圖書館的沙發上與母親相談甚歡。

「我們幫妳談了一場相親。」

閒聊一陣後，母親才切入正題。

「又是相親……」

「沒錯，又是相親。我們都希望妳能結婚得到幸福。」

母親雖然這麼說，但我不認為結婚就能幸福。

外表醜陋的我，過去已經受盡男性厭惡的眼光，就算結婚也改變不了事實。不管對方是誰，若跟討厭我的人結婚，我也不可能幸福。

「妳又想讓婚事破局嗎？要是安娜不喜歡也就罷了，但我希望妳至少見他一面。」

安娜是我的小名。我叫安娜史塔西亞・賽文森瓦茲，是公爵家的獨生女。

「畢竟是父親和母親花時間調查過的婚事，我當然會見見對方。可是與其讓跟我結婚的人成為繼承人，我還是覺得收個養子培養成繼承人比較好。」

我的夫婿必須是入贅形式，父母親的權力非常大。如果站在對方的立場，要外遇應該不是件容易的事，但這也僅止於父母親還健在的期間。倘若兩人邁入高齡，父母親和丈夫的權力關係總有一天會逆轉，假如屆時丈夫外遇引發私生子騷動，就會給全家帶來麻煩。如果事情會走到這一步，還不如一開始就找個養子培育成繼承人。

「別擔心，只要朝夕相處，一定會萌生愛意。妳是個好女孩啊。」

我知道這只是安慰的說詞。

小時候我身邊的人都已婚，讀過的繪本也都是主角和王子結婚的故事，所以我理所當然地認為我長大後一定也會結婚。

現在則不一樣。每次相親與對方獨處時，當我想聽聽對方的真心話，想知道他是否真的想談這門婚事時，男性總會說出十分毒辣的實話。

『我想不想談這門婚事？我當然很不爽啊。妳覺得世上有男人想娶妳這種怪物當老婆嗎？』

『光看就覺得很噁心了，還得跟妳有肌膚之親，我只覺得痛苦。』

『帶妳出入社交界，所有人想必都會用同情的眼光看我，覺得我是被迫和「哥布林千金」結婚的可悲男人。誰想體驗這種悲慘的境遇啊？』

從對方男性的立場來判斷，每一場相親都是無法拒絕只好勉強赴約，然而內心其實迫切希望婚事能夠破局，至今無一例外。

因為每個人都不是真的想和我結婚，為了避免私生子騷動，過去我讓所有婚事都破局了。這也是我為了這個家所作的判斷。

現實是殘酷的，結婚這種幸福的形式與我無緣。

（沒辦法，我的人生就是這樣。）

我如此在心中暗自呢喃。用這種話說服自己，我就更容易死心，心裡也會快活一些。

「這次的對象跟妳一樣十六歲，好像是個非常帥氣的男孩子，跟之前那些人不一樣。聽說周遭的女性私下稱他為『黑冰花郎君』，和他有生意往來的商會還成立了粉絲俱樂部呢。」

黑冰花是生長於寒冷地帶的稀有植物。這種美麗的植物莖葉漆黑，會開出如寒冰般晶瑩剔透的淺紫色花蕊，像「玫瑰」一樣經常用來形容容貌秀麗之人。

依照母親的說法，那位男性十歲就創立了藍邦商會，始終將商會經營得有聲有色。王都也有這間商會的分店，所以我也知道。這間商會販售許多稀奇珍品，比如吉他或溜溜球，我也在那裡買過不少東西。畢竟是規模這麼大的商會，完全無法想像創立者居然跟我同年。

聽母親描述完對方的條件後，我覺得這次相親一定也沒指望了。不但具備父母親都滿意的優秀才能，還有一張被眾人吹捧的俊美臉蛋。條件這麼好的人都可以跟美麗的女性結婚了，當然不可能想娶我這種醜女。

「這次我們要去對方家裡談婚事，應該會是好幾天的旅行，要記得準備喔。」

進一步詢問後，才知道這是父親的提案，為了展現我們家的「誠意」才登門拜訪。

我無言以對。公爵家對子爵家做到這種地步，已經算是威脅了。就算沒有這個意思，以往那些對象都對與我相親一事感到強烈不滿，這次居然還走到威脅這一步，想必對方很不開心吧。

我敢保證這場相親也會失敗。等我詢問對方的真心話時，一定會得到充滿攻擊性的回答吧。

我現在就開始憂鬱了。

◆◆◆

抵達安東魯尼家後，我走下馬車，在僕人帶領下走進宅邸。安東魯尼全家人都來到玄關大廳迎接我們。

「初次見面，我是安東魯尼家四男，名叫吉諾利烏斯。能見到您是我的榮幸。」

彬彬有禮向我們問候的年輕男性，居然還繼續聊起天氣的話題，讓我大吃一驚。過去那些相親對象若非迫於必要，根本不想和我說話。我第一次遇見如此積極攀談的人。

我又試著跟他多聊一會兒，發現他完全沒表現出討厭我的反應，不愧是年紀輕輕就讓商會急速成長的大人物，把真心話藏得很深。

因為是商會經營者，我還以為他總是笑盈盈的，實際上吉諾利烏斯先生正好相反。他面無表情，幾乎沒有笑容，身上散發的氣息不像商人，而是更像技術士。說他是數字相關的知識性職業反倒比較合適。

身材高挑，有一頭黑髮和紫色眼眸，臉上還帶著爽朗氣息，真的非常俊美，能理解他為什麼會有粉絲俱樂部了。「黑冰花郎君」這個美稱，也是源自於他的髮色、瞳色和氣質吧，形容得真是到位。

哎呀？難得看到男性帶著戒指呢。黑色金屬戒指上頭裝飾著宛如雙重五芒星的淺紫色石頭，是模擬黑冰花的造型吧，或許這就是「黑冰花郎君」的由來。這種充滿男性風格的寬版戒指，很適合他那冰霜般的美貌。

我可以百分百保證，能力卓越又如此俊美的人，絕對不可能想跟我相親。

兩家簡單寒暄過後，所有人到會客室沙發入座，準備談論這門婚事。按照慣例，第一步是雙方家長共同加入的懇談環節。

依照過去的正常經驗，對方男性在這個時間點就會滿臉不悅，完全不跟我說話，吉諾利烏斯先生卻截然不同。就算聊到安東魯尼家領地經營這種我不熟悉的話題，他也會替我解說，以免我悶得發慌。在我只是靜靜聆聽的時候，他會找我攀談，將我拉進對話當中，無微不至地關心我的狀況。

「吉諾利烏斯先生實在太優秀了，才十六歲而已，聊到領地經營時居然能侃侃而談。」

母親一臉心滿意足地說，看來對吉諾利烏斯先生相當滿意。

「要這麼說的話，安娜史塔西亞小姐也同樣優秀。雖然不會特別發表意見，從應答過程中就能看出她通曉對話內容。儘管聰明伶俐，卻又虛懷若谷、毫不張揚，實在是相當完美的女性。」

「哎呀，嘴巴可真甜。」

母親說道。吉諾利烏斯先生對我十分讚揚，因此母親也很開心。

我覺得好害羞，臉頰變得熱辣辣的，於是低下頭去。

照理來說，與我相親時對方應該連話都不想說。雖說是場面話，沒想到對方男性會稱讚我。會細心留意周遭反應就不用說了，他居然有辦法對我這種醜女說出場面話，真的是無可挑剔的男性。不過，受到這種將我視為人類而非魔物（哥布林）的對待，我真的很開心，便忍不住笑了起來。

「那麼，之後就把時間留給兩位年輕人吧。」

父親如此說完，眾人就留下我和吉諾利烏斯先生，紛紛離開會客室。

「不介意的話，要不要在庭院散散步？雖然跟賽文森瓦茲家的庭院比起來相形見絀，這個時節正好可以欣賞王都沒有的獅須花。」

我好驚訝。以往的相親對象雖然在家族談天時會隱藏不滿，兩人獨處時通常不會掩飾。一聲不吭擺臭臉已經算不錯了，有些人會批評這種用權力逼迫相親的行為，把我罵得狗血淋頭。這次我也作好對方會說出毒辣批評的心理準備，打算要像平常那樣拚命道歉，吉諾利烏斯先生卻因為怕我無聊，邀請我到庭院走走。

吉諾利烏斯先生對我伸出手作勢引領，突如其來的舉動又把我嚇得手足無措。

以「讓兩位當事人單獨相處」的名義，被迫和對方男性在庭院散步的情形，在過往的相親經驗中也遇過好幾次，當時完全沒有人願意引領我。對方男性都會不情不願地走在我前面，我只能默默地追在後頭，可說是相當難熬的時刻。因為以往都是如此，我以為這次也不例外。

對我這種醜陋之人居然也如此體貼，實在太完美了，所以我更應該讓這場婚事破局。我希望這種人能和完美的女性結婚，過上幸福的日子。

在吉諾利烏斯先生的引領下，我們在庭院的步道上走著走著，結果碰上了岔路。

「右邊這條路通往池塘，話雖如此，也是不好意思讓賽文森瓦茲家的人看到的窮酸池塘。左邊這條路前方開了些不太一樣的花，但也是只有少少幾株，沒資格讓賽文森瓦茲家的人欣賞。妳想走哪一邊？」

吉諾利烏斯先生詢問我的意見。我實在不習慣被男性如此溫柔對待，所以有些困惑。

「這樣的話，我想去賞花。」

「那就走左邊這條路吧。妳喜歡花嗎？」

「是呀，我每天早上都會欣賞庭院的花。」

「賽文森瓦茲家的庭院一定很美吧？這個時期開了什麼花？」

我們和樂融融地閒聊，在庭院裡慢慢散步。在兩人獨處時，吉諾利烏斯先生依舊體貼，準備了各式各樣的話題，費盡心思只為了讓我不那麼無聊。

「咦？」

我下意識發出驚呼。原本正在引領我的吉諾利烏斯先生忽然消失無蹤，下一秒出現時居然蹲在我面前。由於忽然失去支撐，我放在吉諾利烏斯先生手臂上的手頓時往下墜。

「……好險。」

吉諾利烏斯先生一臉安心地這麼說，起身後又向我伸出手，手上竟是我的項鍊。仔細一看，是鈕環部分壞掉了。

照這個情況看來，應該是吉諾利烏斯先生接住了鈕環損壞而落下的項鍊；雖說如此，他的移動速度未免也太快了。我發現吉諾利烏斯先生戒指上的石頭發出微弱的光芒，應該是光線反射造成的。

啊啊，這個鈕環是魔力式的吧。魔力式的鈕環經常用在高級品上，但不知為何，魔力式的東西戴在我身上都會馬上損壞。替我管理寶石飾品的僕人最近換了，才會不知道這件事，訂購了價格昂貴的魔力式鈕環吧。

「這條項鍊價值不菲吧？我擔心刮傷就糟了，才會在引領途中趕快接住，恕我失禮了。」

「別這麼說。你都願意幫我接住項鍊了，何須道歉呢？反而是我該跟你道謝才是。」

這條項鍊是父親送我的，沒刮傷我當然很開心，但這不過是數條正式場合用的項鍊之一，替代品多得是，就算刮傷也不是什麼大問題。

比起這些，這種溫柔體貼的態度更讓我覺得開心。他居然對醜陋的我如此親切，讓我心頭暖呼呼的。

在那之後，吉諾利烏斯先生也依舊體貼。在相親場合被迫兩人獨處時還能如此愉快，這還是第一次。不，不光是相親場合，這是我有生以來第一次被男性如此溫柔對待。

「唉。」

我忍不住發出感嘆。

穿過小徑後，就看見前方十幾株被染成紫色的獅須花樹一字排開。王都有一種會綻放桃色花朵的山櫻樹，開滿花的獅須花樹就像盛放的山櫻變成紫色一樣。獅須花樹下的洋桔梗開出翠綠色的花朵，完美調和了獅須花樹的紫色，彷彿這種配置是命運的安排似的。

我與吉諾利烏斯先生一同悠閒地走在獅須花樹之間。陽光從一整面紫色天幕篩落而下，將洋桔梗的翠綠色映照得閃閃發光，撫過臉頰的風中帶有淡淡的甜美花香。光是能體驗到這種感受，我就覺得有來訪的價值，眼前的景色就是如此美好。

「吉諾利烏斯先生，我有話想跟你說。」

我看準對話結束的空檔，向吉諾利烏斯先生提起話題。

和溫柔的吉諾利烏斯先生共賞美麗的花朵，真的讓我非常開心，但歡樂的時光就到此為止，我必須讓這場婚事破局。

「那麼，我請僕人在那座涼亭備茶，我們到那邊聊吧。」

在盛放爛漫的獅須花旁邊有座白色涼亭，沐浴在枝葉篩落而下的陽光中。於是吉諾利烏斯先生將我帶了過去。

◆◆◆吉諾利烏斯視角◆◆◆

「妳要說什麼呢？」

「非常抱歉，這場婚事是父親一意孤行決定的。我會再跟父親談談這件事，麻煩請給我一點時間。」

安娜史塔西亞小姐起身說出這句話，執起裙襬彎腰向我低頭。她起身行禮的動作相當優雅，使我看得出神。挺直背脊彎身行禮是表達敬意，但更進一步彎身低頭行禮就是謝罪了，而且還是相當愧疚的謝罪。

「……妳的意思是，這場婚事破局了嗎？」

「是的。」

我提醒自己不能將情緒寫在臉上，卻不知道有沒有藏住心中的落寞。

我……還是不行嗎……

算上前世的話，我的單身經歷已經將近一世紀了。在這一世紀當中，我從來沒有和女性進展到親密關係。這樣的我怎麼可能馬上就跟女性順利發展呢？就算對方同意和我維持表面的交往，也不肯選我當人生伴侶吧……

不，等等，應該還有其他可能性。對方想強制打破這場策略婚姻，或許她有其他心上人了。

「妳已經心有所屬了嗎？」

「怎麼會呢，沒有那種人。」

被她一口否定了……

「原因……果然出在我身上吧。非常抱歉，我實在不習慣和女性相處。」

「別這麼說，沒這回事。」

「不必顧慮我的感受，畢竟我也知道自己對待女性的態度有待加強。能不能告訴我哪裡有問題，讓我當作往後的參考呢？我想釐清自己的缺點。」

下次可不能再犯同樣的差錯，所以我想知道自己哪裡有問題，這輩子一定要結婚。

「不，我真的覺得你無可挑剔。你為什麼會有這種結論呢？」

……連改善的線索都抓不住嗎……這樣不論是下一場相親，還是之後的相親，都會被女性提出作廢的要求……糟糕……這輩子又要變成獨居老人嗎？我不要！

「這麼說雖然有些失禮，父母親對我相當寵愛。倘若吉諾利烏斯先生和我結為連理，想在婚後納妾，父母親或許會用盡手中的權力讓你毀滅。更何況母親是陛下的妹妹，陛下又對母親格外疼愛，因此母親手中握有極大的權力。吉諾利烏斯先生要等和父母親的權力關係逆轉後，才能在不被毀滅的前提下與其他女性發展關係。至少母親在陛下退位前都握有實權，所以還得等上二十年吧。」

為什麼忽然說這種話？我怎麼可能會外遇。前世我有幾個朋友也外遇過，但沒有一個下場是幸福的。再說，跟對別人的東西出手的低俗敗類親密來往，用失去眾人信賴的代價來換取幸福，這種計畫本身就是天方夜譚。我只想要安穩無憂的晚年生活，根本不可能採取這種愚蠢的方法。

「妳在說什麼？我完全沒有外遇的念頭啊。」

「那就更不該和我締結婚約了。我聽父親說，吉諾利烏斯先生年紀輕輕就在商場大獲成功，在領地經營方面也發揮了非凡的才能。今天和你見面後，我覺得吉諾利烏斯先生不但長相俊美、善於溝通，還會無微不至地關心我，是非常善良體貼的人。再加上不會外遇的正直性格，我想吉諾利烏斯先生一定很搶手吧，和我這種女人結婚太悲慘了。」

嗯？悲慘？這個人身上有什麼問題嗎？

「那個，我知道這種事很難啟齒，但安娜史塔西亞小姐是不是有什麼隱情呢？不介意的話，我願意幫妳解決。」

安娜史塔西亞小姐一臉驚訝，我們從剛剛開始就一直雞同鴨講。

「謝謝你，但這個問題根本不可能解決。」

安娜史塔西亞小姐輕笑著說。

「我的問題就是這副長相。你應該不想跟這種醜女結婚吧？而且我父母親的權力太大了，身為贅婿也無法逃到其他女性身邊。對和我相親的男性來說，只是一場不幸的婚姻。」

我終於理解了，原來安娜史塔西亞小姐很在意自己的容貌。我根本不在乎這種小事，反而更害怕自己會被女性討厭，所以我完全沒料到這一點。

「我希望父母親收養養子，讓他成為賽文森瓦茲家繼承人。他們雖然還沒放棄我的婚姻，再過十年應該就會開始找養子了，實在不須借助吉諾利烏斯先生的力量，畢竟時間會解決一切。」

不對，這樣根本解決不了問題。如果只是家庭紛爭或許還能解決，但安娜史塔西亞小姐該怎麼辦？她要如何得到幸福？她的末路就是孤獨的晚年生活。

啊啊，難道她是不想靠結婚獲得幸福的那種人嗎？但我實在不支持這種想法。日本是終生未婚率很高的國家，我身邊也有很多不婚族，可是那些孤獨終老的人幾乎都不幸福。

我有個不婚的朋友把工作當成生存的意義，但退休後就喪失這股動力。從退休到離世的這段時間，跟嬰兒長大成人的時間差不多。失去生存意義的長年孤苦生活，澈底擊垮了他。

也有朋友退休後在地方的志工服務找到生存動力，但腰腿無力也難以勝任。他本來想繼續保持自己的生存意義，卻從服務者變成了被服務者，導致計畫破滅，最後他的晚年生活也是孤獨又難熬。

也有幾個朋友決定和感情好的友人同住，讓晚年生活熱鬧一些，但他們也沒有得到幸福。在思想開始不知變通的年齡同居，當然不可能一帆風順，還會因為上完廁所有沒有把馬桶蓋蓋好這種小事吵架。最後他們把合買的房子賣了，各自分居。

我認為老夫老妻之所以能走得長遠，就是在思想依然靈活的年齡開始同居，在無數次衝突中慢慢調整雙方的價值觀和態度。要避免孤獨的晚年生活，就必須和性格良善的人結婚，有些人或許持反對意見，但我是這麼認為的。

「安娜史塔西亞小姐，妳是不是覺得沒辦法靠結婚獲得幸福？」

「靠結婚獲得幸福……嗎？我從來沒思考過這件事。畢竟我的外表是這副德行，所以早就放棄婚姻了。」

看到她落寞的笑容，我感受到揪心般的難受。

「我換個方式問吧。安娜史塔西亞小姐，妳覺得能靠什麼方法讓自己幸福？」

實在不應該對初次見面的人繼續深究。我認為現階段已經越線到失禮的地步，但這股未知的情緒卻讓我難以喘息，我根本無法停手。

「一般人的幸福……對我來說很困難吧。」

看著安娜史塔西亞小姐落寞地低頭看向桌面的模樣，我的表情不受控制地扭曲起來。

「這也沒辦法，我覺得我的人生一定就是這樣了。」

安娜史塔西亞小姐如此說完笑了。她那悲戚的笑容狠狠抓住了我的內心深處。

『沒辦法，我的人生就是這樣。』

這是我前世的口頭禪，安娜史塔西亞小姐也說了同樣的話。

……原來如此，這個人就是前世的我，跟前世只因為長相醜陋就不被當人看的我一模一樣。

有別於公爵千金對外展現的優雅笑容，這種充滿悲傷的笑容就是我前世的笑法，我也會露出這種放棄一切的絕望笑容。

一股帶著岩漿般極度高溫的莫名情緒，如海嘯般從內心深處一湧而上。

「……不要放棄。」

「咦？」

「拜託不要放棄！長得不好看又怎樣！只不過是面部肌肉分布跟別人不太一樣而已吧！妳為什麼要因為這點小事就一臉絕望呢！不要放棄！不要放棄得到幸福的機會！妳有資格幸福！妳也可以渴望幸福！別露出這種放棄一切的笑容！妳的人生才正要開始啊！」

我難忍衝動地抓著安娜史塔西亞小姐的雙肩，眼眶泛淚說得慷慨激昂。

變成獨居老人後，我成天都在思考。如果當時那麼做，如果當時這麼做，現在的自己或許不會這麼悲慘，我每一天都如此後悔。

現在的她，跟我在後悔時回想起的年輕自己一模一樣。我想透過她對前世依舊年輕的自己送上聲援，也是因為我在她身上看到自己的影子，後半段才沒有使用敬語吧。

儘管我察覺到這件事，情緒卻源源不絕地狂湧而出。

她還不明白孤獨終老的辛酸和這份痛苦持續的時間，這個人就是尚未理解獨居老人辛酸的前世的我。對充滿悔恨的孤苦人生一無所知，打算就這麼過下去的人，我現在若不即時阻止，一定會後悔莫及。

我原本就一點也不在乎外表。人總有一天會失去美貌，而且失去後的時間反而更漫長。這種以長遠人生來看轉瞬即逝的事物，我根本不想追求。

受盡孤獨折磨時，我總希望有人能在我身邊。那個人不是美人，而是善良的人。我渴望的是發自內心的善良。如果能跟她結婚，我相信願望一定能成真。我沒有理由拒絕這門婚事，不對，我根本不想錯失這個良機。

然而，這種盤算並非我真正的心情，目前心中最主要的思緒是「想拯救她」。我心裡也很清楚，像我這種單身將近一世紀的男人居然想「拯救」女性，不要臉也該有個限度，但這種傲慢的想法才正是毫無虛假的真實心情。

我繼續被這股強烈的衝動驅使，跪在地上親吻她的手背。

「請妳嫁給我。我發誓一定會讓妳幸福，所以妳也別放棄自己的幸福。」

安娜史塔西亞小姐的臉馬上就漲得通紅。

「我、我、我很開、開心。可、可是吉、吉、吉諾利烏斯先生……」

安娜史塔西亞小姐明顯亂了陣腳，用顫抖的嗓音道出對我的擔憂，但她根本不必擔心。對我來說，這可是至高無上的良緣。

最重要的是，我實在放不下這個人。

「我只想娶妳，求求妳。」

好想拯救這個人──我將湧上心頭的這股傲慢想法化為言語向她懇求。

「……好……好的……」

安娜史塔西亞小姐回答的口氣，就像發高燒的人在胡言亂語一樣。

「謝謝妳。」

我在她身上看到前世的自己，便順勢將她緊擁入懷。

沒錯，前世的我一直很想將某個人抱在懷裡。

忽然傳來「呃咳呃咳」的明顯咳嗽聲。

我循聲望去，沒想到是賽文森瓦茲公爵在咳嗽。除了公爵以外，還有公爵夫人和我的父母親，甚至連僕人和護衛都到齊了。每個護衛都擺出備戰姿勢，彷彿隨時都可以上前壓制我。照這個狀況看來，應該是他們前來關心時，聽到我忽然大吼才會慌張跑來。貴族之間對話時若大聲嘶吼，那可是相當嚴重的異常事態。

我急忙放開安娜史塔西亞小姐，重新坐回涼亭椅子上。

發現所有人都看見她被我緊擁的場面後，安娜史塔西亞小姐像玫瑰一樣渾身發紅，用雙手摀住顏面。

糟糕……依照貴族禮儀，即使對方是未婚妻，能允許碰觸的女性身體部位只有手掌而已，而且還必須得到對方許可。就算對方允許，抓肩膀和緊抱都算是不知廉恥的行為。沒有事先告知就對初次見面的女性做這種事，是極度違背禮儀的行為，也可能讓家族受到制裁，子爵家四男根本不能對公爵家千金做這種事。

「交際時請拿捏分寸。」

公爵用帶著怒氣的視線瞪著我這麼說。

「是！非常抱歉！」

我如此說著，立刻行最高級的謝罪之禮，只能瘋狂道歉。

「算了、算了，這樣也好嘛。碰上這麼熱情的追求，安娜也很開心吧。」

公爵夫人這麼說，出面為我緩頰。

縱使公爵勃然大怒，公爵夫人卻並非如此的樣子。

◆◆◆安娜史塔西亞視角◆◆◆

「……不要放棄。」

「咦？」

「拜託不要放棄！長得不好看又怎樣！只不過是面部肌肉分布跟別人不太一樣而已吧！妳為什麼要因為這點小事就一臉絕望呢！不要放棄！不要放棄得到幸福的機會！妳有資格幸福！妳也可以渴望幸福！別露出這種放棄一切的笑容！妳的人生才正要開始啊！」

吉諾利烏斯先生忽然起身抓住我的肩膀，眼眶泛淚地這麼說。

——靈魂的慟哭——

腦海中浮現出這個詞。

他的話語中帶著沉重的壓力，彷彿是以隱忍數十年的巨大痛苦為基礎，但吉諾利烏斯先生才十六歲，又是子爵家的兒子，不可能有這種經歷。可是他那段話就像苦苦掙扎將近一輩子的人，只為了守護人類尊嚴而發出的靈魂吶喊，帶著驚人的質量，我這種小丫頭根本無法輕易反駁。

放棄……是啊，我早已放棄結婚獲得幸福的權利。

吉諾利烏斯先生跪下來執起我的手，將脣貼在我的手上。

唔！這是！

這不是男性求婚時的禮儀嗎！不對，應該不是！一定是我太貿然了！我被男性求婚？這根本不可能！

「請妳嫁給我。我發誓一定會讓妳幸福，所以妳也別放棄自己的幸福。」

唔！

長相清朗帥氣的吉諾利烏斯先生凝視著我的視線中帶著無比熱情，讓我明白他是真心、真誠地在考量我的幸福。

和優秀的男性結婚——這是我在尚未認清現實的童年時期心懷的夢想。太過理想順遂，只是我一廂情願的非現實妄想，理應如此。

可是，如今有個比過去遇見的男人都要溫柔，還有著稀世美貌的男子跪在我面前，用認真的眼神向我求婚。

……我真的……難以置信……

『我發誓一定會讓妳幸福，所以妳也別放棄自己的幸福。』

變成一片空白的腦海中迴響起吉諾利烏斯先生剛才說的話。

我……真的能幸福嗎？可以不用放棄幸福的權利嗎？

……這或許是我最初和最後的機會。未來應該不會再出現這樣真心希望我幸福，真誠向我求婚的人了，對我來說是意料之外的幸運。

然而吉諾利烏斯先生又如何呢？跟我結婚後，他會不會變得不幸？

「我、我、我很開、開心。可、可是吉、吉、吉諾利烏斯先生……」

好不容易擠出的聲音還在顫抖。

「我只想娶妳，求求妳。」

這句話帶著猛烈燃燒的激情，他的美麗眼眸中也充滿熊熊熱火，澈底直擊我的心，使我頭腦發熱到近乎沸騰。

「……好……好的……」

被這股情熱濁流吞噬的我，不知不覺竟答應了他的求婚。

「謝謝妳。」

吉諾利烏斯先生這麼說完，便對我露出耀眼奪目的笑靨。我第一次看到這種發自內心的真誠笑容，好美，好溫柔，彷彿要將我融化。

咦咦咦咦咦——！

吉諾利烏斯先生一站起身，就將我緊擁入懷。

怎、怎、怎、怎麼辦！

這、這、這種時候，該、該、該、該怎麼辦才好！

我第一次被異性擁抱，腦袋太過混亂，身體甚至動彈不得。

聽到咳嗽聲後，我循聲望去，竟看見雙方家長，連護衛和僕人都在，所有人都看著我們。

……難道他對我求婚，還有我被他抱在懷裡的場面……都被大家看見了嗎……我的臉好像快噴出火了……

「算了、算了，這樣也好嘛。碰上這麼熱情的追求，安娜也很開心吧。」

啊啊，果然看到了吧……母親，求妳別再說了，我害羞到快要死掉了。

◆◆◆吉諾利烏斯視角◆◆◆

愁眉苦臉的公爵一聲令下，我們的庭園散心行程臨時中止，我與安娜史塔西亞小姐再次回到陳舊的會客室，與雙方家長共同懇談。

雙方協商時，我發現安娜史塔西亞小姐一直在偷看我，於是我在感受到視線的當下也望向安娜史塔西亞小姐，與她四目相交，她就滿臉通紅地低下頭。

好可愛，我不禁笑逐顏開。

她實在太可愛了，我忍不住直盯著她看，低著頭的安娜史塔西亞小姐發現我的視線後也偷偷瞥向我。這次她一臉驚訝，臉蛋漲得比剛才更紅，再次低下頭。

怎麼會有如此可愛的人。

這時我也匆忙別開視線。看著我倆的互動，公爵夫人露出滿意的笑容，公爵卻一張苦瓜臉。

雙方在會客室懇談後，婚約正式成立，並當場交換文件。收到公爵提親信的那一刻，安東魯尼家就已經確定這門婚事了，所以不是什麼大問題。

對我家影響較大的因素，是決定我要變成別人家養子這點。由於子爵家和公爵家的身分地位太懸殊，我必須重洗戶籍。

決定好收養家庭後，再來只剩事務性的手續。我被收養後的住所也已經確定，是公爵家名下位於王都貴族區的一間宅邸。公爵也是這個國家的宰相，真是妥善的安排。

收養手續比婚約處理更花時間，我要等到收養程序走完後才前往王都，所以還有一點緩衝時間，得在這段期間將商會總店遷移到王都才行。

◆◆◆安娜史塔西亞視角◆◆◆

被父親斥責後，我們的庭院散心行程宣告中止，再次回到會客室與雙方家長共同懇談。

從剛剛開始，被吉諾利烏斯先生求婚的場景就一直重回腦海，每每讓我羞恥萬分。我的臉應該很紅，所以我低下頭試圖遮掩。

這麼優秀的男人真的想跟我結婚嗎？這是現實嗎？實在很難相信如此眉清目秀、才氣過人的男子會向我求婚。

直到方才為止，我都以為自己會在這次相親受到嚴厲的批評而失落沮喪，沒想到會發生這種事……好像在作夢一樣。雖然坐在沙發上，我覺得身體輕飄飄地浮在空中，一點真實感也沒有。

雖然知道這樣有失禮儀，視線還是會忍不住飄向吉諾利烏斯先生。每當看見那張五官端正的臉龐，我依舊會懷疑這是不是一場夢。

奇怪？吉諾利烏斯先生的戒指石頭應該是淺紫色，現在卻變得黝黑，是我記錯了嗎？

唔！

不小心和吉諾利烏斯先生對上視線了，我害羞地別開目光。淑女實在不該直盯著男性看，我不想讓吉諾利烏斯先生覺得我是粗鄙的女人。

可是我無論如何就是會意識到吉諾利烏斯先生，眼神不受控制地飄過去。

唔！

當我再次瞥向吉諾利烏斯先生時，不知為何，吉諾利烏斯先生竟用溫柔的笑靨凝視著我。

看起來冷漠不愛笑的人忽然對我展露笑顏，使我的心臟跳得飛快。

為、為什麼笑著看我？那個笑容又是什麼意思？儘管如此，他的笑容看了對心臟很不好。明明有一張清冷的美貌，卻露出如此甜美的笑容，實在太耀眼了，我完全控制不住狂跳的心臟。

我從剛才就一直在想吉諾利烏斯先生的事。這麼說來，我在書上看過，一旦墜入情網就會滿腦子想著對方。這難道是愛情嗎？我居然會愛上男性，而且還在見面當天墜入情網？

不知不覺到了該回去的時間。

光是見到吉諾利烏斯先生的身影，就有種莫名的情愫在心中蔓延開來，讓我感到十分愉悅。一想到之後好一段時間都見不到吉諾利烏斯先生，心情就有些消沉。

只是見不到吉諾利烏斯先生而已，我為什麼會失望呢？這果然是愛情嗎？我從戀愛小說學到「一見鍾情」的說法，但所謂的一見鍾情，應該是在見面那一瞬間就墜入情網。我剛見到吉諾利烏斯先生時，應該還沒有心動才對。

「我會寫信給妳。」

在上馬車前互相道別之際，吉諾利烏斯先生面無表情地這麼說。一聽到這句話，先前的鬱悶情緒頓時煙消雲散，使我開心得想要跳起來。

「我、我也會……」

為什麼和吉諾利烏斯先生說話會讓我這麼害羞呢？按理來說到先前為止都還能正常聊天，現在卻羞澀到無法看著他的臉說話。被他求婚後，我似乎就變得不像自己，聲音也因為害羞變得越來越小聲。

「呵呵呵，吉諾利烏斯先生，我女兒就拜託你了。」

「好，未來我才該請你們多多指教。」

「請、請多指教。」

我低下頭試圖遮掩通紅的臉頰，一聽到吉諾利烏斯先生的聲音就連忙回答。可是，吉諾利烏斯先生似乎在跟母親說話，我不小心從中打斷了。

嗚嗚，太丟臉了。為什麼不能用更淑女優雅的態度應對呢？我不想讓吉諾利烏斯先生看到這個樣子呀。

「安娜，他很優秀吧？」

走下馬車後，母親滿臉喜悅地這麼說。

我實在無法回答。腦海中再度浮現被求婚後又被抱在懷裡的場面，以及發現大家都盯著我看的場面。除了臉之外，我連耳根子都紅了。

見我低著頭，母親輕笑出聲。

「不過就算能力再好，如果不能讓安娜幸福，就不能將賽文森瓦茲的爵位讓給他。他會不會是因為急功近利，才在文件上簽字正式確定婚約？應該再花一點時間好好觀察這男人是不是真的將安娜放在心上。」

父親發起牢騷。看來在我滿腦子都想著吉諾利烏斯先生的期間，母親就不顧父親反對簽訂了正式婚約。

「別擔心，你不是看到他求婚了嗎？我敢保證他是發自內心希望安娜幸福，才會說出那些話。我們已經和其他貴族勾心鬥角好多年，你應該看得出來吧？」

「我當然明白，所以才在文件上簽字啊……」

「既然如此，你也知道該儘早開始培育繼承人吧？」

「這我也知道……可是……」

求婚時的場景和對話內容果然被大家聽得一清二楚的樣子……我好想找個洞鑽進去……

第二章　改變自己的第一步

◆◆◆吉諾利烏斯視角◆◆◆

——我還沒看過黑冰花的鮮花，希望未來有這個機會——

安娜史塔西亞小姐在信中這麼寫道。我想讓她看看黑冰花的鮮花，該怎麼做才好呢？

「欸，吉諾，那封信你看了幾遍啊？」

「姊姊？連戴比哥哥也在？什麼時候……」

我本來坐在庭院擺放的桌椅，獨自品茶閱讀安娜史塔西亞小姐寄來的信，沒想到一抬頭，就看到姊姊和戴比哥哥坐在大理石桌的另一端。

「已經來一陣子了，只是你太專心讀信才沒發現。所以你到底看幾次了？我昨天也看到了那個信封和信紙耶？」

「……才第十二次而已。」

我覺得有點害羞，便將信紙收進信封，將臉別向一旁回答。

自相親那天以來，我與安娜史塔西亞小姐就開始互通書信，收到信後我都會像這樣重讀好幾遍。若將前世算在內，這是我人生中第一次和女性交流，讓我興奮不已。

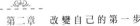

「不過，吉諾居然會變成這樣。」

戴比哥哥輕笑著說。

「我真的很驚訝呢。以前不管被多麼可愛的女孩追求都無動於衷的木頭人，竟然會變成這副模樣。」

「追求？什麼意思？」

「咦？……等等，你該不會沒發現吧！比如瓊斯子爵家的海蓮娜小姐啊！她不是約你出去好幾次嗎！誰看了都知道她對你有意思嘛！」

私下的出遊邀請，是希望維持友好關係時常用的場面話。因為安東魯尼領地的特產藥用茶，我們才與瓊斯家往來密切，她也是考量到兩家人的交情才會採取這種說法。如果我把場面話當真，真的和她出去玩的話，她也會很傷腦筋，所以我總是對具體日期避而不談。

「唉～～～我說你啊，你和海蓮娜小姐就只有私下的交情不是嗎？為什麼要把每句話都當成工作上的對談啊？」

「這或許不能怪他，畢竟吉諾從小就愛看艱澀難懂的書籍，幾乎不和同齡孩子玩耍，創立商會後也忙著做生意嘛。就算和女商人談過生意，也幾乎沒跟女孩子出遊過。」

「這麼說也對。明明戴著戒指，又是情竇初開的年紀，卻從以前就對女人毫無興趣。嗯哼，居然能讓吉諾變成這副德性，我開始對安娜史塔西亞感到好奇了。而且我也擔心能不能把吉諾交給她，下次要不要寫封信給她呢？」

「不行！絕對不可以！」

戴比哥哥面目猙獰地這麼說。不守常規的姊姊說出毫無常識的失控言論，似乎把他嚇壞了。

「先不提這個……這麼說來，吉諾和某些人可以正常對談，就像海蓮娜小姐那樣，但有時候女孩子一靠近就會逃走吧？」

「我可以應付工作上的往來，卻不擅長私下的對話。我不是逃走，只是將私下對話縮減至必要的最小限度而已。」

前世女孩子覺得我比蟑螂還要噁心，所以我自然會主動遠離女性。不但會去男店員負責的結帳隊伍排隊，在咖啡店也會選擇周遭沒有女性的座位。跟女性對話也一樣，她們只會來找我談必要最小限度的重要事務。前世幾十年都是這樣，所以現在也會無意識地這麼做。

「我告訴你，一般都會把幾秒內把話聊完的現象說成『逃走』啦。所以你把跟海蓮娜小姐的對談視為工作往來，才有辦法應付嗎？」

「是啊。」

如果是工作上的對談或文件，就算對方是女性我也能妥善應對，只要視情況將固定的商用句型排列組合即可。

「難道你跟安娜史塔西亞小姐相處時，也是當成工作對談的延伸嗎？」

……或許吧。除了工作場合之外，我不知道如何和女性聊天。

「你聽好嘍？絕對不能把安娜史塔西亞小姐當成客戶來往，不要用固定的詞語，要真心交往才行。」

「固定的商用句型是為了避免惹惱對方，不用的話不會被討厭嗎？」

「吉諾，你跟我們聊天也會用固定的商用句型嗎？」

「是不會啦。」

「對吧？那就沒問題呀，就用和我們聊天的口吻跟安娜史塔西亞聊天就行。」

「沒錯。雖然你有點怪，卻是個很棒的男人，要有自信。」

戴比哥哥伸手揉了揉我的頭髮。

我確實能跟姊姊和母親正常聊天，然而不論是前世還是今生，我能順利交流的女性都只有家人。除此之外，我跟女性只會進行最小限度的工作對談。

從來沒跟母親以外的女性聊過天的媽寶男，怎麼可能馬上開竅和女性對答如流呢？我也跟這種人差不多，對我來說太勉強了。

「吉諾，不必馬上就把內心全部攤出來。人類是需要時間慢慢親近的動物，一步一步來，只要在能力範圍內慢慢敞開心房就好。」

「具體來說該怎麼做……我完全不懂。」

「也對。那先把你喜歡她的心情直接說出口吧？沒有人被示好後還會討厭對方，你要先把這種心情好好說清楚。」

「我、我說不出口！這種愛的告白！」

「老實說出自己的心情，就會變成愛的告白嗎？進展太快了吧？」

戴比哥哥忍不住輕笑。被他這麼一說，我的臉都熱燙起來了。姊姊也「哦～」了一聲，用不懷好意的笑容盯著我看。

「不必一開始就逼自己說出那麼沉重的話，『我很想妳』、『期待妳的來信』這種程度也行。表達客套的時候也會說這些話啊，這你應該做得到吧？」

……這樣難度還是太高了。

「你只能努力練習了。如果用對待工作對象的態度和她相處，會被她討厭喔？」

「會、會被討厭嗎！」

身為女性的姊姊都這麼說了，肯定不會錯吧。這下糟了，得先拚盡全力將這份心儀之情傳遞給她！

後來姊姊又建議我認真看待每一場邀約，還順便告訴我「誓言之花」這個貴族特有的習俗。

「真是的，就會讓人操心。」

姊姊這麼說並用食指戳了戳我的臉頰，她的笑容看起來有些寂寞。

◆◆◆安娜史塔西亞視角◆◆◆

我和吉諾利烏斯先生開始互通書信了。

每次閱讀信件，我總會被他學識淵博、見多識廣，以及理論性的思考方式感到驚豔。信件中也表現出無比誠懇與溫柔的性格，簡直無可挑剔。最讓我驚訝的是他的包容力。他真的跟我同年嗎？我總覺得自己在跟年長者撒嬌。

家人之間的關係似乎也很好，尤其是他和姊姊之間的事，每次都讓我看到笑出聲來。

此外，他對女性要求的必要條件居然是「晚年和他一起安祥和睦地喝茶」，讓我驚訝不已。他的感性相當獨特，但這一點也讓我十分欣賞。

讀吉諾利烏斯先生的信件實在太有趣了，我一收到就會馬上閱讀，找到閒暇時間還會重讀好幾次。重讀信件時，就有一股暖流在心中蔓延開來，讓我雀躍不已。因為想趕快讀到下一封信，我每次都會用最快速度回信，而吉諾利烏斯先生也會用最快速度回信給我。不管我用最快速度寄給他多少次，他每一次都會用最快速度回信。

難道吉諾利烏斯先生也跟我一樣對信件充滿期待嗎？如果吉諾利烏斯先生跟我是同樣的心情……那我會非常、非常開心！

這天也收到吉諾利烏斯先生寄來的信，於是我飛快趕回房間拆開信件。什麼！

我忍不住瞪大雙眼。吉諾利烏斯先生過去的信件都有種工作往來的感覺，措辭彬彬有禮，保持適度的距離，這封信卻忽然變得無比熱情。

「昨天我也夢見安娜史塔西亞小姐了。就算是作夢也好，能夠見到安娜史塔西亞小姐真的好幸福。」

「好想早點見到妳，一秒也不能等。」

「好想儘快和安娜史塔西亞小姐正式確定關係。」

目光追著文字看的同時，我也發現自己的臉熱了起來。心跳快到連我都不敢相信的地步，根本沒辦法靜靜地坐在位子上。

「呀啊啊啊啊啊！」

「小、小姐！」

雖然有失體統，我還是飛撲到床上滾來滾去，還發出近乎慘叫的聲音。我的專屬僕人布麗琪發出驚呼，但我根本無暇去管。不這麼做的話，我實在無法把持住自己。

吉諾利烏斯先生之後寄來的信也都是熱情如火的狀態。

這是寫給未婚妻的場面話，他只是寫下我看了會開心的文字而已。沒錯，這是場面話。儘管我如此說服自己，每次閱讀信件時，我依舊控制不住興奮到想跳起來的感覺。

——或許這是他的真實想法——

絕對不能會錯意。縱使我如此告誡自己，依舊心懷期盼。

回想起來，至今我從來沒遇過願意為我寫下這種場面話，或對我體貼入微的男性，當然不習慣這種對待。

明明只是收到信還沒閱讀，我就怦然心動並滿臉發熱，深夜獨自讀信時又在床上滾來滾去，這樣的日子持續了一陣子。若在生活中忽然想起信件裡的文字，臉頰就會因為羞澀與喜悅而熱燙不已，不自覺露出笑容，每一天都充滿了喜悅。

然而我的喜悅並沒有持續太久，吉諾利烏斯先生碰上了無法寫信的狀況。

他在信中寫到自己有要事在身，必須離家一段時間。畢竟他在經營商會，真的會忙到抽不開身吧。雖然腦袋理解，我的心還是充斥著不安。

我是長得像魔物一樣的醜女，就算吉諾利烏斯先生忽然反悔想解除婚約也不奇怪，這不能怪他，我自己也清楚。人心當然會傾向正常的人類女性，而不是魔物。

吉諾利烏斯先生會在訂婚儀式上出現嗎？如果他沒來……

每天我都想像著殘酷的未來，獨自消沉沮喪。

◆◆◆吉諾利烏斯視角◆◆◆

「吼喔喔喔喔喔！」

魔物發出咆哮聲，瞄準我的喉嚨飛撲過來。這種魔物就是我在前世的動物園看過的鬣狗。我在魔物跳起的那一刻繞到側面，將高高舉起的劍往魔物的脖子用力一揮。魔物在空中無從閃避，劍輕輕鬆鬆就砍到魔物的脖子，毫無阻礙地擦了過去。失去頭部的魔物摔落在地，還順勢滑了數公尺遠。

「剛、剛剛那是怎麼回事！居然瞬間就繞到魔物旁邊，到底是、怎麼辦到的！你的戒指在發光耶，難道是遺物魔道具嗎！而且翼狼的骨頭那麼粗硬，怎麼能一刀砍斷啊！」

快二十歲的冒險者少年一臉驚愕地問我。

我剛才砍死的魔物似乎是最後一隻了。少年完成自己的工作後，跑來參觀我的戰鬥。

「好痛！你幹嘛啦！」

臉色大變的冒險者小隊長衝到少年身邊揍了他一拳。

（混帳東西！你不想活了嗎！）

「怎樣啦，什麼意思啊？」

（太大聲了！小聲一點！你給我聽好，就算貴族使用看似遺物魔道具的東西，還是施展不可思議的法術，一定要裝作沒看到！沒有例外！這可是貴族界祕密中的祕密，絕對不能被家族以外的人知道的事！如果對這些東西感興趣，我們這種平民就會沒命喔？）

聽到快四十歲的冒險者這麼說，少年臉色鐵青地不停點頭。

我全都聽見了。他應該想要講悄悄話，但可能太過激動，音量未免太大了。

現在我僱用冒險者護衛我來到王都附近的山中，就為了採集黑冰花。

訂婚時男性要贈送女性「誓言之花」，似乎是貴族的習俗。原來一心只想當平民的我對貴族特有的規矩不太熟悉，不知道這個習俗，所以姊姊細心周到地將這些事全告訴我。

在這個國家的北部地帶，入冬後街上就會開始販售黑冰花，但在溫暖的王都附近沒有這種店家。畢竟是生長在極寒地帶的植物，若用一週以上的時間從北方運送到王都，黑冰花就會因為溫度上升而枯萎。

雖然許多人對黑冰花為之著迷，要一睹鮮花的風采，就得冬天到北方都市圈走一遭。安娜史塔西亞小姐雖然愛花，卻不喜歡遠行，所以沒去過北方都市圈，也沒看過鮮花。

安娜史塔西亞小姐在信中提到有機會想看看黑冰花的鮮花。我想讓她看到貨真價實、充滿生命力的黑冰花，才選擇黑冰花當成我的「誓言之花」。

◆◆◆

今天是我和安娜史塔西亞小姐的訂婚儀式。在相親後已經過了兩個多月。

我的名字也從吉諾利烏斯・安東魯尼變成了吉諾利烏斯・巴爾巴利耶，現在我不是子爵家四男，而是侯爵家次男。

訂婚與結婚不同，不會交換誓詞，也沒有誓約之吻。因為在法律和宗教上都是未婚狀態，所以新人不能碰觸彼此，只是雙方家庭見面問候，在神官見證下簽署幾份文件而已。

然而這樣依舊讓我很開心，光是在宣誓文件上簽字，我好像就快樂得想要手舞足蹈。前世沒能結婚的我，這一世終於成功了！

剛轉生的那一刻，我就決定這輩子無論如何都不要再變成獨居老人。如果沒和安娜史塔西亞小姐訂婚變成平民，我也打算一成年就馬上去婚姻介紹所登記資料。只要有專業顧問的建議，或許連我這種男人都能結婚，我甚至作好對方條件極差的心理準備了。

可是！現實不如預期，我的未婚妻居然是如此完美的女性！真是難以置信的奇蹟！終於！我終於！得到了幸福晚年的門票！

啊啊，好期待啊。真恨不得馬上迎接晚年生活。

所有手續都辦妥後。安娜史塔西亞小姐再次和我鞠躬行禮。

這個人就是我的人生伴侶嗎！

實在太不真實了，我不禁目不轉睛地盯著安娜史塔西亞小姐。看到接受問候卻一聲不吭的我，安娜史塔西亞小姐微微歪著頭，我才猛然回神，連忙回禮問候。

在我心情神采飛揚的同時，訂婚儀式結束了。之後我就要在巴爾巴利耶侯爵家生活，而且每天都要去賽文森瓦茲公爵家。其實光靠收養的書面證明就足以訂婚，但這樣對出借家名的巴爾巴利耶家沒什麼好處。巴爾巴利耶家願意收我為養子，就是為了和將來會成為公爵家中心的我建立人脈。所以我要住在巴爾巴利耶家和他們培養感情，每天到公爵家則是為了學習如何持家。

巴爾巴利耶家的養父、養母和嫡長子義兄都是非常溫順的人，應該能好好相處。

巴爾巴利耶家還有兩位義妹都是高雅賢淑的少女，和安東魯尼家的姊姊不一樣，沒事絕對不會在走廊上奔跑。起初我以為她們會排斥忽然和陌生男子一起生活，擔心相處不來，所幸她們對我十分仰慕。

先不論不守常規、毫無教養的姊姊，或是活潑奔放的妹妹，算上前世的話，我也是第一次有這種優雅文靜的妹妹。

◆◆◆安娜史塔西亞視角◆◆◆

「再次向您問候，我是巴爾巴利耶家次男吉諾利烏斯，未來也請多多指教。」

在我行禮問候過了一會兒，吉諾利烏斯先生也對我這麼說，並優雅地行禮致意。雖然他在信中提到這兩個月主要都在學習儀態和禮儀，他的舉止確實變得很優雅，可謂判若兩人。

現在正在舉行訂婚儀式，所有相關人士都聚集在我們家宅邸內的教會。

許久未見的吉諾利烏斯先生那身符合侯爵家地位的上等面料禮服與他十分合襯，感覺比初次見面時還要俊秀。

在充滿莊嚴氣息的教會建築中，吉諾利烏斯先生面無表情，站姿優雅筆挺，陽光透過彩繪玻璃灑落在他身上，看起來就像一幅畫，讓我不知不覺看得出神。

方才在神官的見證下，我們完成了文件簽署，這樣吉諾利烏斯先生就正式變成我的未婚夫了。我真的和如此優秀的男性訂婚了。

雖然互通書信時我天天都雀躍不已，吉諾利烏斯先生不再寄信給我後，我才終於能夠冷靜地思考。

我當時順應情勢答應了他的求婚，順水推舟地和他訂婚，但這樣真的好嗎？我這種女人會為吉諾利烏斯先生帶來不幸，假如他帶著我出入社交界，一定會承受許多辛酸。

儘管我為此苦惱，卻沒能與他確認。

「雖然繼承人教育也很重要，也要好好照顧安娜喔？」

母親對吉諾利烏斯先生這麼說。

「當然，我會誠心誠意地呵護她。」

這句話使我的心臟跳得飛快。我知道這只是場面話，可是內心還是忍不住激昂。

但願吉諾利烏斯先生真的這麼想……

發現自己產生這種美夢般的期待後，我立刻否定自己。

這就是我說不出口的理由。聽到這麼溫柔體貼的話語，我便情緒激動、心亂如麻，不敢問他是不是真的願意娶我。吉諾利烏斯先生光是站在那裡，就能攪亂我的心湖。

吉諾利烏斯先生要在收養他的巴爾巴利耶家接受上級貴族教育，在我們家接受繼承人教育，還要經營他創立的商會，生活相當忙碌。

今天儀式結束後，他也預計要幫父親處理公務，學習公爵家的經營之法。從今以後的每一天，吉諾利烏斯先生都會待在我們家。

「今天下午準備了茶會，你就先把工作緩一緩，多陪陪安娜。」

照理來說，這個邀約應該由我這個未婚妻提出，結果母親幫了個忙，代我邀請吉諾利烏斯先生參加茶會。

「這是我的榮幸，我很期待與安娜史塔西亞小姐共進茶會。」

這句話又讓我心中小鹿亂撞，我居然要以未婚妻的身分和如此俊美的男性一起喝茶。我害羞得滿臉發燙，於是低下頭掩飾。我的臉一定紅通通的吧。

時間來到下午，我與吉諾利烏斯先生共進茶會。

『聽好嘍，安娜，妳今天的目標就是不再對吉諾利烏斯先生使用敬語。你們已經正式訂婚了，用敬語說話很奇怪吧？如果地位較高的妳沒有准許，吉諾利烏斯先生往後就得一直使用敬語。妳要努力不用敬語說話喔。』

茶會開始前，母親如此對我再三叮囑。

吉諾利烏斯先生現在就坐在我面前的沙發上。別稱「蓮花蒼玉」的第十二會客室大玻璃窗外已經能看見染紅的楓葉了，我與吉諾利烏斯先生一邊賞楓一邊閒聊。

我想在對話中找機會提出要求，卻遲遲說不出口。仔細想想，這是我第一次主動與男性拉近距離。與男性保持距離倒是習以為常……

『醜女閉嘴吧。』

『噁心死了，別靠近我。』

每當我想請求時，腦海中就會浮現過去那些男性的辱罵和充滿嫌棄的表情，使我失去勇氣。

我這種醜女光是存在就會讓男性不悅，我不認為吉諾利烏斯先生會真心希望與我進展到不說敬語的關係。如果是地位較高的我提議不說敬語，就會變成強迫性的要求。如果吉諾利烏斯先生因此嫌棄我，那我……

我滿腦子都是悲慘的未來。

在難以啟齒的狀況下又聊了一會兒後，方才接獲吉諾利烏斯先生指示的僕人回到房間。只見僕人將披著紅布的東西放在桌上，紅布上還有巴爾巴利耶家的金線刺繡家紋。

吉諾利烏斯先生站起身，彬彬有禮地向我行禮致意。

「安娜史塔西亞．賽文森瓦茲小姐，今日有幸與妳締結良緣訂下婚約，我將這朵花致贈與妳以表誠意。」

唔！這是！

「誓約之花」的制式說詞！

「誓約之花」是貴族的誓言之一，證明這段婚姻是真愛。貴族不會輕易起誓，所以因策略婚姻結合的人不會給出這種誓言。這是自幼就熟識的人才會進行的儀式，表示這段婚姻帶有明確的羈絆。

「吉、吉、吉諾利烏斯‧巴爾巴利耶先生，今、今日有幸與你締結良緣訂下婚約，我、我將接受你的情意以、以表誠意。」

我急忙起身說出回禮句，心情太過動搖，聲音都在發抖。

我們只在相親時見過一次面，實在沒想到會收到誓約之花。他為什麼要送我誓約之花呢？難道信中那些熱情的文字都是真心話嗎……我的思緒已經亂成一團。

「謝謝妳。來，請笑納。」

吉諾利烏斯先生這麼說著將紅布掀了開來，底下出現看似大型提燈的物品，是鑲嵌著玻璃的黑色金屬外框。玻璃因為結露而霧成一片，看不清裡面是什麼東西。

吉諾利烏斯先生將看似提燈之物的玻璃門打開後，就飄出一股冷冽的空氣。

「這個！難道是黑冰花嗎！」

冷藏魔道具中有一朵新鮮綻放的黑冰花，莖葉和吉諾利烏斯先生的頭髮一樣漆黑。晶瑩剔透的十片花瓣，和吉諾利烏斯先生的眼眸一樣是紫色。我第一次親眼見識到黑冰花的鮮花，充滿清冷優雅之美，與吉諾利烏斯先生如出一轍。

多麼美妙的誓約之花呀！

從未體驗過的喜悅之情充斥我的胸膛。

「請問……你是用什麼方法將新鮮的黑冰花運送到王都的呢？」

我心中充滿疑問，便忍不住開口。北方都市圈入冬後確實會販售黑冰花，但現在還不是那個時期。再說，要從北方都市圈將黑冰花運送至此根本是不可能的任務，而且吉諾利烏斯先生失去音訊的那段期間也不足以往返北方都市圈。能在這裡看到黑冰花，這件事本身就很不合理。

「我是去米爾納米山採集的。那裡離王都很近，山頂一帶的氣溫比北方都市圈還要低，黑冰花也會早開一些。」

「天哪！為什麼要去那麼危險的地方！」

「因為安娜史塔西亞小姐在信上說，有機會想看看黑冰花的鮮花啊。」

只因為我無心寫下的一句話，他就跑到有魔物棲息的地方嗎？我完全沒料到這個狀況。

我不希望吉諾利烏斯先生身陷險境，現在必須用強硬的態度表明，以免他又重蹈覆轍。

雖然這麼想，我卻因為太過震撼而說不出話。吉諾利烏斯先生居然記得我這個醜女無心寫下的一句話，為了準備黑冰花送給我，甚至不惜闖入危險地帶。過去從來沒有一位男性會為了我做到這種地步，我深受感動，連話都說不清楚。

「吉、吉諾利烏斯先生，和我結婚後你真的會開心嗎？你、你不討厭我這種女人嗎？」

我終於忍不住問出口了。這朵黑冰花澈底將我的不安轉換為希望，我的嗓音因緊張而顫抖。

「……這朵花就是我的答案。」

我再次感到震撼。

平常吉諾利烏斯先生成熟穩重鮮少露出笑容，有著冰雕般的美貌現在卻突然面頰羞紅露出如此可愛的表情。這種讓我想失聲尖叫的反差感，讓我腦袋一片空白。

「我、我好開心……」

我也羞澀地低下頭，只能發出小到快要聽不見的聲音。

我覺得好害羞，卻也非常、非常幸福。吉諾利烏斯先生真的想和我結婚，好像在作夢一樣。

……不，不對。我得強烈表明自己的想法，要他別再冒險了。

「……那個，請你以後別再去這麼危險的地方，沒必要為了我這種人涉險。」

我好不容易才勉強說出這句話，並坐回沙發上。這樣不行吧。我太開心又太害羞，根本說不出強硬的話語，還是等心情平復後再寫信告訴他吧。

「抱歉讓妳擔心了。我再也不會為了採集黑冰花而登山，但請妳別再用『為了我這種人』這種說法。安娜史塔西亞小姐，妳應該繼續向我許願才對。」

「這朵黑冰花就已經足夠了。」

「完全不夠。妳是不是還對自己的幸福不抱希望？」

「……或許……是吧。」

之所以會猶豫該不該要求吉諾利烏斯先生不再使用敬語，一定也是因為我心中仍有幾分絕望。吉諾利烏斯先生不再寄信給我時，我也認為這段婚姻果然告吹了，並接受這個事實。對我來說，被男性拋棄才是更理所當然的結果。儘管現在已經訂下婚約，我也無法想像未來能與他共築幸福的家庭。

「我雖然冒險斬殺魔物採集黑冰花，並不全是為了安娜史塔西亞小姐，也是為了我自己。」

「為了吉諾利烏斯先生自己嗎？」

「是啊，因為我想看到安娜史塔西亞小姐幸福的表情。我是為了完成自己的心願才會去山裡。我這個人很貪心，還想看到更多安娜史塔西亞小姐幸福的表情，所以請妳繼續向我許願。」

……從來沒有人對我這麼體貼。我雖然感動到快要泛淚，還是努力忍了下來。過去我被無心的一句話惹哭時，說話的男性總是一臉嫌棄。我的眼淚只會讓男性心生不悅。

「安娜史塔西亞小姐，千萬不要放棄自己的幸福。」

吉諾利烏斯先生這句話，讓我想起他在相親時說的那番激動言詞。

『不要放棄！不要放棄得到幸福的機會！妳有資格幸福！妳也可以渴望幸福！別露出這種放棄一切的笑容！妳的人生才正要開始啊！』

不要放棄自己的幸福——多麼動人的一句話，說進了我的心坎裡。只要不輕言放棄，我也能得到幸福吧。

……這或許是我改變的契機。

不要放棄自己的幸福——我就將他說的這句話當作心之所向，從今天開始努力看看吧。如果我也有資格，那我真的很想得到幸福。儘管難如登天，只要待在這位溫柔紳士身邊，我就覺得自己做得到。

「那個，吉諾利烏斯先生，我有個請求。我們已經訂婚了，往後能不能別再用敬語說話？希望你以後別再尊稱我為『小姐』了。」

不要放棄自己的幸福——這個要求就是我踏出的第一步。在其他人眼中，這或許不是多大的進步，對我來說卻是改變自己的第一步。我第一次主動走近男性，光是說出這一句話，我就覺得心中出現了某些變化。

「好啊，以後就別用敬語說話了。」

我花了好長的時間才終於說出這個要求，吉諾利烏斯先生卻爽快地答應，而且馬上就不用敬語說話了。

「謝、謝謝你。」

感覺距離急速拉近了，讓我害羞不已。我猜自己已經滿臉通紅，便低下頭試圖掩飾。

「我也有個請求，可以嗎？」

「可、可以，請說。」

「妳能不能直接喊我『吉諾』？」

咦！這、這麼快就要用小名相稱嗎！

正常來說，貴族千金不會用小名稱呼家人以外的男性，除非是發展成戀愛關係的親密男性。用小名相稱就表示彼此的關係十分親密……換句話說……就、就是愛的告白……

「來，直接喊我『吉諾』吧。」

怎麼可能！我做不到……不對，我剛剛不是才決定「不要放棄自己的幸福」嗎？沒錯，我應該努力嘗試，不輕言放棄。唔唔……雖然前方布滿荊棘，我還是要努力看看。

「吉、吉諾先生。」

啊啊，這是我有生以來第一次對男性示好。臉頰熱得發燙，實在……實在太丟人了。我再也抬不起頭來，只能低著頭緊閉雙眼。

在我閉著眼睛時，放在膝上的手忽然被牽起，讓我嚇得立刻抬頭。

咦咦咦咦——！

方才還坐在對面的吉諾利烏斯先生，現在就坐在我身邊，還用雙手握住我的左手。

「謝謝妳，我好開心。我也可以直呼妳安娜嗎？」

吉諾利烏斯先生的笑靨宛如盛夏的豔陽。

呀啊啊啊啊！好近！太近了！拜託別在這麼近的距離露出這種耀眼的笑容！他為什麼要握住我的手呀！

我的心臟如擂鼓般跳得飛快，腦袋瞬間沸騰且混亂至極。

「……可……可以……」

我的思緒亂成一團，便順勢應允了他的要求。

「啊啊，安娜，我的安娜，以後請多多指教。」

我的安娜？

這、這該不會！是戀人之間才會使用的充滿愛意的言詞吧！不是只有戀愛小說的主角才會聽到男性說這種話嗎！

他為什麼要對我說這種話？為什麼還握著我的手不放？我在作夢嗎？

過熱的腦袋讓我頭昏眼花，我已經受不了了，心臟好像快要爆炸。一波未平一波又起，感覺快要瘋掉了。

「小姐，茶已經冷了，我替兩位換一壺。」

布麗琪這麼開口說，吉諾利烏斯先生才離開我身邊，重新回到位子上。

多虧布麗琪來倒水，我才沒有失神，真是好險。和未婚夫共進茶會要維持理智，原來是這麼困難的一件事。

（吉諾先生。）

當晚就寢後，我試著在心中喊著吉諾先生。

羞恥與喜悅之情，讓我忍不住一個人在床上翻來覆去。

不要放棄自己的幸福——幸好有把這句話當成指標努力前進。

雖然已經訂婚，過去我根本無法想像自己和男性相親相愛的畫面。但現在已經決定「不要放棄幸福」勇敢踏出一步，或許在漫長的路途前方會出現這樣的未來。

只要拿出幾分勇氣，人就會開始改變。我只是改變了一小步，整個世界似乎就變得色彩斑斕。往後我也要持續拿出微小的勇氣，朝著幸福的未來邁進。

我將冷藏魔道具放在床邊，看著看著，我想起母親說的話。

『普通的冷藏魔道具即使能夠冷卻，也無法調節溫度，所以黑冰花根本無法在裡頭生存，這或許就是無法將黑冰花從北方都市圈帶過來的理由。不過那個冷藏魔道具具備溫度調節機能，能維持黑冰花最適合生存的溫度，是相當稀有的魔道具。居然準備了這種魔道具，可見他真的很珍惜妳呢。』

一想起這段話，我的臉又開始發燙。實在不必挑父親也在的時候說這種話吧。

用布巾擦去魔道具的霧氣後，黑冰花就出現在玻璃的另一頭。在燭火映照下的黑冰花，顯得格外美豔動人。

第三章 詛咒與初次贈與的戒指

◆◆◆吉諾利烏斯視角◆◆◆

公爵交代我去調閱資料，於是我前往「圖書館」。畢竟難得來一趟，公爵同時也允許我可以看看書休息一會兒。

所謂的「圖書館」是賽文森瓦茲家建地內的另一棟建築物，裡頭收藏了大量的書籍。賽文森瓦茲家的宅邸內除了有教會和劇場之外，甚至連圖書館都有。巴爾巴利耶家雖然也有完善的圖書室，藏書量卻遠遠不及，無法將整棟三層樓高的巨大建築物當成書庫。

一走進圖書館，就看見安娜坐在入口附近的窗邊座位。最近已經有些涼意，她才選可以照到日光的溫暖地方吧。

這個世界的書是獸皮紙製。這種紙碰到溼氣就會蜷曲，為了防止這個現象，主流做法是以木板裝訂，通常還會在四角裝上金屬包角保護。雖然比前世的書要重得多，安娜將沉重的書放在桌上閱讀。

她在信上說過閱讀是她的興趣之一。看到她在氣溫微涼且靜謐的圖書館陽光中專注閱讀，我發現她真的很喜歡看書。安娜沐浴在和煦的日光下挺直背脊靜靜地低頭看著書，看起來比平常成熟許多。

又發現安娜過去不知道的一面，讓我很開心。

因為我樂在其中，所以沒有出聲呼喚她，安娜身旁的僕人卻告訴她了。安娜抬起頭看見我後，便露出燦爛的笑容闔上書本。

「抱歉，我無意打擾。」

「沒關係。沒想到能在這個時間見到你，我好高興。」

我聽從安娜的邀請坐在她對面的沙發上後，僕人就為我沏茶。

「妳在看什麼？」

「前王朝的刺繡技法。」

居然在看這麼專門的書。

「啊啊，這麼說來，妳在信上說過刺繡也是興趣之一嘛。」

信中曾經提到她的興趣是閱讀、刺繡，還有繪圖。她好像也喜歡彈奏二弦琴這種類似小提琴的樂器。

「是呀，只是技術還不到家而已，但我很喜歡刺繡。」

「有機會的話，可以讓我看看妳的作品嗎？」

「那個……這不是謙遜之詞，我的技術真的沒有好到能供人欣賞的程度……但如果你不介意的話……」

安娜露出為難的笑容，卻還是答應讓我看看她的刺繡作品。

當天的繼承人教育結束後，我在僕人的帶領下前往安娜的刺繡室。

雖然刺繡是貴族千金的嗜好，安東魯尼家的母親和姊姊都在房間或客廳刺繡，兩人都沒有刺繡專用的房間。因為這裡是賽文森瓦茲家，才會有這種房間。

一走進房間，就看到安娜坐在沙發上品茶，欣賞窗外的楓葉。

我也坐在她對面的沙發上一同賞楓。這個房間能欣賞到的庭院景色也很美。賽文森瓦茲家宅邸的庭院只要換個房間，窗外的景象就會截然不同，似乎是為了能百看不厭才會這樣設計。

和她一起喝了一會兒茶後，她便帶我參觀刺繡室。

雖說是刺繡室，其實不只一個房間，而是好幾間房連通在一塊。剛才喝茶的地方則是休息用的房間。

一走進擺放刺繡工具的房間，我就被齊全的品項嚇了一跳。這裡簡直是刺繡用品的百貨公司。相當於前世體育館那麼大的房間擺放著好幾個櫃子，上頭是琳瑯滿目的手工藝用品，品項可能比街上的手工藝用品店多了十倍。而且這裡僅供安娜使用，岳母還有另一間專屬的刺繡室，真不愧是賽文森瓦茲家。

正式訂婚後沒多久，公爵夫人就要求我喊她岳母，我便乖乖照做。另一方面，公爵則嚴格命令我在結婚前都不能喊他岳父。

接著她帶我參觀用來展示作品的房間，規模也十分驚人。在寬敞空間中裝飾著許多鑲框的刺繡作品，堪比美術館。

「這些！都是妳做的嗎！」

看著掛在展示架上的鑲框作品，我忍不住驚嘆。

還說「技術沒有好到能供人欣賞」，謙虛也該有個限度。

刺繡在前世的藝術價值並不高，通常被定義為工藝品而非藝術品，然而這個世界的刺繡確實是一門藝術，可以和雕刻及繪畫相提並論。

貴族喜愛藝術。在這個貴族社會的國家經商，我也常常經手藝術品，所以一看就能猜到大略的價格。昂貴的布料和絲線，讓人看了舒服協調的構圖與配色，以及用正確技術用心創作的細膩工法，都是無可挑剔的一級品。

「真是優秀的作品，靈感來自白紫雙星花吧。」

「沒錯，就是在吉諾先生家看見的回憶之花。後來我就喜歡上這種花了。」

她居然如此珍惜和我相處的回憶，還創作了作品！我開心到快飛起來了！

而且，原來安娜喜歡白紫雙星花啊……我得記起來才行。知道安娜喜歡哪種花，感覺又離她更近一步了。

雖然也有幾幅學生程度的作品穿插其中，絕大部分都遠遠超越學生程度。聽我不停盛讚，安娜似乎害羞起來，臉頰浮現紅暈。

好可愛，我不禁會心一笑。

「如果吉諾先生不介意……我想繡一條手帕送給你……」

「真的嗎！我要！我真的很想要！」

彷彿在用接二連三的讚美催促她似的，感覺很不好意思，但想要的東西就是想要。如果是安娜刺繡的作品，就算圖案是昏死的蚯蚓我也想要。

「你、你這麼想要呀，我好開心。」

我的態度似乎讓安娜有些不知所措。

「你想要什麼圖案呢？」

「如果可以用我們訂婚的教會來設計就好了。我想留點訂婚的回憶。」

「真的嗎！我好開心！」

安娜綻放出花一般的笑靨。

後來我們也繼續鑑賞作品。

「不過作品數量真的很驚人呢。這些全都是安娜繡的嗎？」

「畢竟我外表如此，所以從小就很少踏出家門，經常待在家裡，因此刺繡或閱讀的時間比別人長一些。」

「抱歉，我失言了。」

「別放在心上，我一點也不在意。」

看到那張和藹的笑容，我發現她真的不在乎，真是寬容大度。

鑑賞完所有作品後，我和安娜在刺繡專用室的休息室喝茶。

「一直聊我的事不會膩嗎？」

我果然不太會跟女性聊天。發現安娜新的一面後，我就興奮到不停提問，結果被她這麼說。

「怎麼會膩呢？不管是妳愛喝的飲品、覺得不錯的帽子、喜歡的鞋款，還有妳的想法、會為哪些事開心難過、討厭什麼東西。我想知道妳的一切，想知道更多只有我才了解妳的事。我是這麼想的。」

我直接表明自己的想法。我遵照姊姊的建議，時常提醒自己儘量將心中的想法說出口，可是我現在發現光是這樣還不夠。我不能只以自己的心情為優先，還應該重視安娜的心情，找一些會讓她開心的話題。

「抱歉，一直丟問題給妳，因為我控制不住想更靠近妳的衝動。」

我不明白自己為何這麼想了解她，但我覺得沒什麼原因，就只是心中有股強烈的求知渴望。畢竟累積了豐富的人生經驗，我對控制情感很有自信，但只要遇上安娜就會失控。難道碰上跟女性相關的事，情緒就會如此衝動且難以控制嗎？

我瞥了安娜一眼，她不知為何滿臉通紅。

「怎麼了？妳的臉很紅喔？發燒了嗎？」

「那、那個……因為你對我這麼感興趣，讓我很開心，而且……心臟也跳得好快。」

啊啊！怎麼這麼可愛呢！

我拚命忍住想緊緊抱住她的衝動。

◆◆◆安娜史塔西亞視角◆◆◆

我又發燒了，這是吉諾先生來我們家後第一次發燒。我每天早上都會在玄關大廳迎接吉諾先生，期待和他一起在辦公室處理工作，今天卻被僕人們制止了。

沒辦法，我只能好好睡覺，只求能早點康復。明天我還想去迎接吉諾先生。

感覺到有人幫我換了蓋在額頭上的溼毛巾，於是我睜開眼。

「安娜！」

我看到出聲喊我的吉諾先生。

「還好嗎？有沒有哪裡不舒服？」

吉諾先生憂心忡忡地看著我。吉諾先生怎麼在這裡？我一時沒察覺這是現實，盯著吉諾先生的臉好一會兒，但隨著意識慢慢清晰，我才發現這不是夢。

「不用這麼擔心，這是常有的事，沒什麼大不了。」

為了讓他安心，我這麼說並露出微笑。

「妳口渴了吧？要不要喝點冰涼的果實水？」

吉諾先生這麼說完，就將手臂繞到我背後，將我扶起來。

「吉、吉、吉諾先生！」

呀啊啊啊啊！我果然還在作夢吧！

我現在被吉諾先生摟著肩膀，他摟著我肩膀的手臂還傳來他的體溫。

吉諾先生的臉就近在眼前，但現在這麼近距離看見他的臉，我可能會直接昏倒，所以我完全不敢抬頭。

我還躺在床上，衣服也還沒換……

咦！對呀！我現在躺在床上！結婚前的男女怎麼可以在床上碰觸彼此呢！

怎、怎、怎、怎麼辦！

「有辦法喝嗎？」

吉諾先生將杯子遞給我，但我現在根本沒那個心情。

「來，小姐，我幫您加枕頭，您直接靠在上面吧。」

布麗琪為我準備了靠墊，於是我連忙推開吉諾先生。心跳快到胸口都要破裂了。

剛才我腦海中浮現出淑女不該有的無恥想法，但吉諾先生有發現嗎？腦袋雖然明白他不可能看透人心，我卻懷疑自己的心情會從和吉諾先生碰觸的部位流洩而出，擔心得不得了。如果被吉諾先生發現……身為淑女，我只能服毒自盡了。

布麗琪為我擦臉時，我為了平復心情喝了點果實水。

我不斷想起吉諾先生那雙充滿男性力量與溫暖的手臂，但我拚命阻止自己回想這一切，害羞到不敢直視吉諾先生的臉。血液衝進腦袋使我頭昏腦脹，可能一不小心就會昏倒。

「……那個……妳餓了嗎？聽說妳早上都沒吃。」

吉諾先生開口提問，我才終於不再回想剛才的事情。

「有一點……」

要是太緊張發不出聲音怎麼辦？雖然有點擔心，我還是努力回答。

做了幾次深呼吸、喝了點果實水後，我才總算稍微平靜下來。儘管如此，我的內心依舊小鹿亂撞。

「吉諾先生，你是什麼時候過來的？」

「大概三小時前吧。」

「三小時！那你一定很無聊吧？」

我大驚失色。他又不是僕人，居然在我身邊待了三個小時。他似乎也沒帶書過來，感覺有點對不起他。

「一點也不無聊。因為可以欣賞安娜的睡臉，而且我擔心又緊張，根本沒時間感到無聊。」

「睡臉……」

什麼……吉諾先生居然整整三個小時都看著我的睡臉嗎？我沒化妝，甚至沒有好好打理，他居然一直……

啊啊，早知道吉諾先生會來，我至少應該化完妝再睡才對。我有沒有流口水呢？雖然心中充滿擔憂，我卻沒有勇氣問出口。

跟方才截然不同的羞恥感急速湧上心頭……

後來吉諾先生跟我聊起今天發生的事。起初我還心煩意亂，不知不覺也開始享受與吉諾先生聊天的時光，感到十分愉悅。

「來，張嘴。」

從布麗琪手中接過盤子後，吉諾先生用湯匙舀起一匙穀米湯這麼說。

「張嘴？」

我沒聽懂這句不熟悉的話，便開口詢問吉諾先生。

「是啊，我要餵妳吃，所以把嘴張開。」

吉諾先生把湯匙湊到我嘴邊。

「那、那個？」

吉諾先生竟然要親自把食物餵到我嘴裡嗎？連僕人都不會照顧到這種程度。我從吉諾先生的行為感受到他的用心，臉頰發燙起來。

因為不能讓吉諾先生等太久，我便下定決心將他湊過來的湯匙含進嘴裡。我有吃得很優雅嗎？在吉諾先生的注視下用餐，實在太害羞了。

我偷偷瞥了吉諾先生一眼，發現他勾起一抹溫柔的笑靨。難道是我的吃法有問題嗎？嘴巴是不是不要張太大比較好呢？不過他的笑容優美如畫，讓我心跳加速。

「吉諾先生？」

吉諾先生一直對我露出這種不知所以然的笑容，我實在受不了，便開口詢問。

「嗯？啊啊，沒有，我覺得妳很可愛，不小心看出神了。」

「可、可愛！你、你說我嗎！」

他在說什麼，我這種醜女哪裡可愛了？至今從來沒有一個男性用「可愛」形容過我，連場面話也沒有。唯一稱讚我可愛的男性只有父親，但那只是父愛使然，所以不能算在內。

我是不是會錯意了？

「……抱歉，不小心把真心話說出來了。」

吉諾先生將臉別開，滿臉通紅地說。

我沒有會錯意，他真的在說我，我也忍不住害羞起來。我第一次聽到別人這樣形容我，也是第一次體會到這種心情。好難為情，心癢難耐，又雀躍無比。

「……別這麼說。我確實嚇了一跳，但真的很開心，謝謝你。」

「……那個，雖然我之前都沒說過，我一直覺得安娜很可愛。」

「……真的嗎？」

我實在不敢相信，忍不住再次確認。

「是真的。笑容滿面的安娜很可愛，一臉驚訝的安娜很可愛，穿上華美禮服的安娜很可愛，像這樣把頭髮放下來自然素雅的安娜也很可愛。我還想看到安娜更多不同的樣貌。」

吉諾先生如此說話時，紫色眼眸中滿是誠懇，讓我覺得他不是在說謊或開玩笑。因為他一直重複「可愛」這個詞，讓我更加害羞，臉頰和耳朵都熱得不得了。

「啊啊，好可愛！好想把妳緊緊抱在懷裡！」

咦咦咦咦——！他在說什麼？我現在可是躺在床上啊？想像自己在床上被吉諾先生緊擁的畫

面，我就羞到想要失聲尖叫。

不可以！不能有這種妄想！太不知羞恥了！

布麗琪用力咳了幾聲，吉諾先生才終於冷靜下來，可是我一時之間無法平復心情，只能拚命裝鎮定。只要一不留神，吉諾先生剛才那些熱情如火的情話就會重回腦海，讓我慌張到不知該如何是好。

……不過，他覺得我「很可愛」啊……從喜歡的人口中聽到「可愛」兩個字，原來是這麼開心的一件事。

長相醜陋的我只要受到他人目光，就會讓見者心生不悅，所以我總是提醒自己在服裝和髮型上不要太過招搖。

吉諾先生卻稱讚我可愛，還說想看到我不同的樣貌……既然如此，我就拿出勇氣，試著多打扮自己吧。

這或許只是吉諾先生無心的一句話，對我來說卻是賦予我極大勇氣的寶貴話語。

◆◆◆吉諾利烏斯視角◆◆◆

某天我像往常一樣前往公爵家，安娜卻沒有出來迎接我，原來是發燒正在臥床休息。安娜似乎很常發燒，我猜或許跟詛咒有關，讓我擔心得不得了，安東魯尼家的姊姊平常就很健康，就算她感冒發燒，我也不會這麼擔心，但安娜中了詛咒。我不理解詛咒的原理，也沒有任何線索讓我判斷安娜是否能退燒，症狀是否攸關性命。因為完全不懂，所以才更加恐懼。一想到安娜可能遭遇不測，我連工作都做不好了。

來到辦公室的岳母看我慌成這樣，就免除我當天的工作，於是我立刻奔向安娜的寢室。

我一走進寢室，就看見拉起豪華厚實窗簾的房間一片昏暗，昏暗的房內放著一張豪華床鋪，還加裝帶有細緻雕刻的床幔。我坐在床邊擺放的椅子上，與僕人交接照顧安娜的工作。

為了照顧安娜並觀察病況，延伸至床邊的精美刺繡床幔被拉了開來，使得安娜的睡臉一覽無遺。安娜躺在鬆軟的白色大枕頭上，頭部以下都用棉被蓋得相當緊實，滿臉通紅的她此刻正安靜地沉睡。看著這樣的安娜，不安的情緒又湧上心頭，讓我心亂如麻。

平常她總是神采奕奕，讓我完全感受不到她被詛咒，只覺得她的長相跟常人不太一樣。然而像這樣看到安娜發燒臥床的模樣，我才再次領會到她中了詛咒的事實。

我不停幫她更換額頭上的毛巾，約莫三小時後，安娜終於醒了。

「不用這麼擔心，這是常有的事，沒什麼大不了。」

或許是我將忐忑之情全寫在臉上，安娜這麼說，為了安撫我而露出微笑。

「妳口渴了吧？要不要喝點冰涼的果實水？」

由於安娜點了點頭，我便輕輕翻起棉被，將右手臂伸到仰躺的安娜肩膀下方，將她的上半身扶起來。

「吉、吉、吉諾先生！」

雖然安娜大驚失色，她現在正缺乏水分，我必須先讓她攝取。脫水症狀有時伴隨著死亡的風險，是相當恐怖的病症。

我將拿在左手的杯子遞給安娜，安娜卻低著頭不肯接過杯子。沒綁的頭髮垂落而下，讓我看不清她的表情。

僕人不知何時來到我身邊，在安娜背後放上靠枕讓她得以倚靠。安娜將杯子一把搶去，用飛快的動作擺脫我的手臂躺在靠枕上。

後來我們開始閒聊，期間也會幫安娜量體溫。看她慢慢退燒，聊起天來也很有精神，我才暫時放下心中大石。

僕人拿了病理餐過來。這道名為「穀米湯」的料理，是將好幾種穀物燉煮到鬆綿軟爛，有助於消化。

「來，張嘴。」

我從僕人手中接過盛裝穀米湯的盤子和湯匙，用銀色湯匙舀一匙穀米湯遞給安娜並這麼說。

「張嘴？」

「是啊，我要餵妳吃，所以把嘴張開。」

這麼說著，我把湯匙更加往前伸。安娜雖然一臉困惑，還是在猶豫幾秒後面紅耳赤地吃下穀米湯。看著連脖子都通紅一片的安娜慢慢咀嚼的模樣，我不禁笑逐顏開。

「吉諾先生？」

「嗯?啊啊,沒有,我覺得妳很可愛,不小心看出神了。」

「可、可愛!你、你說我嗎!」

安娜驚訝地瞪大雙眼,我這才發現自己下意識地對女性說出「可愛」一詞,所以也愣住了。

如果前世的我說出「可愛」一詞,女性應該會表現出強烈的排斥反應,所以過去我都會有意識地避開稱讚女性魅力的那些話。因為好幾十年來都是這樣,早已養成習慣,所以這一世我也沒說過這種話。

這樣的我竟然對女性說出「可愛」這兩個字。

見到安娜的第一眼,我就覺得她好可愛,這股心情日益強烈,最後終於滿溢而出化成言語。

「……抱歉,不小心把真心話說出來了。」

她可能覺得不太舒服,於是我立刻道歉。雖說如此,原來開口稱讚心儀的女性是這麼害羞的一件事嗎?

「……別這麼說。我確實嚇了一跳,但真的很開心,謝謝你。」

安娜面紅耳赤地露出靦腆的笑容,口氣愉悅地這麼說。

原來她很開心!興奮不已的我忍不住對安娜表明我一直覺得她很可愛,以後還想看到她更多可愛之處的心情。可能是不習慣被人稱讚吧,安娜的臉馬上紅得像蘋果一樣。

啊啊,好可愛!好想把妳緊緊抱在懷裡!

我本來只想在心中如此暗自呢喃,沒想到竟把真心話脫口而出。後來聽到僕人用力咳了幾聲,我才冷靜下來。好險,就算她是我的未婚妻,在床上抱緊她也會引發大問題。

這位僕人為了不影響我們，通常都會站在我們看不到的死角，唯獨今天刻意站在我的正前方，還用嚴厲的目光看著我。

我忍受這位女僕的銳利眼神，繼續餵安娜吃穀米湯。看到安娜害羞卻乖乖吃飯的樣子，我的身心也獲得療癒，和她開心地閒聊，真是讓人不禁會心一笑的幸福時光。

「嗯？」

「怎麼了嗎？」

「不，沒什麼。」

我不小心發出驚呼。將吃完的餐具交給僕人時，右手戒指正好映入眼簾，嵌在上頭的淡紫色石頭竟然黑化了。

我隨口敷衍過去。背後的隱情太過複雜，我還沒打算說出口。

昨天安娜一發燒就請主治醫生過來了，但我當時正在工作沒能見到她。主治醫生今天也會來診察病情，為了向她打聽詛咒的細節，我特地請了假。

前世的詛咒是一種不切實際的幻想產物，只有遭人怨恨者才會面臨詛咒，這個世界的詛咒卻是真實存在，而且還屢見不鮮，被詛咒的人大概跟前世有偏頭痛的人一樣多。因為種類繁多，詛咒會以症狀分門別類，也有各自的專屬名稱。

知道有詛咒存在時，我只覺得真不愧是異世界，僅此而已，沒有進一步深究。因為周遭沒有人被詛咒，我只抱著隔岸觀火的心態。就算遇見安娜，我也沒想太多，只覺得她的外貌有些異於常人，不是需要在意的大問題。

然而，既然詛咒會造成安娜身體不適，我就想更進一步了解詛咒。未知讓我感到恐慌，可能會失去安娜的恐懼也讓我心驚膽戰。

「所以你想問什麼？」

在名為「透輝」的第十五會客室中，一位坐在我對面的微胖中年女性這麼說。這位是安娜的主治醫生蘇珊娜·維爾加子爵夫人。維爾加家代代都是賽文森瓦茲家的主治醫生，賽文森瓦茲家晉升上級貴族後，就把這個醫學世家納為家臣，聘請他們擔任主治醫生。

「我想問安娜的詛咒。」

「很遺憾，我也一無所知，目前確定的只有先天性的問題、外貌忽然變成那樣，以及幾個月會發燒一次而已。依現代的醫學水準還無法釐清。」

「一無所知嗎！」

「是的，因為是史無前例的詛咒，所以也沒辦法命名。」

這答案讓我大受打擊。雖然知道是相當少見的詛咒，沒想到連名字都沒有。

「那麼解咒方法呢……」

「這當然也不清楚。即使被詛咒的人很多，已經發現解咒方法的詛咒也沒幾種。況且沒有人和安娜史塔西亞小姐遭受同樣的詛咒，所以就更困難了。」

「……往後有可能會影響到安娜的性命嗎？」

「以往就算發燒，也都會在幾天內退燒。若以這樣的前例來思考，我認為日後繼續維持的機率比較高，只是我也不能篤定。說不定……未來會有所不同。」

我抱著一絲可能性拋出這個問題，果然得到了預想中最糟糕的答案。

既然現代醫學無能為力，就只能用我的方式思考如何對付詛咒了。儘管之後我得翻閱大量書籍，難得專家就在眼前，還是跟她請教大致的狀況吧。

「說穿了，詛咒究竟是什麼呢？教會的主張是『神降給人類的試煉』。」

「站在醫師的立場，我不同意教會的見解。從醫學角度來看，詛咒是一種能判明病症卻找不出發病原因，所以無法自然治癒的一種疾病。」

跟我原先的想像有很大的出入。這種現象在前世不叫詛咒，若要以前世的語言來表現——應該是原因不明的慢性疾病吧。

「找不到解咒方法，是因為不明白下咒的原理嗎？」

「是的。過去也有原因不明卻偶然找到解咒方法的案例，但少之又少，絕大部分的詛咒都無法解除。因為無法靠人類的力量解決，教會才會解釋為神降下的試煉。身為一名醫師，我雖然無法肯定教會的說法，現代醫學與現代魔法學確實對詛咒束手無策。」

「過去有找到解咒方法的案例嗎？」

「有，比如少年詛咒就是這樣，發現的契機是某位被詛咒的女性結婚約一年後成功解咒。後續研究才發現，她在夫家常喝的奧爾提斯藥草茶有解咒效果。現代的解咒方法就是熬煮奧爾提斯草長期服用。」

這也跟前世治療慢性疾病的方法相當類似。前世也有人會以長期服用中藥等天然草藥的方式治療慢性疾病，或許詛咒就是原因不明的「疾病」嗎？

「這麼說來，似乎沒聽說過跟魔力有關的疾病。」

「真是打破常識框架的有趣思維，就像你是從另一個世界來的。」

維爾加醫師如此笑著說。雖然沒表現在臉上，被她一語道破，其實我內心相當惶恐。

「不論是魔法世家、醫學世家或藥學世家，每個家族都會將許多技術藏著不放上檯面，所以必須加上『就我所知』這個條件。不過……世上不存在魔力引起的疾病。」

原來如此，這個世界就是如此吧。

「對了，之前幫安娜史塔西亞小姐管理飾品的僕人曾找我商量過，只要是魔力式的飾品就會馬上損壞。」

這讓我想起一件事。鑲嵌在戒指上的石頭曾經變色，第一次是和安娜相親的時候，第二次是昨天安娜發燒的時候。

……對了！說不定是這樣！

這個世界的醫學無法解釋安娜的「詛咒」，但如果是我！如果是具有前世知識的我，或許辦得到！

我心急到坐立難安，立刻趕回巴爾巴利耶家的房間裡。

急忙趕回巴爾巴利耶家後，我從金庫取出戒指，戴在手上再次確認。鑲嵌石原本是淡紫色，如今變得漆黑一片。

平常我都會帶著這枚戒指，今天卻放在房裡沒帶出來，因為鑲嵌石黑化後無法正常運作。

這枚戒指是具有時間加速效果的魔道具，只要從戒指內側注入混元魔力，佩戴者自身的時間就會加速，最大能到二十倍。最大加速度的效果時間，大約是施術者時間的五秒左右。而且無法連續使用，必須等待冷卻時間結束才能再次使用。假如使用超過五秒或連續使用，紫色的魔結晶圓就會超出負荷白化龜裂，如此一來便不能繼續使用了。

由於每個魔法世家都會藏匿絕大部分的技術，我不清楚這個世界真正的魔法技術水平到什麼程度。不過從馬車作為主要交通手段大放異彩的現狀看來，顯然還沒到可以控制時空間的水準。這枚可以操控時間的戒指，是用遠超於這個世界魔法文明的技術製作而成。

若要說我為什麼會有這種魔道具，**因為這個魔道具是我做的**。前世我是**日本**的小小上班族，利用在**日本**靠魔像工程師維生時學到的技術，做出這枚護身用的戒指。前世我所在的**日本**這個國家，具有這個世界望塵莫及的超強魔法技術。

將房門上鎖拉緊窗簾後，我對放在桌上的戒指施展檢查魔法。這是工學系的基本魔法，前世只要是理科大學畢業的人都會使用。我原本打算找空閒時間來調查，才把戒指放在金庫裡，但我現在必須馬上趕回來實施這道檢查。

「果然沒錯！」

維爾加醫師說，這個世上**不存在**魔力相關的疾病。

不對！確實存在！這個世界的確有魔力性疾病！

發動魔法或使用魔道具時，撇除施術者刻意放出體外的狀況，通常魔力不會漏出體外。若魔力漏出體外，會導致體內循環不順暢，對人體造成影響，這就是魔力性疾病。

魔力性疾病在前世屢見不鮮，在這個世界卻從未耳聞。因為有「這裡是異世界」的強力論證，我才沒發現這是不自然的現象。

其實跟前世的世界一樣，這個世界也存在魔力性疾病。儘管如此，之所以對此一無所知，是因為這個世界的魔法技術尚未發達，診斷不出魔力性疾病。畢竟是醫學也找不出問題的現象，才會把「疾病」視為「詛咒」。

根據檢查魔法顯示，魔結晶晶圓的黑化原因是接觸了超高密度魔力體。

這個世界的魔法文明落後，應該還沒有魔力原子爐，幾乎不可能出現超高密度魔力體，可是之前戒指的魔結晶晶圓竟黑化了兩次。

第一次是和安娜相親當天，第二次則是昨天。第一次我情不自禁地將安娜擁進懷中，第二次是昨天要讓安娜喝水時，用戴著戒指的右手摟著安娜的肩膀。平常我會把戒指戴在左手無名指，因為手指扭傷，昨天才戴在右手。在這兩個戒指變色的日子，我都碰觸了安娜手掌以外的部分。

如果安娜身懷超高密度魔力，因為魔力性疾病導致魔力無意識地滲出體外，戒指變色和安娜詛咒的原因就說得通了。

這同時也引發了另一個驚人的可能性，就是安娜具有超高密度魔力。換句話說，就是可能成為「魔導王」或與之相當的存在。

如果安娜是「準魔導王」，我就能猜到安娜中了什麼「詛咒」。

——極度魔力過剩症——

我記得應該是這個病名。若身上的魔力大到足以成為「魔導王」，就有可能罹患這種魔力性疾病。我曾看過以成為「魔導王」的女性為題材的紀實性連續劇。

劇中的女性全身上下都變成綠色，也長滿岩石般的凸瘤，頭上還長了兩根犄角。

魔力脈與氣脈失常，就會對人體造成影響。在前世的遠古時期，頭上有犄角，或是長出尖長尾巴、蝙蝠翅膀的人，就會被稱為鬼或惡魔，讓人避之唯恐不及。直到近代才發現這些人體變異都是源自於脈象失常。

魔力性疾病也是因為魔力脈失常，導致人體受到影響。雖然症狀因人而異，「極度魔力過剩症」的外表變異應該就像劇中那位女性。安娜身上的岩石凸瘤和綠色皮膚，都跟劇中的女性非常相似。

如果是「極度魔力過剩症」，就能理解為什麼是史無前例、極為稀少的詛咒了。因為是魔力量相當於「魔導王」的人才會罹患的疾病，「極度魔力過剩症」在前世也是罕病中的罕病。具有如此龐大魔力的人比例只有十億分之一，即使是如此稀有的人種，也不是所有人都會患病。

我想更進一步驗證這個假設。對了，試著調查安娜的魔力保有量吧。

這個世界還不清楚測量個人魔力保有量的方法。不知道是技術被隱匿導致世人未知，還是還沒被發明出來。

不過沒問題，我自有辦法測量。如果是測量魔力保有量和魔法屬性的利特馬爾魔力試紙，我在前世的高中實驗課曾經做過。

製作所需的材料在前世都是輕易就能取得的東西，所以才是高中實驗課必有的環節。這個世界跟前世世界有太多相似之處，應該能馬上收集到材料。

「可以把這張紙含在嘴裡嗎？」

安娜以筆挺優美的姿勢坐在會客室沙發上，目不轉睛地看著手中的利特馬爾試紙。我打算趁著跟安娜喝茶的時候，以測試新商品的名義偷偷測量安娜的魔力保有量。

「哎呀？變成全黑了。」

「哦哦！果然沒錯！天哪！安娜太厲害了！」

我的聲音響徹了占地寬敞，名為「玉髓」的第二十五會客室，甚至還興奮到站起來大吼。安娜不知道我為何興奮，嚇得愣在原地。

只要魔力保有量越多，利特馬爾魔力試紙呈現的顏色就越深，顏色也代表測試者的魔力屬性。可是有極少部分人無法用這種試紙測量，那就是「魔導王」和「準魔導王」。由於魔力過於龐大，呈現的顏色深到看不出屬性色，就會變成全黑。

這樣就能確定安娜是十億人中才會誕生一人的「準魔導王」。具備的魔力不是接近「魔導王」，而是相當於「魔導王」的水準。只有「魔導王」和「準魔導王」才會讓試紙變成全黑。

如果放在前世，那群新聞記者就會衝到安娜身邊，明天的報紙頭條都會是安娜的版面吧。電視新聞也會播放快訊跑馬燈，應該還會做特別報導。

「魔導王」是一人就足以讓全大陸陷入火海的超越級存在，只要確認有這號人物，就會引來全世界的注目。

我想不到這個世界還有哪些超高密度魔力體，所以戒指一定是因為安娜才會變色。而安娜會無意識地將魔力漏出體外，就代表她罹患了魔力性疾病。

詛咒是「極度魔力過剩症」的可能性提高，讓我暫時鬆了口氣。雖然只是從紀實性連續劇看到的微薄知識，應該不是馬上就會死亡的病症。

總之我還想得到更多情報。我將戒指的鑲嵌石換新，仔細地觸摸安娜的手，石頭卻沒有變色。看來手掌附近並不是魔力漏出的部位，那麼就是背後或肩膀一帶嗎？

我忽然感受到強烈的殺氣，回頭一看，發現殺氣來源是安娜的專屬女僕，她一臉凶狠地瞪著我。或許我不該執拗地撫摸安娜的手，還是先打消繼續調查的念頭吧。

不過，真沒想到安娜是「準魔導王」。

這個世界的魔法技術非常落後，若我將前世的魔法技術教給安娜，她就會變成立於世界頂點的魔法師吧。不過我還不打算教安娜魔法。

「魔導王」是前世最強的兵器。如果是這個文明落後的世界，單靠「魔導王」一人就能將大陸全土納入版圖，建立空前絕後的大帝國。

倘若安娜成為魔法師，那些掌權者不可能對這個壓倒性的戰力置之不理，安娜這一生會被強制變成兵器。心地善良的安娜若是被迫走上戰略級兵器之路，最後一定會以悲劇收場。

安娜不可能對自己殺了成千上百的敵兵而驕傲，也不會吹噓自己把整座都市連同人類一起蒸發，這樣一定會讓安娜傷得粉身碎骨。

所以我還不能教安娜使用魔法，要教也得做好絕對不會被外人發現的萬全準備，現在還不是時候。

而且我也得調整自己的心態。如果要教安娜魔法，就必須說明並非出身魔法世家的我為何會使用魔法。我現在還沒有勇氣對安娜坦白。

沒有年輕女性想選老人當伴侶。知道我的靈魂是個老人後，安娜會有什麼反應呢……安娜溫順又體貼，一定不會說出傷人的話，所以只要她臉上出現一絲陰影，就會對我造成致命傷。

總之，我要先思考當前的對策。以後我必須替所有魔道具加上抗魔塗層。我對抗魔塗層非常熟悉，畢竟我第一次被交付設計的魔像，就是專門在魔力原子爐內工作的魔像。

儘管如此，前世也不存在能耐受「魔導王」放出攻擊性魔力的抗魔塗層，不過如果只是自然釋出脈象不規律的魔力，我所知的材質應該就撐得住。

而且，往後的研究方針也確定了。那就是以「極度魔力過剩症」為主軸。

雖然知道安娜是「準魔導王」，卻解決不了任何問題。不僅如此，就算確定是「極度魔力過剩症」，我也沒辦法馬上拿出解決方案。

在魔法科技高度發達的前世世界，包含「極度魔力過剩症」在內，幾乎所有魔力性疾病都有確切的治療方法。然而前世的我不是治癒魔法師，而是魔像工程師，醫療並非我的專業領域。

可是如果我以「極度魔力過剩症」為主軸持續研究，或許總有一天能找出治療方法，安娜能健康生活的日子也會到來。

於是我買下一棟平民取向的中古獨棟民宅當作研究地點。那裡離商會很近，是牢固的石造建築，窗戶也不多，所以是非常適合保持機密的物件。

我也考量到會被各方探問的可能性，所以找了鎮上專門出借名義的人士，借名將他登記成研究所的所有人。這個世界有人在做名義出借的生意，舉凡不動產等各種名義都能出借。我不用和名義出借人直接碰面，我的名字也不會曝光。我還曾經重金收買商會員工的家人，請他們借名給我。每次處理魔法相關的事情，我都會慎重再慎重。

◆◆◆

「哎呀，這個化妝水要送我嗎？」

「是啊，希望您用得開心。」

我和岳母一起在溫室喝茶時，我將自製的化妝水送給她。

為了解除安娜的詛咒，就得由我親自找出治療方法。可是我是醫學外行，想必得經歷無數次試錯流程，為此需要耗費大量金錢，但我總不能動用商會的資金。就算找出連病名都沒有的罕病治療法，治療對象也少得可憐，投入的資本根本不可能回收。商會員工也要生活，身為經營者，我投資時得考量商會和員工的利益。

我必須用個人資金來研究詛咒，為了籌措資金，我製作出前世的基礎化妝水。前世我是魔像工程師，化妝品本來不是我的專業領域，但我熟知化妝品的成分與添加魔法。

前世的所有事情都由魔像一手包辦。比如設定好時間就能在睡覺時幫忙化好妝的魔像，喝得爛醉回家睡倒在玄關，也會主動幫忙卸妝保養的魔像，當時都是暢銷商品。要讓這種魔像具備長期維持化妝水品質的機能，魔像工程師就必須了解化妝水的成分與添加魔法。

「我是很開心啦，但沒有安娜的份嗎？」

岳母坐在鑲有金色精工雕花的大理石桌對面，神情十分困惑。因為我沒給未婚妻送禮，而是送給未婚妻的母親吧。安娜也用五味雜陳的表情看著我。

「原因在於這個化妝水的性質。這個化妝水有抗老功效，使用後可以年輕十歲——」

我被椅子翻倒的「喀咚」聲嚇得中斷說明，原來是岳母起身時把椅子撞倒了。岳母是下嫁的公主殿下，又貴為公爵夫人，平常根本不會如此失禮。安娜也嚇得瞪大雙眼。

「我收下了。」

原本隔著桌子坐在我對面的岳母，在我和安娜驚嚇之際極其快速地繞過桌子，從我手中搶走化妝水。

我只能用呆愣的眼神看著岳母。

岳母絕對不是跑過來的，是自始至終頭部都維持在一定高度，在頭上放本書也不會掉下來的優雅動作。但她剛才的動作快到彷彿穿著溜冰鞋在冰上滑行，滑順到不自然的地步。

「……然後，我有幾個要求。」

等岳母回到原先的座位上端正坐姿後，我重振精神繼續說：

「第一，如果社交界注意到您重返青春的現象，我想請您多多宣傳這瓶化妝水。但人們一窩蜂衝過來也很傷腦筋，所以請不要說出製造來源。」

「這當然沒問題。」

「第二是販售客群。由於這種化妝水相當稀少，我不打算大量販售，所以想請岳母決定要賣給誰。」

其實可以量產，但我不想這麼做，因為用超高價格少量販售比較輕鬆。畢竟只有我一個人負責生產，我可不想做大量生產這種麻煩事。

「哎呀，感謝你這麼給我面子，但你現在是巴爾巴利耶家的人，你不應該找我，而是找巴爾巴利耶夫人比較合理吧？」

岳母這一點真的很值得信賴。比起自身的利益，她更在乎我的立場，能夠當她的女婿真是何其有幸。

安娜也是清廉公正的高潔女性，這想必是繼承了岳母的個性，又昇華成更加完美的結果吧。

「我已經跟巴爾巴利耶的義母談過了，義母也認為這方面交給賽文森瓦茲的岳母處理較為妥當，她只要能拿到自己那一份就夠了。」

「那就交給我處理吧。儘量賣給願意出高價的人比較好吧？」

「不，請您賣給對賽文森瓦茲家有利的人。至於販售數量，我想把岳母派系的人數考量在內，與您商量後再決定。」

「哎呀，這樣好嗎？依照吉諾的個性，之所以沒送給安娜而是送給我，是不是想用販售化妝水的資金送禮物給安娜呢？」

真是敏銳，完全看穿了我的心思。因為不確定計畫能否順利，我才想對安娜保密。

「我確實有此打算，但我估計資金方面應該不難籌措。要送禮給安娜，我需要的是資金以外的事物。」

聽我這麼說，安娜嚇得杏眼圓睜，隨後又低下頭露出羞澀靦腆的笑容。

咕唔唔唔唔唔！好可愛！

岳母往身旁的安娜瞥了一眼，露出滿意的笑容。

「那我可真是感激不盡。可是這麼做感覺只對我有利，對你有點不好意思。」

「別這麼說，我也同樣想為賽文森瓦茲盡一份力啊。」

於是我成功讓岳母接下宣傳兼販售人的任務。

「今天不在那裡，而是在『翠玉』。」

隔天早上，安娜一樣來玄關迎接我，我本來想像平常那樣前往公爵辦公室，安娜卻把我叫住。於是我和她開心地閒聊，同時前往名為「翠玉」的第四會客室。

「珍妮！是妳嗎！」

「咦！是母親嗎！」

珍妮是珍妮佛的小名，也就是岳母。

公爵對岳母的變化太過驚訝，甚至從沙發上站起來。安娜也呆呆地張大嘴巴，真是可愛的驚嚇反應。

岳母像惡作劇成功的孩子般笑出來，不管怎麼看都像二十幾歲。

這次聚會是岳母的計畫，想讓家人看看自己的改變。岳母偶爾會有這種孩子氣的一面，是個十分可愛的人。

我送給岳母的是前世也有販售的魔法化妝水，添加了重返青春的效果。我擔心會有副作用，所以直接將前世市售化妝水使用的添加魔法照搬過來。既然是市售商品，就表示有通過檢驗，相對安全。

因為是把市售化妝水的魔法照搬過來，所以也遵守了前世的法制規範。化妝水的回春效果約在十歲至十五歲，但效果太過顯著就會受到法律管制。一旦停用似乎就會在幾天內恢復原狀，法律規定不得販售具有永續效果的商品。

「吉諾，這個化妝水太驚人了，尤其是停用後就會恢復原狀的這個殘忍機制。真的要用對賽文森瓦茲家有利的方式來販售嗎？」

「當然。」

「那就這麼辦吧。不過巴爾巴利耶夫人確實聰明。既然效果這麼好，若不是我來處理，可能會保不住吉諾。幸好你有個疼愛你的義母。」

其實這就是巴爾巴利耶義母的擔憂。她只是普通的侯爵夫人，若被階級較高的公爵夫人或王妃殿下執拗地追問製造來源或方法，她可能怎麼躲都躲不掉。

如果是賽文森瓦茲的岳母就不會有這個問題。她的親兄國王陛下是個重度妹控，親母王太后殿下又對排名老么的岳母十分寵溺，所以可以輕易拒絕王妃殿下的請求。不僅如此，王妃殿下和側妃殿下還對岳母敬畏三分。

交給岳母販售的化妝水，最後以遠超出我預料的金額成交。一瓶化妝水的定價就足以買下一整棟男爵家，讓我大驚失色。只要實際體驗到回春效果，不管多高價都一定要買下來，女性追求青春的執念真是可怕。

轉眼間，每月收到的營業額就逼近國家預算的規模，害我收錢收得手軟。由於預算充足，我只分了一半淨利，剩下那一半就分給岳母。

此外，我也建議岳母除了金錢以外，也可以用情報來交易。只要提供有用的情報，就能等價購入化妝水。這個提議也讓岳母鳳心大悅。從岳母溫柔奉獻的美貌很難想像，她其實是個狠角色，比我更清楚情報具備的威力。

為了得到化妝水，加入岳母派系的人越來越多，規模急速擴大，現在每一個對立派系都是瀕臨瓦解的狀態。

岳母現在在社交界被稱為「女帝陛下」。這個國家明明有真正的國王和王妃，這個稱號似乎不太妥當。

這麼說來，最近我都沒送禮給姊姊。以往商會有大額獲利，或進貨了姊姊可能會喜歡的商品時，我都會送姊姊禮物。最近我忙得不可開交，所以一直沒送。

我平常會跟安東魯尼家人互通書信，但姊姊寄得特別頻繁，看來她真的很擔心我。要送什麼禮物給她呢？現在我有這麼多資金，可以送她豪華的禮物。

要不要送她可以買下好幾棟安東魯尼家的昂貴寶石呢……不行。姊姊可能會誤以為我侵占了賽文森瓦茲家的財產，特地趕來王都一趟。不能豪華到讓她嚇破膽的程度，還是送符合她喜好的珍稀物品吧。

◆◆◆

輔佐公爵辦公時，他吩咐我去圖書館調閱資料，於是我問公爵能否在調閱資料時順便翻閱書籍。找完資料後會有一段休息時間，所以公爵同意讓我翻閱書籍，甚至可以把書借出來。

找完公爵吩咐的資料後，我在圖書館尋找詛咒相關的文獻。前往詛咒相關文獻擺放的房間途中，我在擺放貴族史的房間裡看見安娜的專屬僕人。

「請保持安靜。」

專屬僕人一看到我，就輕聲細語這麼說。

這個人在照顧安娜時也會安靜到不自然的程度，剛剛來到我身邊時也沒發出一點聲響。這個人名叫布麗琪．奧德蘭，與安娜總是形影不離，有時也會和我說幾句話。

既然她在這裡，我猜安娜應該也在，便壓低腳步聲走進房間。只見安娜趴在房裡擺放的桌上睡著了，背上還披著一條毛毯，應該是布麗琪披上的吧。

「小姐最近都整理資料到很晚，所以相當疲憊。麻煩讓她休息一會兒。」

她真的睡得很熟，看來真的精疲力盡了。我瞄了一眼，桌上放著幾本書和紙張。看見安娜寫到一半的紙，我有些吃驚，並拿起幾張觀看上面的內容。

「這是……」

我現在在巴爾巴利耶家接受上級貴族教育。雖然不用額外學習語學或法律這種平民生活中也必不可少的知識，只有貴族生活才需要的知識就得從頭學起。畢竟我本來想當平民，所以沒有深入學習。貴族史也是學習不足的其中一項學科。

安娜會陪我一起學習。每個貴族家裡至少會有一本貴族史書，如果是歷史悠久的家族，甚至會超過十本。安娜會把這些史書的內容整理成筆記送給我，我才能學得這麼有效率。

桌上這些紙是前幾天收到的筆記後續。布麗琪說安娜會整理資料到很晚，就是為了整理這些筆記才會熬夜吧。除了筆記以外，學習儀態和禮節時，安娜也都會陪著我。

明明為了我這麼辛勞，她卻從來不在我面前喊苦，沒見過她埋怨的神情，總是對我溫柔微笑。安娜真的是個好女人，我忍不住眼眶發熱。

由於不能吵醒安娜，我便把布麗琪請到房外。

「那些是為我整理的筆記吧？」

來到離房間有段距離的走廊後，我詢問布麗琪。

「是的。」

「我想請她別再這麼做了，妳可以幫我嗎？」

「……為什麼？」

布麗琪用冰藍色的眼眸狠狠瞪著我說，嗓音中帶著幾分怒氣。她應該是不准我糟蹋安娜的一番好意吧。

「我不想讓安娜吃苦。看到安娜為了我這麼辛勞，我實在不能忍受。」

布麗琪的表情逐漸和緩，似乎滿意了些。

「那就請您儘快在貴族史考到及格分數。別看小姐那樣，她的意志非常堅定。既然知道這麼做對吉諾利烏斯先生有益，哪怕周遭反對她也會努力完成。想阻止小姐的話，您只能儘早在貴族史考到及格分數。」

「如果我親口制止她呢？」

「那也沒用，頂多只會把轉交筆記的方法從親手遞交改成匿名寄送到巴爾巴利耶家。吉諾利烏斯先生，您應該也明白吧？」

我比你更了解安娜——布麗琪露出帶有這種含意的笑容，說話時還用居高臨下的眼神看著我。我的身材較為修長，嬌小的布麗琪為了用俯視的眼神看我，所以將上半身往後仰。

這激起了我的競爭意識。我絕對不能輸給布麗琪，想更了解安娜的一切——這股情感頓時湧上心頭。

然而布麗琪說的沒錯，安娜一定會這麼做。

於是除了詛咒書籍之外，我又借了貴族史書回去。我得更努力學習貴族教育才行。

隔天在等安娜的時候，我不小心睡著了。為了向她賠罪，順便感謝她平常陪我學習，我邀請安娜到湖畔走走。對外表相當自卑的安娜不太喜歡外出，而且也沒搭過小船，過去曾說有機會想搭乘看看。鄰近的港口雖然人潮較多，王都外圍的湖畔卻沒什麼人，是安娜外出的最佳地點。

「你還記得小船的事呀？我好開心。」

安娜笑著這麼說。光是能看到這張宛如春日繁花的笑靨，對我來說就是極度的讚美了。

◆◆◆

安娜容易發燒的原因是體內魔力流，也就是魔力脈不安定。我想讓她的魔力脈趨於穩定，但醫學知識貧乏的我根本沒辦法完全根治。不過，我倒是可以做出穩定魔力脈的保健用品，比如前世被稱為「磁力圈」的產品。這種產品調整魔力流的原理很單純，只要有前世小學生程度的知識就能製作。縱使只有暫時性的寬慰效果，總比沒有好。

由於長時間戴在身上才能發揮效果，做成能長期配戴的飾品比較適合，所以我決定採用戒指的形狀。可是我不知道安娜的戒圍，要請安娜的專屬僕人布麗琪提供協助。

「所以，您打算在什麼情境下把戒指送給她呢？」

布麗琪拋了這個問題給我——就在我來到布麗琪專用的休息室，向她請教安娜戒圍的時候。

「情境？應該是完成後第一次見到她就送吧。」

儘管只有些微的效果，依舊是保健用品，還是早點送她比較好。

「唉～～～～」結果布麗琪長長地嘆了一口氣。

「吉諾利烏斯先生！您什麼都不懂！真的是！什～～麼都不懂耶！」

布麗琪用力搖搖頭這麼說，盯著我看的那雙冰藍色眼眸，彷彿在蔑視沒用的男人。可能是最近變得比較親近，她對我越來越不客氣了。

「您聽好了，這是小姐第一次收到男性贈送的戒指。既然是自小陪在小姐身邊，對她的一切無～～所不知的我說的話，那就絕對不會錯！吉諾利烏斯先生，這可是小姐初次體驗的珍貴回憶畫面，您居然想在這棟宅邸的玄關口隨便解決嗎？」

唔！一提到安娜就搬出「無～～所不知」這種話，讓我燃起了競爭心態。她想表達自己比我更了解安娜吧，擺明就是來跟我炫耀。

考量到跟安娜在一起的時間，布麗琪確實占了上風。可是我！我對安娜的心意並不會輸給她！……不對，現在先別管這些，安娜的回憶才是重點。雖然很不甘心，布麗琪說的沒錯。既然是安娜初次體驗的重大事件，我就得竭盡全力營造出讓她永生難忘的美麗回憶。

思及此，我忽然發現一件事。

這難道！是要贈送戒指給女性的意思嗎！

先前我滿腦子只想減輕安娜的詛咒症狀，只想著要送她保健用品而已，但這個魔道具是戒指的形狀。

我這種人？要送女性戒指？

前世八十二年，這一世十六年，我活過的歲月合計將近一世紀。即使活了這麼久，我也沒送過女性戒指。要做從來沒做過的事情時，沒做的期間越長，難度就會越高。我實在不認為靠自己的力量能完成這件事。

我發現自己的臉馬上熱了起來，腦袋就像沸騰一般，思緒澈底停擺。

「吉諾利烏斯先生，難道您怕了嗎？」

布麗琪用看著垃圾渣滓的眼神望向我說。

「我、我……」

被她一語中的，我頓時啞口無言。我正好在思考自己是否真能跨過這道難關。

「畢竟吉諾利烏斯先生不常接觸女性，能理解您初次送女性戒指時害羞的心情。然而，只要您克服這份羞恥，小姐一定會很開心。吉諾利烏斯先生，您不想看到小姐的笑容嗎？」

笑容？我當然想看啊！

不過我真的有辦法送戒指給如此完美的女性嗎？為了安娜的笑容，我當然想努力看看，可是不論付出多少努力，人類還是有極限。

「請您作好覺悟。您是男人吧？真是沒用！」

「……啊、啊啊。」

迫於布麗琪的壓力，我便答應送安娜戒指。這樣就沒辦法了。儘管難度極高，也只能努力看看了。

「對了，吉諾利烏斯先生，您不是跟小姐約好要去湖畔嗎？」

「是啊。」

「要不要在風光明媚的湖畔送給她呢？」

「原來如此，湖畔啊……」

我完全不知道如何與女性相處，與其獨自苦惱，聽從布麗琪這位女性的意見才是賢明之舉吧。好，就在湖畔把戒指送給安娜吧。

既然要讓安娜留下珍貴的回憶，就絕對不許失敗，在正式上場前得先去場勘至少五次以上。不能讓安娜摔倒或被蜜蜂螫咬，必須清除可能會踩到的石頭，有蜂窩也得摘除才行。也不能讓樹枝勾到她的衣服，必須砍去擋路的樹枝。我要什麼時候去場勘呢？還得避開跟團體遊客撞個正著的情況。得先確認王都所有旅館的預約狀況……

「還有，吉諾利烏斯先生，送戒指給小姐的時候，請您將自己的心意好好告訴她。」

「什、什麼！」

「看您嚇成這樣……您真的打算一聲不吭地默默送給她嗎？」

「這個嘛……」

我根本還沒想到要怎麼送。不過依照我的個性，的確很有可能一聲不吭地默默送給她。

「您聽好了，吉諾利烏斯先生。機靈的上級貴族少爺在贈送戒指這種飾品時，還要獻上愛的歌曲。」

「歌、歌曲！」

「唉……您真的、什麼、什～～麼都不懂耶。沒錯，就是歌曲。要將小姐比喻為太陽或玫瑰，灌注心意即興創作歌曲當場獻唱。當然，不能讓小姐覺得這是唱過無數次的歌，要將當時的季節、風景或小姐的禮服等細節編進歌曲中，還要盡可能投入感情熱情演唱。畢竟是貴族，送戒指時必須追求優雅，在優雅中添加幾分熱情後就是歌曲。」

……難……難度太高了吧！

已經極度緊張了，還要即興創作融合風景和女性禮服的愛之歌？就算成功想出歌曲，還得在壓力當中唱得不跑調不走音，根本不可能。

「啊～看您的表情，看來是做不到吧。也是，就算是上級貴族少爺，也要擅長與女性相處的人才會做這種事。吉諾利烏斯先生可能沒辦法吧。」

那還用說，初學者怎麼可能馬上就做得跟高手一樣好，簡直就像把經營國家的重任丟給五歲小孩。

「那就簡單表達幾句甜言蜜語吧，這您應該做得到吧？」

我試著想像那個畫面……不行，我真的覺得自己辦不到。

「……難道連這個都不行嗎？為什麼做不到？您不是在相親當天就和小姐求婚了嗎？」

當時我完全將安娜當成前世的自己，而且前世累積的鬱悶與後悔一口氣爆發，我根本控制不住自己，所以才做得出那種事。

現在則不一樣。我已經可以好好正視安娜這個人，心裡已經知道她和我是不同的人，所以再也無法像當時那樣將自己的影子投射在她身上。更重要的是，我對安娜的感情越來越深，安娜在我心中已經不是單純的可愛女性了。

我是將近一世紀都沒有和女性發展成親密關係的沒用男子。能與安娜訂婚，也是剛好碰上了這場策略婚姻。真要說的話，只是因為運氣好才能結婚，我從來沒有憑藉自己的力量擄獲女性的芳心。

安娜會喜歡上這種可悲的男人嗎？可能性太低了。

如果我做出愛的告白……安娜一定會……露出為難的笑容吧……

不行！我真的不想面對如此悲慘的現實！我還不想從夢裡醒來！不想聽到安娜的答案！

「那我反過來問吧。哪一種告白方法是不成材的吉諾利烏斯先生也做得到的？」

不成材……布麗琪最近真的越來越不客氣了。

嚴格來說，布麗琪的態度相當無禮，然而如果是非正式的場合，就算對方不是我，這種態度也在容許範圍內。上級貴族的專屬僕人有很大的權力，畢竟他們的上級貴族主人會聽取他們的意見，若對他們進行責罰，會惹得主人不高興。

布麗琪的立場尤其特殊。她若受到責罰，安娜就會難過。一旦安娜哭泣，寵愛女兒的公爵和岳母就會心生不悅。公爵是本國宰相，岳母又是陛下的親妹妹，就算我是上級貴族家的繼承人，我也不想和這兩人敵對。

對我來說，比起以往畢恭畢敬的態度，現在的布麗琪比較容易相處。我在前世早已習慣平等主義，無視身分差距的相處模式輕鬆多了。

後來我又繼續接受布麗琪的嚴厲指導。

「您聽好了，我根本不想替吉諾利烏斯先生出主意，但我這麼做都是為了小姐。我都這麼努力做了不想做的事，請您千萬別讓小姐失望，絕對不行。」

布麗琪應該不樂見我和安娜越走越近，卻依舊為了安娜幫到這種地步，可見她確實對安娜忠心耿耿。

◆◆◆安娜史塔西亞視角◆◆◆

今天是與吉諾先生去湖邊的日子。

我和吉諾先生每天都會見面，但除了相親那天之外，至今我們都在屋裡見面。在宅邸內的庭院散步，鑑賞歌劇或舞臺劇也是在宅邸內的劇場，連樂團演奏也是在宅邸內的音樂廳欣賞。

這是我第一次和吉諾先生外出，所以我昨天太過興奮難以入眠，但今天還是一早就醒來了。因為比平常起床的時間還早，我便細心打理儀容。

我們要前往的是王都城牆內唯一的湖泊。因為是野外，所以我選了裙襬沒那麼寬的禮服。裙襬又大又寬的禮服會看不清腳邊，在崎嶇難走的路面容易跌倒。我絕對不能犯下在吉諾先生面前摔倒的失態。

考量到路面會凹凸不平，我穿了靴子，還戴上帽子防曬。這次我在帽子和禮服下足了工夫，都選了可愛的款式。

外表醜陋的我光是被看到就會讓人嫌惡，所以以往外出時我都儘量選擇不起眼的衣物。這是我第一次選擇可愛的款式，相當冒險，讓我緊張得心跳加速。

「早安，安娜。這件禮服好可愛，很適合妳，首飾的搭配很絕妙，帽子也很可愛。」

我開心到快要飛起來了。原來精心打扮後被稱讚是這種感覺啊。

今天吉諾先生穿的不是平常的貴族服飾，而是黑色長褲與焦褐色外套。這是貴族男性外出狩獵時會穿的衣服，身材比例極好的吉諾先生也很適合這身狩獵裝。

我們搭乘馬車抵達湖邊後，決定先散散心。我悠然閒適地眺望春日的湖畔，看著初次見識的新鮮景色，將手搭在負責引領的吉諾先生的手臂上，邊聊邊散步。明明只是邊走邊聊而已，光是吉諾先生走在我身旁，就讓我雀躍到難以置信的地步。

之後雖然時間有點早，我們決定先用餐。如果有地方可以擺放桌椅就使用桌椅，若沒有適合的地方就鋪野餐墊。

「我覺得那裡不錯。」

吉諾先生這麼說著指向某處。那裡不但在樹蔭底下，可以將湖泊一覽無遺，景色優美，還可以放置桌椅，簡直是最適合吃午餐的地方。真是幸運。如果是熟知湖畔的人也就罷了，初次造訪應該很難找到條件這麼好的地點，而且還是馬上就找到了。

吉諾先生筆直走去，彷彿對這個地方熟門熟路，但這是不可能的。吉諾先生這麼忙碌，怎麼有時間觀光遊樂呢？

感受著吹過湖畔的涼爽春風，欣賞在陽光下波光粼粼的湖面，餐點似乎變得格外美味。

景色實在太美了，但沐浴在斑斕樹影下的吉諾先生比景色美上好幾倍。他看著湖面的俊美側臉就像耗時打造、設計完美的藝術品。風吹動枝葉時，吉諾先生身上的樹影也跟著搖曳，一頭烏黑亮髮也閃閃發光，讓我不禁看得出神。

這時吉諾先生正好轉過頭來與我四目相交，但他沒有別開視線，而是對我露出甜美的笑容，使我羞得急忙別開目光。

吃完午餐後，終於要搭乘小船了。

外表醜陋的我從小就極力避免外出，這是我第一次來湖邊，也是第一次搭乘小船。在吉諾先生的引領下，我終於搭上小船。

湖水透明清澈，所以連湖底都看得一清二楚。湖底有白沙，可以清楚看見小魚。我在水面上，魚兒則在水面下泅泳，感覺真不可思議。

「風有點大，妳先披上外套吧。」

吉諾先生如此說著，將他的外套披在我肩上。我本來擔心吉諾先生會不會著涼，但他說划槳時並不會冷。

外套上傳來吉諾先生的體溫和氣味，我努力壓抑不停加速的心跳，並向吉諾先生道謝。

「哎呀！那裡有烏龜！」

我第一次親眼看到野生烏龜！而且體型好大！感覺我直接坐上去也沒問題！好厲害呀！太驚人了！

「吉諾先生！烏龜往這裡看了！跟我四目相交了！」

吉諾先生露出親切的微笑。

這時我才發現自己從小船探出身子興奮地盯著烏龜，實在有失淑女風範。雖然我急忙挺直背脊且併攏雙腳坐回船上，想起剛才的失態，還是羞得無地自容。
我低下頭隱藏可能漲得通紅的臉龐，當我抬頭一瞥，卻發現吉諾先生笑容滿面地看著我的一舉一動。
好丟臉呀～
「呵呵呵，真可愛。」
吉諾先生帶著甜美笑容這麼說，在另一層意義上又讓我羞得無地自容。
後來吉諾先生又繼續拋出話題，我們就在船上又聊了一會兒。與吉諾先生單獨相處，邊搖槳邊聽著清涼的水聲，在湖面上悠然自得地聊天，真是恬淡又愉快的時光。
忽然颳來一陣強風，將我的帽子吹走了。
不行！那頂帽子是吉諾先生！是被吉諾先生稱讚過！是我第一次用心打扮，被吉諾先生稱讚的珍貴帽子！絕對不能掉進水裡！
「啊。」
「哇！」
啊啊啊啊啊啊！完蛋啦————！
回過神才發現我扔出藏在袖子裡的附繩暗器，將帽子勾回手上。
怎麼辦～～～扔出暗器勾回帽子，是淑女不該犯的嚴重失態呀啊啊啊！
「剛、剛剛那是什麼……」
我將害羞低垂的臉龐偷偷往上抬，發現吉諾先生瞪大雙眼。

「真、真的很抱歉，這不是淑女該有的行為。」

「不，這倒無所謂……但那是什麼暗器？可以讓我看看嗎？」

「這叫飛鏢，如果你想看……給你。」

我從手臂取下釦環，把飛鏢拿給吉諾先生。這個暗器是用金屬纜繩將長度約五公分的銳器和釦環綁在一起，只要將釦環扣在手臂上，習慣後就能立刻將扔出去的銳器勾回手邊。

吉諾先生端詳了好一陣子才將暗器還給我。因為太丟臉了，我馬上把暗器扣回手臂，藏在袖子裡。

「真是驚人。不論是在帽子飛起尚未落入水面的極短時間內扔出暗器的反應速度，還是將暗器勾過帽子緞帶圈的精準程度，都相當了得。妳從什麼時候開始學的？」

吉諾先生似乎相當佩服，臉上沒有一絲不悅。太好了，剛剛的行為實在太失禮，我還擔心他會不會對我失望呢。

「……第一次是小時候看到布麗琪在練習，我就跟著模仿。年長的僕人一看到就會跟母親告狀，所以我只會在跟布麗琪獨處的時候偷偷玩。對布麗琪來說，這應該是僕人的技藝，但對我來說是類似打靶的小遊戲。」

「僕人的……技藝？」

那就沒錯了。我偶爾會在休息時間看到僕人在不起眼的地方練習暗器，但每個人都說這是本家僕人該有的技藝。

「飛鏢是公爵替妳準備的嗎？」

「不，這是布麗琪送我的。要是在學園這種她無法跟隨的地方遇到壞男人，她要我用這個暗器割斷對方的喉嚨。」

「……不、不愧是布麗琪。」

我乾脆豁出去，把和布麗琪之間的回憶全都告訴吉諾先生。明明是淑女不該有的糟糕往事，吉諾先生的表情卻沒有半點嫌棄，反而還稱讚了我，真是具有強大包容力的溫柔男子。

吉諾先生接受了我不能公開明講的一面，感覺跟他瞬間拉近了距離。不小心扔出暗器的時候，我還以為是大失敗，但這或許是意想不到的大成功。彷彿比之前更靠近吉諾先生了。

搭完小船後，我們決定騎馬。為了找人看守馬車，我們向沒有要用馬的騎士借了一匹馬，並裝上供兩人乘坐的馬鞍，後方的女性座位還設計成可以側坐的樣式。因為是貴族用的馬鞍，前座的男性與後座的女性還是有點距離，不會直接接觸。

儘管如此，我與吉諾先生還是比以往更加靠近，他那寬廣的後背讓我心跳不已。

「從這裡開始用走的吧。」

我聽從吉諾先生的建議下馬後，在他的引領下走入樹林。吉諾先生在騎著馬不好進入的地帶不斷前進。

擋路的樹枝都被砍得乾乾淨淨，我的衣服完全沒有被樹枝勾到。看那些粗壯樹枝的切口，感覺是最近才被砍斷的。此處離觀光路線有段距離，沒想到道路也整頓得如此周到。

「哇！」

穿過樹林後，眼前出現廣闊的麝香連理草花田。一整片盛放的麝香連理草宛如紫色絨毯，花田另一頭還能看見在陽光下波光粼粼的湖面。穿過樹林的春日微風帶來甜美花香，連空氣都如此清新。

吉諾先生熟門熟路地帶我參觀這個美麗景點。他為什麼會知道這種地方呢？是剛剛划槳的時候發現的嗎？

「安娜！」

吉諾先生忽然大喊一聲，使我嚇得轉過頭去。

吉諾先生似乎非常緊張。

「……這個……給妳……」

吉諾先生這麼說著，將一個小小木盒交給我。

「……這是給我的嗎？」

「……對。」

是、是男性贈送的禮物！

今天不是需要慶祝的日子，但我居然在這種平凡無奇的日子，像這樣收到驚喜般的禮物……

——不要放棄自己的幸福——

我將這句話當成心之所向，不斷努力讓自己變得比昨天更好，幸好我有持續堅持。

「謝、謝謝你。我可以打開嗎？」

我向吉諾先生徵求許可。收到未婚夫送的禮物後，得到對方許可再當場打開是一種禮貌。

「……可以。」

吉諾先生將臉別向一旁這麼說。

打開一看，盒子裡裝著一枚戒指。白金材質的戒指上，鑲嵌了以六角星型花朵為概念設計而成的寶石。花朵分成兩個顏色，內側是祖母綠，外側則是沒見過的紫色寶石。

「哎呀，這是白紫雙星花吧。」

我絕對不會忘記。雖然配色不同，這就是我和吉諾先生相親時在庭院見過的回憶之花。

「妳說過……很喜歡這種花吧？」

「你、你還記得啊！我好高興！」

他居然把我隨口說的一句話牢牢記在心上，實在太開心了。

「這……這枚戒指代表……我……我的心意。」

吉諾先生這麼說著時，臉還是轉向另外一邊。

白紫雙星花的星形花瓣是每一片都分成兩種顏色。因為區分得非常清楚，看起來才像紫色花朵內側又開了一朵白花。

從花開到花謝，看起來就像外側的紫花始終廝守在內側的白花身邊，所以這種花的花語是「永恆不朽的愛」……

白紫雙星花是內白外紫，但這枚戒指的寶石是內綠外紫。

內側是跟我眼睛一樣的綠，外側是跟吉諾先生眼睛一樣的紫……

「代表我的心意」。

我明白吉諾先生這句話的意思了……

怎、怎、怎、怎麼辦！

這、這、這種時候，我、我該如何是好！

我因為太害羞，忍不住低下頭。急速跳動的心臟彷彿要撐破胸口，臉頰也熱到快燒起來了。能感受到自己現在有多麼動搖，腦袋一片混亂，完全不知道該怎麼做才好。

偷偷抬起頭，發現轉向另一邊的吉諾先生連耳根子都泛紅了。

啊啊，不是只有我覺得害羞啊。

看著吉諾先生，原先混亂的思緒也稍微冷靜下來。

「謝、謝、謝謝你。我、我真的、非常高興！」

我的心情當然還沒完全平復，嗓音也顫抖不已，但還是勉強能開口道謝。

「……不客氣。」

吉諾先生輕聲低語。他的臉還是轉向另一邊，還是連耳根子都紅成一片。我的臉頰和耳朵也熱得發燙，看來我也是面紅耳赤的狀態吧。

風捎來麝香連理草的甜美香氣，我倆就在這片花田中各自臉紅，沉默了好長一段時間。

「永恆不朽的愛」。

以這種花語的花為概念設計而成的戒指，此刻正戴在我的手上。每次看到這枚戒指，心中都會湧現想瘋狂打滾的喜悅，以及讓我滿臉通紅的羞澀之情。

戴上戒指後，我無時無刻都會盯著這枚戒指看，並不斷回想起面紅耳赤的吉諾先生。擁有冰霜般的美貌，總是不苟言笑，比實際年齡成熟穩重的他，居然會露出那種可愛的表情。

當時我的思緒也很混亂，光是保持冷靜就耗盡心力，所以看見吉諾先生的反應也毫無波瀾。可如今回想起來，看到他因為要送我戒指而露出害羞的表情，我真的很開心，對吉諾先生的愛意盈滿了我的胸口。

而且這枚戒指居然是吉諾先生親手打造的！不論是設計的精美度或成品的細膩度，都像是手藝精湛的工匠傑作。忙碌的吉諾先生為這枚戒指投入了不少時間，儘管覺得有些愧疚，溫暖的感動在心中蔓延開來。

見我坐在自己房間的沙發上盯著戒指傻笑，布麗琪不知為何露出滿意的笑容，彷彿完成了一件大事。

第四章 想讓未婚妻發光發熱的吉諾利烏斯與誘拐風波

◆◆◆吉諾利烏斯視角◆◆◆

「聽說你的貴族教育進步不少，現在是個稱職的巴爾巴利耶家人了。」

和安娜訂婚一年兩個月後，我終於從巴爾巴利耶家義父口中聽到這句話。

回頭想想，當初剛來這裡時，我的禮儀程度確實上不了檯面，比如我連貴族女性只會對家人或戀人用小名稱呼這件事都不知道。

平民除了家人或戀人之外，不論同性異性，幾乎都會對親近的人使用小名稱呼。當時我用平民的邏輯思考，才向安娜提議以小名互稱。學到這件事之後，我全身狂冒冷汗。

『……我……不排斥呀。』

我急忙問安娜是否對以小名互稱一事感到排斥，安娜面紅耳赤地這麼說，真是可愛到犯規的地步。

「你有在聽嗎？」

義父這句話將我拉回現實。

「我已經替你申請了，去上學吧。插班考試在下個月。」

我要開始上學了。過去之所以沒上學，是因為上級貴族預估的學費對子爵家四男的教育費來說太貴了。然而與安娜訂婚後，我也晉升上級貴族，必須得到學園畢業的頭銜。

一想到可以和安娜一起上學，心中就充滿期待。與心儀的女性一同走在校園裡，在前世終究是無法實現的妄想。這種夢幻般的體驗就在未來等著我，要我不期待也難。

同時也有些擔心。這一世我從小就努力學習知識，創立商會後更是忙著經營，從來沒有和小孩子一起玩耍，我能不能和這些孩子和平相處呢？

最讓我頭痛的是那些來上學的貴族千金。除了安娜之外，我完全沒有和家人以外的女性私下聊天過，實在沒信心能與她們好好相處。

入學時必須考試。平民會因為實力不足被婉拒入學，但貴族通常不會被拒絕。儘管如此，為了以成績分班，還是必須考試。像我是中途插班到高等科，所以接受插班考試的只有我一個人。

我為了這場考試用盡全力，要和安娜同班，就得考進集結最優秀人才的特級班。而且安娜也會陪我讀書，我一定要為了她拿出最好的結果。

大約一週後，我收到來自學園的通知，結果當然是合格了。因為必須接受事前說明，我決定在上課時間前前往學園。

「很榮幸能收編如此優秀的人才。在下次定期考試之前，這個東西就屬於你了。」

將白髮梳整在後的老婦人說。她是特級班的班導坎達爾老師。

她交給我的是刻有「日輪獅子」紋章的純金製鍊式胸針。因為這裡是王立學園，才會出現「日輪獅子」這個王家紋章吧。

「這是學年首席配戴的胸針。校規規定，首席在校期間必須隨時配戴這枚胸針。」

插班考試和定期考試同一天舉行，只能在定期考試期間插班到這個學園。

插班考試的出題範圍很廣，但也會出現和定期考試完全相同的題目。然後，這次發表了包含插班生在內的定期考試成績排名，首席之位似乎由我拿下。

「此外，這間學園是實力主義，不看爵位，只以成績優劣排名。」

「實力主義嗎？這種制度不太適合這個封建國家呢。」

「麻煩別對外宣揚。因為直到去年為止，這間學園都淪為爭奪王位繼承權的舞臺。」

「這種事可以告訴我嗎？」

「儘管不能公開，大家其實都心知肚明。當時學園迫於外界壓力陸續改變制度，鬧得滿城風雨呢。」

回想起當時的狀況，坎達爾老師露出索然無味的表情。

這裡是王立學園，設立的目的就是培育王家想要的王宮官員，自然要遵循王家的意願更改制度，然而過去的大幅更動應該也讓老師們很辛苦吧。

老師向我說明了當時的狀況。

過去學園是階級制度，宛如社交界的縮影，但第一王子殿下入學後就更改了。兩年後王太子殿下也準備要入學。

王太子殿下是王妃殿下的兒子，第一王子殿下是側妃殿下的兒子。至於兩位殿下的成績，第一王子殿下十分優秀，王太子殿下卻差強人意。於是側妃殿下將學園改為實力主義，想凸顯出第一王子殿下的優秀。

側妃殿下的計畫基本上成功了。第一王子從入學到畢業都維持在特級班，王太子殿下入學時雖然在一級班，畢業時成績卻掉到三級班，支持第一王子殿下頂替王太子殿下的勢力也因此壯大起來。

「這枚胸針也是實力主義的一環。」

為了讓實力主義在階級社會中扎根，學園想了各式各樣的手段，以成績分班與這枚「日輪獅子」胸針都是其中之一。不但用胸針凸顯出學年首席的地位，胸針持有者甚至還握有其他學生沒有的特權。制服也是同理。因為從服裝就能一眼看出學生的身分，為了隱藏才會導入制服。

順帶一提，雖然會用成績分班，最上位的特級班幾乎都是上級貴族，平民只能排在二級班以下。這或許是因為教育費的金額落差吧。

聽完學園的說明後，就要選擇修習的課程，只要有選必修科目就能畢業。因為上級貴族在家裡也會受教育，在學園通常只會選必修科目，將學分數壓到最低，而安娜也不例外。

然而，那些跟畢業或晉級無關的應用科目都充滿了教授的個人特色，感覺非常有趣。如果只選必修科目，學分數沒那麼多，就可以不用天天上學。對現在的我來說，在巴爾巴利耶家接受的上級教育也不再是太大的負擔。

若時間充裕，我應該好好進修賽文森瓦茲家的繼承人教育，但我最後還是敗給誘惑，申請了「鄰近諸國農業史與飲食文化變遷」、「貧民窟文化史」和「密探的潛入實作與對策」這幾門應用科目。

「別以為這樣就贏了。」

插班後第一堂課的下課時間，有位深藍色頭髮，身高不算高的娃娃臉男學生隨便對我打聲招呼後就這麼說。黑框眼鏡後方的蒼藍眼眸明顯帶著敵意。

他是尤格．菲巴斯，從初等科就一直是學年首席的學生。

「下次考試會是我拿下第一。」

「應該吧。」

我打從心底這麼想，所以如此回答。我因為擁有前世記憶才能考到優秀成績，但他跟耍手段考到好成績的我不一樣，是用正當方式持續保持學年第一的成績。若單純只論智商，他應該比我高很多。

「喂，尤格，怎麼能對第一次見面的人說這種話啊？」

在瞪著我的這名少年身後，有位眼尾下垂的小麥色肌膚少年開口說，他渾身都散發著陽光氣息。尤格冷哼一聲並從我身邊走開。

「既然是同班同學，就省去那些冗長的禮節吧。幸會，我是托利布斯伯爵家長男安索尼，請多指教。你可以直接叫我安索尼喔。」

叮囑尤格的這名少年，露出親切笑容用簡略的方式向我行禮。

「請你原諒尤格的無禮，他對『日輪獅子』胸針的執念太強了。」

安索尼這麼說。

好年輕啊……我心中只有這個感想。我真的能和這群心靈純淨的少年好好相處嗎？

「各位，請聽我說。我想為插班生辦個迎新派對，有沒有人想當幹事啊？」

安索尼對教室裡的學生大聲喊道。他的長相溫和，有一雙無害的下垂眼，身形也不算魁梧，卻能輕輕鬆鬆發出這種宏亮的聲音，真不愧是武門貴族。用前世的說法就是運動型男孩吧。

大部分的武門貴族都是皮膚白皙的高大壯漢，但出身托利布斯家族的他身材矮小，而且是小麥色肌膚，額頭上還綁了一條刺繡圖紋獨特的布，而那也是他們家族的特徵。

「就像平常那樣，讓安索尼同學當幹事不就好了？」

「對啊，讓安索尼主辦，我們才放心嘛。」

看來這位安索尼・托利布斯是主導班級事務的中心人物，而我始終都覺得不太對勁。

下一堂課結束後，這種不對勁的感覺終於找到原因了。

「安娜史塔西亞同學，請妳負責收拾。」

「好的。」

真正的打掃工作會交給僕人，但收拾教材的簡單工作會讓學生去做，當作教育的一環。班上的伯爵千金說完這句話，就將這份雜事交給安娜。沒有人提出異議，也沒有人關心正在收拾的安娜，所有人都準備前往下一堂課的教室。安娜也把這當作自己的差事，毫無怨言地開始收拾。

用在這個世界學到的階級社會價值觀來思考就不太對勁，但用學園的實力主義價值觀來思考也很奇怪。安娜在班上的成績中等，比她差的大有人在，儘管如此，排名比安娜還低的那些人也沒打算收拾。

剛才看到安索尼負責統整班上事務，也讓我十分不解。他是伯爵家出身，爵位不算高，雖然成績名列前茅，但尤格比他更高一點，結果是他在負責統整班上事務。這是怎麼回事？

「巴爾巴利耶同學，要不要一起去下一堂課的教室？」

一位千金小姐對我說。

「不了，我也要幫忙收拾。」

「什麼！有『日輪獅子』胸針的人居然要收拾嗎！」

千金小姐一臉不可置信地這麼說，我隨口敷衍她幾句後就去幫忙收拾。

為什麼安娜非得收拾教材，我就不該去幫她呢？簡直莫名其妙。然而，沒有人對這件事感到疑惑，可見這是這間學園的常識吧。

同學這種彷彿在輕視安娜的態度讓我極為不滿，很想大發牢騷，可是這似乎是理所當然的現象。所以在釐清事實之前，我決定先不要與眾人對立。

總而言之，我明白安娜處於劣勢。雖然只能用幫忙收拾的方式守護安娜，我並不打算就此罷休。我得儘早釐清狀況，想出能澈底保護安娜的方法。

「怎麼啦，臉色怎麼這麼難看？」

為了上劍術課，只有男學生得去教練場報到。途中我還在思考安娜收拾教材的事，安索尼便上前向我攀談。他應該是在關心我這個插班生，不想讓我格格不入吧，真是善解人意。這樣正好，他應該能為我解惑。

我跟他聊了安娜收拾教材的事，以及我當時產生的疑問。

「學園不是奉行實力主義嗎？」

「啊～確實是實力主義沒錯，爵位在學園裡根本就派不上用場。不過呢～也不會只看成績排名喔。」

「還跟成績以外的事情有關嗎？」

「是啊。男孩子的話就是劍術技巧和外表吧，女孩子……就非常看重長相。而男女都重視的，就是風趣的話術或積極的性格。對了，那枚『日輪獅子』胸針也是。因為能彰顯出比其他學生更高一等的地位，所有人都會對你敬畏三分。此外，如果有一技在身也很有優勢。」

原來如此，是以成績排名為基礎，再加上他們特有的價值觀決定高下啊？外表、話術、積極性、特殊技能……這些加分要素也跟前世學校一樣會影響校內階級。看來就算世界改變，孩子們的思考邏輯也相去不遠。

放學後，我和安娜一起乘坐馬車回到賽文森瓦茲家，接下來我還得接受繼承人教育。

坐在對面的安娜穿著制服。制服是追求機能性的洋裝，比公爵千金平常的服裝簡約許多，但這份質樸也凸顯出安娜的清純可愛。安娜不管穿什麼都好看。

安娜有些委婉地聊起收拾教材的話題。

「說來慚愧，但我……在班上的地位應該是最低下的。應該是因為我能力不足，在報告或小組討論時派不上用場吧。」

不對，校內階級是由孩子的價值觀決定的。缺乏社會經驗的孩子訂下的人格優劣，沒有絲毫可信度。就如安索尼所說，外表秀麗、談吐風趣和直言不諱的人都位居上位，卻不把溫柔體貼或意志堅定這種內在性格列入評判標準，只能說是膚淺又幼稚的評價。

安娜之所以被分在最底層，就是因為性格內斂……雖然我不想這麼說，不過她的外表也是原因之一。

「但我還是希望能為班上同學盡點心力……所以才會率先接下收拾的工作。」

她真的是非常出色的女性，我打從心底這麼想。明明被同學輕視，卻沒有絲毫怨言，甚至還想為他們做點什麼。

前世的我雖然也在最底層，我從來沒想過要為那些輕蔑我的傢伙有所付出。因為有同樣的經歷，我才明白安娜的心靈美到不合常理。如此出色的女性居然被同學輕視，簡直太離譜了。

安娜似乎不在乎自己的地位，也沒打算往上提升，所以這只是我的一廂情願。就算只是一廂情願，我也想努力拯救安娜的地位。

◆◆◆

隔天，我一如往常前往賽文森瓦茲家，但除了安娜之外，公爵夫妻竟然也來到玄關口。安娜平常都會來玄關口迎接我，難得公爵和岳母也在場。

「我聽說了，你在所有科目都拿滿分，還有老師找你當在學研究生。沒想到你這麼優秀，實在太驚人了。」

「是呀，有這種英才願意與安娜相伴，我真是太開心了。」

看來是得知我的插班考試成績後，特地來玄關口為我慶祝。接獲喜事後要像這樣立刻與對方見面送上祝詞才是禮儀，因為插班考試成績這點小事就特地前來祝賀，他們真的很循規蹈矩。

「安娜，這都是妳的功勞。因為妳陪我讀書，我才想為了妳努力。」

我這麼說完，就執起安娜的手並在手背落下一吻。這是男性貴族向家人等親密女性表達敬意或感謝時的禮儀。

將嘴唇離開手背幾公分後，我抬起視線看向安娜，發現她的臉馬上紅了起來。

「安娜，下次我想送妳一套禮服。」

「禮服嗎？」

「是啊。入學以後，我也得出席學園的宴會，我希望能和安娜一同參加。」

根據我收到的年度行事曆，大約一個月會舉辦一次宴會。

「當然，請務必讓我同行。」

安娜露出嬌俏可人的笑靨。我實在太開心了，忍不住握住安娜的手。

「謝謝妳。禮服和飾品可以全部都用我的顏色嗎？我想讓安娜從頭到腳都染上我的顏色。」

「可、可以……」

「不必做到那種程度！快放開安娜！」

公爵強硬地揮開我握著安娜的手。

「可是，要是安娜被壞傢伙纏上也很麻煩呀？」

在宴會上有機會和平常沒有交集的其他班級或學年的學生說上話，簡而言之就是聯誼場合。如果安娜陪我參加，自然會增加被認識的機會。安娜是這麼出色的女性，一定會有男人和她聊天後才發現她如此完美，我絕對不能掉以輕心。

「那個，我覺得吉諾先生比較容易被壞女人纏上。」

「是啊，沒錯。那些直覺敏銳的人已經發現化妝水的來源是吉諾了。為了搶奪那種化妝水，應該有人會用美人計試圖籠絡你。」

岳母這麼說完，又告訴我商會附近經常出現其他家的密探，其中還有人試圖靠美色籠絡我，但都被賽文森瓦茲家的密探處理掉了。

我不經意看向安娜，發現她臉色慘白。看來是被岳母的話嚇壞了。

看到安娜的反映，一股難以壓抑的猛烈情緒湧上心頭。不想讓她露出這種表情，希望她笑容滿面，好想守護她——這些思緒盈滿了我的心。

「對不起，讓妳擔心了。我會永遠陪在妳身邊，儘管放心吧。」

衝動驅使我的身體，我忍不住將安娜擁入懷中。

安娜一臉驚訝地在我懷裡抬起頭來看我，但也漸漸理解自己正依偎在我懷裡。只見她雙眼立刻湧現淚光，臉色也從慘白變得通紅。

「你這臭小子在做什麼啊啊啊啊！」

公爵強行將我們拉開，我就這麼被公爵拎著後頸拖進辦公室。他讓我工作到深夜還不准我吃飯，可能是為了懲罰我吧。正常來說應該會累到臉色發青，但我還沉浸在擁抱安娜時感受到的體溫和柔軟肢體的餘韻當中，有種輕飄飄漫步在雲端的感覺。

在那之後又過了一週左右，安娜邀我喝茶，表示有話要說。

我在名為「珊瑚」的第六會客室和安娜喝茶，安娜卻遲遲沒開口。只見她一臉糾結地低著頭，放在膝上的手握得死緊。

「……我、我可以送吉諾先生……一、一套宴會禮服嗎？」

什麼！安娜要送我禮物！

「當然可以啊！安娜！我好開心！」

「到此為止吧！吉諾利烏斯先生！」

「唔！」

我衝動離開座位想抱住安娜，在後方待命的布麗琪立刻衝進我與安娜之間，朝我心窩處怒拍一掌用力推壓，我才被她制止。可能是因為跟她變得比較熟了，最近布麗琪都會動用武力把我從安娜身邊拉開。

不過她到底是怎麼制止我的？布麗琪是身形嬌小又瘦弱的女性，跟身形修長的我有明顯的體格差異。明明用難以置信的速度衝進我和安娜之間，卻完全沒聽見她的腳步聲，實在太奇怪了。

「那、那個！」

喊出這句話後，安娜又滿臉糾結地低下頭沉默了一會兒。她的手在發抖，似乎想說些難以啟齒的事。

「……如、如果把我的顏色……加進禮服裡……會造成你的困擾嗎？」

「當然是開心得不得了！真的嗎！真的要把安娜的顏色加進去嗎！」

「是、是嗎？聽到你這麼說！我真的好高興！」

「為什麼要為這種理所當然的事開心？我們已經訂下婚約，穿上對方的顏色很正常吧？」

「就算訂了婚約，也不一定要穿上對方的顏色呀……」

我第一次聽到這種說法。有些人會帶著婚約對象來參加商人聚會，他們幾乎都會穿上代表彼此的顏色，所以我才覺得理所當然。基本上崇尚自由戀愛的商人，和絕大部分都走策略婚姻的貴族，常識邏輯可能不太一樣吧。說不定我又出糗了，就像當時要求安娜用小名相稱那樣。

「而且……我長得這麼難看。」

安娜這麼說著並笑了笑。那抹哀愁的笑容讓我看得揪心又痛苦。

我以前也是個醜男，所以明白那種笑容的意思。

『不好意思，我不想跟你走在一起。』

前世有個朋友喜歡跟我在家裡玩，卻討厭和我一起走在街上，當時他對我這麼說。被當成醜男的朋友，似乎讓他覺得很丟臉。

安娜可能擔心我不喜歡將婚約對象的顏色穿在身上，像在凸顯其存在的做法。在我提議要贈送禮服後已經過了一週，安娜肯定煩惱了一整個星期，不知該不該提出加進自己顏色的請求……

催促送禮或提出條件都太失禮了。考量到禮儀方面，我不能向安娜提出任何要求。但這件事既然讓她這麼苦惱，我還是該厚臉皮地提出要求。居然讓安娜露出這種悲苦的笑容，真是失策。

我真的非常想把安娜的顏色穿在身上——努力強調出這份心情吧。這是為了不再讓安娜露出這種悲戚的笑容。

「妳頭髮的銀色，或是眼睛的嫩綠色都不錯！儘管加不用客氣！對了！不如就用全身銀或全身嫩綠，或是銀綠條紋吧！」

「咦？那個……這……」

「吉諾利烏斯先生，您該不會要穿得像街頭藝人一樣，帶著小姐出席宴會吧？」

布麗琪說出這句話時，眼神彷彿狂風大作的暴風雪。

◆◆◆安娜史塔西亞視角◆◆◆

吉諾先生拿到了「日輪獅子」的胸針，而且還是全科目滿分的驚人成績。插班進來上課後，每個科目的老師都對他讚不絕口。

最厲害的是數學。俗稱「大象猜想」的數學未解決問題，他居然在考試時證明出來了，整間學園從上到下都大受震撼。

『那個問題還沒證明出來嗎！被擺了一道……沒想到會把未證明的問題列入考題……』

將轟動整間學園的事告訴吉諾先生後，他卻這麼說。老實說，我覺得他完全搞錯驚訝的方向了。順帶一提，偶爾確實會出現這種考題，透過讓學生探討未證明問題，進而看出學生的邏輯性思考特質。

好多老師都在詢問吉諾先生是否要當在學研究生。所謂的在學研究生，就是以學生身分同時擔任講師助手。只有一個科目被選為在學研究生就是莫大的榮譽了，吉諾先生卻收到了好幾科的在學研究生邀約，簡直是驚世奇才。不過吉諾先生以忙於商會經營與繼承人教育為由，推辭了所有邀約。

持有學年首席證明「日輪獅子」胸針的人，能獲得其他學生沒有的特權。吉諾先生行使這項特權做的第一件事就是指定座位，而且是申請要坐在我旁邊。

我高興極了，和吉諾先生聊天的機會增加也讓我十分雀躍，但也有不開心的地方。現在那群千金小姐也圍在吉諾先生的座位旁對他熱情邀約。我實在不想聽到那些話，但座位就在隔壁，無論如何都會傳進耳裡。

我總是一個人憂心忡忡地想，要是那些千金小姐熱情邀約，吉諾先生會不會答應她們？如同母親的擔憂，吉諾先生很受千金小姐歡迎。

實在無法向吉諾先生坦承心中不安的我，一定是個麻煩的女人。吉諾先生說不定會討厭我。

這麼想著想著，來到了上課時間。這堂課需要分組討論，由幾個人組成小組，再讓各組進行研究發表，以報告成績互相競爭。我變得鬱鬱寡歡。在分組形式的課堂上，從來沒有人會找我加入小組，我總是要等到大家都分完組後，再加入人數不足的小組。

所有人都離開座位尋找組員時，我像平常一樣坐在位子上，低頭等到大家都分完組為止。抬起頭往身旁一瞥，發現好多人都圍在吉諾先生的座位旁與他攀談。吉諾先生的身影都被人群擋住了，我甚至看不見他。

這是當然的，老師們都表揚過吉諾先生卓越超群的才能了，能和吉諾先生分在同一組的人，極有可能會成為最優秀的小組。

被眾人包圍的吉諾先生，以及乏人問津的我……畢竟座位相鄰，形成了強烈的對比。我深深體會到自己完全配不上吉諾先生。

當我對沒用的自己感到沮喪時，吉諾先生推開人群現身。

「安娜，要不要跟我一組？」

明明有那麼多優秀人才和美麗的千金小姐邀請吉諾先生，他卻穿過那道人牆出現在我面前，還說出這種話。

「我、我覺得自己實力不足……」

吉諾先生初來乍到，或許還不理解學園奉行的實力主義。

如果不考慮成績，只跟感情好的同學一組，就會被毫不留情地打上低分，在學園的地位也會一落千丈。在分組形式課堂上尋找組員時，不能選擇親近的朋友，而是實力堅強的人。就算婚約對象在同一班，也必須找有實力的人一組，而非婚約對象。

為了吉諾先生的前途，他不應該找我，而是和有實力的人一組比較好。

「不，我就要妳，拜託跟我一組吧。」

為、為什麼要握住我的手！大家都在看呀！實在太丟臉了！

「求求妳接受我吧。」

吉諾先生只是邀請我加入同一組而已，卻露出看了就讓我心跳加速的笑容，還握著我的手這麼說，簡直就像在同學面前對我展開熱烈追求……好害羞呀。

「……好、好的。」

我的腦袋沸騰，思緒變得遲鈍，就這麼迫於吉諾先生的氣勢答應了。混亂的思緒和急速的心跳都還沒平復，吉諾先生仍繼續尋找組員，好幾次我都對他的提問答得心不在焉，回過神才發現我們的組員已經找齊了。

「安娜，以後需要分組的時候，我想儘量跟妳在一起。之後可以繼續和我同一組嗎？」

班上同學還在分組時，吉諾先生來到我身邊說。

「吉諾先生不知道我的成績嗎？」

「當然知道啊，我還知道妳真正的實力。」

他在說什麼？真正的實力？我一點頭緒也沒有。

「再等一會兒吧，妳馬上就會知道了。妳的實力沒有任何問題，所以之後也可以儘量跟我同一組嗎？」

「我真的有資格嗎？」

「是啊，我就要妳。就算沒有實力，我還是想選妳。」

「沒有實力也無所謂嗎？這間學園可是奉行實力主義喔？」

「我十分明白實力主義。如果安娜實力不足，那我發揮實力填補空缺不就行了？實力主義只要拿出結果就好，其他根本無所謂。」

只要拿出結果就好……這句話確實有道理。明明才剛進入這間學園，吉諾先生卻馬上就掌握了實力主義的本質，彷彿在實力主義的世界闖蕩多年似的。

吉諾先生都說到這個分上了，那就接受吧。因為我真的很想和吉諾先生在一起。

「那個……那麼，往後也請多多指教。」

「謝謝你，安娜。我不會讓妳後悔。」

吉諾先生這麼說話時還握著我的手不放，看熱鬧的武門系少爺紛紛吹口哨起鬨，使我害羞地急忙抽出手。

從那天起，我對分組討論的心情就從憂鬱變成了期待。

組員們也對吉諾先生充滿期待，讓他擔任小組總召。這是吉諾先生在學園的第一次分組討論，而且還是總召。

我也得好好努力，哪怕只有一點點也好，我想為吉諾先生盡一分心力……不對，還是太奢望了。先從不要拖累他開始吧。

◆◆◆吉諾利烏斯視角◆◆◆

「吉諾先生，請你三思。」

在名為「黑尖晶」的第二十二會客室中聽到安娜這句話，讓我十分為難。

自安娜發燒以來，我一直在尋找替她解咒的方法，近期終於得到了情報。聽說米德爾威迦勒鎮上有個藥師在販售能治療所有皮膚病的萬能藥。

我想馬上得到這種藥，便派人到當地詢問，藥師卻佯稱沒有庫存了。看來這個藥師非常討厭地位崇高的貴族和商人，完全不賣給這些人，只會直接賣給認識的平民。

從王都搭乘馬車一天左右就能抵達米德爾威迦勒，我決定親自去找藥師。雖然沒辦法長期合作，假如只要少量，直接去現場向他低頭請求，他應該會賣給我。

然而安娜堅決反對。因為藥師討厭貴族，帶著護衛或侍從會造成反效果。為了提高成功率，我打算隻身前往，但藥師住在貧民窟。那個城鎮的貧民窟規模很大，治安也極差無比，因此安娜不同意我不帶護衛前往。

我覺得安娜想太多了，畢竟過去我已經單獨去過貧民窟無數次。做生意的時候，經常需要做簡單作業的非正規勞工，要用低廉價格請到這些勞動力，貧民窟是最適合的地點。我也會帶著護身的魔道具，所以治安差一點也不成問題。

「那麼請你帶上布麗琪充當護衛吧。如果只有布麗琪一個人，看起來也不像護衛，還可以假裝成你的朋友。」

聽完布麗琪的耳語後，安娜這麼說。

身型嬌小瘦弱的布麗琪看起來確實不像護衛。專屬僕人是主人最後的後盾，基本上都會學習防身術，布麗琪應該也不例外。

「布麗琪的防身術練到什麼程度了？有過實戰經驗嗎？」

「儘管跟執事長或女僕長相比略遜一籌，使出殺手鐗的話就不會輸給他們。當然也有過實戰經驗。」

布麗琪面無表情，語氣平淡地說。

跟年邁的僕人差不多啊……看來不能期待她的護衛能力。沒關係，只帶一名無法戰鬥的女性，我也有信心守護她的安全。

重點是她有實戰經驗。如果缺乏實戰經驗，被惡棍纏上後嚇到昏過去就糟了。身邊沒有侍從，只能由我將她帶到安全的地方照顧，這樣就必須碰觸女性的身體，但我無論如何都想避免這種情況發生。

總之她不會昏倒，那就沒問題了。於是我決定和布麗琪一同前往。

現在我與布麗琪在前往米德爾威迦勒鎮的馬車上。布麗琪平常都在安娜身邊，我和她說話的機會也很多，但今天更是聊了不少。話題中心當然就是我們的共通話題——安娜。

「我從小就隨侍在小姐身邊，所以對小姐的一切無～～所不知。」

布麗琪這麼說著，將上半身往後仰，擺明在跟我炫耀。

唔唔，真不甘心。不過布麗琪得意洋洋地說著安娜小時候的往事，真的、讓我、非常感興趣。希望她能一五一十地告訴我。

看到我咬牙切齒的反應，布麗琪似乎相當滿意，說起話來更是滔滔不絕。她開心地說起某個雷雨夜的往事。

在兩人還年幼的某個夏日夜晚，在極近距離看到落雷的安娜嚇得用棉被裹住自己。儘管持續不斷的雷聲也把布麗琪嚇得淚眼汪汪，她依舊正常工作。身為專屬僕人，她必須站在安娜身旁，然而看到布麗琪眼眶泛淚且不停發抖，安娜便找她一起上床。兩人裹在棉被裡渾身發抖地依偎著彼此，直到雷聲平息。

因為年紀還小，布麗琪還不是專屬僕人，只是實習生，安娜身邊還有另一位專屬僕人。她們窩在棉被裡睡著的畫面被那位專屬僕人撞見，布麗琪也因此被臭罵一頓。

護衛也是專屬僕人的工作之一。在工作時睡著就不用說了，窩在棉被裡對周遭毫無警戒，更是完全怠忽職守的行為。可是安娜當時還是不停地袒護布麗琪，這份體貼讓布麗琪深受感動。這一聽就是失敗經歷，正常來說應該不想對外公開。看來布麗琪的羞恥心，還是敵不過想炫耀安娜有多重視自己的心情。

布麗琪口中的安娜真的溫柔又可愛，光聽就覺得心裡暖洋洋的。與此同時，我也對和安娜形同姊妹的布麗琪產生強烈的嫉妒心。

看著得意炫耀的布麗琪，我忽然發現，不知不覺間我已經能和布麗琪毫無顧慮地聊天了。除了家人和未來會成為家人的人，能和我如此自在談天的人只有布麗琪而已。對我這種不擅長與女性相處的人來說，布麗琪是相當寶貴的存在。

抵達米德爾威迦勒鎮後，我們先在高級旅店留宿一晚，隔天吃完早餐後才前往貧民窟。平民區仍以石造建築居多，但一走進貧民窟就完全變了個樣。或許可以用組合屋來形容吧，將現有木材隨意拼接的簡陋住宅比比皆是。

貧民先是住進廢棄的軍用廣場，之後很快就超出廣場規模拓展成貧民窟。廣場區域原先鋪有石板路，但貧民會直接在石板上便溺，因此變得惡臭難當。

業者通常會在天色尚未破曉時來貧民窟募集日薪制勞工，找到工作的人就會在天亮前前往現場。現在太陽都露臉了，就只剩下不想工作或無法工作的人。路上有好幾個人坐在地上喝酒，在貴族區根本不會看到這種人。

布麗琪是子爵千金，我猜她應該很難受，便為請她陪同一事道歉。

「沒事，我以前住過這種地方。」

子爵千金！居然住過貧民窟！

一問之下才知道她不是親生女兒而是養女，住進奧德蘭家之前都在四處流浪。

太驚人了。我當然沒有詳細追問，這恐怕也不是好奇就能隨便打聽的往事。

我們依據先前派來當地的人描繪的地圖，從大馬路轉進巷弄。走近人煙罕至的小巷後沒多久，小屋之間就有幾名男性陸續現身，彷彿已經等候多時。

「想過去就要付過路費。」

其中一名男性帶著奸詐笑容向我們攀談。他一靠近就能聞到強烈的臭味。

「你要多少？」

「這個嘛，留下那個女人，還有你身上所有財產。」

男人露出扭曲的笑容，用來回舔舐的噁心視線打量布麗琪。

如果用點小錢就能避免紛爭，付錢當然無所謂，但他居然要我留下布麗琪，那就沒得談了。

「我拒絕。」

「啊？你有沒有搞清楚自己的立場啊？我來教教你吧！」

男子激動地朝我衝來。迅速衝到眼前的男子伸手想抓住我的衣領，但就在那一瞬間，男子竟從我視野中消失了。隨後傳來一聲巨響，組合屋的牆壁破了個大洞。

真是意想不到的驚人場面。身高超過一百九十公分的肌肉壯漢被直線揍飛，甚至沒有回彈地面，就穿破了數公尺遠外的組合屋牆壁。

動手的居然是布麗琪。

把人就像被車撞到一樣拋飛出去的背後衝撞法！我知道！這一招的招式名稱！應該是「鐵山靠」吧！

足以踏破石板的猛烈踩踏！這一招！不就是「震腳」嗎！

我在前世的格鬥遊戲看過！

這一招！難道是「寸勁」嗎！

真是非比尋常的場面。布麗琪不是衝上前狠揍，只是將手掌輕輕放在男人腹部上，下一秒男人就像足球一樣被彈飛出去。

我還沒平復驚訝的心情，布麗琪便將小混混一一打倒，這些地痞流氓像爆米花一樣陸陸續續噴飛。有些人試圖逃跑，但布麗琪瞬間就繞到身後將他們一擊揍飛。布麗琪真厲害，沒讓那些人逃走。在貧民窟要是讓人逃跑，後續再摺人過來就麻煩了。

布麗琪是身型嬌小又瘦弱的女性，我以為她會用補足力量劣勢的特殊戰法。雖然她說會使用防身術，我原本以為她打不過男人。

真是大錯特錯。她豈止沒有力量劣勢，根本是超級怪力戰士，所有攻擊都是交通事故等級。別說贏不過男人了，她甚至強到能把一打男人澈底擊垮，讓他們崩潰奔逃。

不到三十秒，所有小混混就被她打倒，我只能在一旁呆看。

「久等了，我們走吧。」

看到布麗琪面無表情地這麼說，我又嚇了一跳。她不僅一滴汗也沒流，呼吸也依舊平穩。

當時是布麗琪主動向安娜提議要陪同我到米德爾威迦勒，還說她很擅長暗巷談判。難道她說的談判是靠肉體拚搏嗎？

將金幣交給組合屋損壞的屋主作為賠償金後，布麗琪再次邁開步伐。

「妳到底是在哪裡學到這些招式的？」

「這是奧德蘭家代代相傳的技術。」

前世人們融合西洋魔術與東洋氣功掀起魔法革命，才誕生現代魔法的基礎。「氣」不但是文明的基礎技術，在學校也會學到，所以每個日本人都具備相關知識。不過我們學的是如何運用「氣」促進魔法效率，其基礎終究是西洋魔術。

剛才布麗琪展現的招式沒有用到魔力，而是單純運用「氣」，跟我所知的運用法截然不同。

「武功」——這或許就是前世如此稱呼的技術吧。

前世我出生的時候，日本已經澈底西化，完全看不出東洋文化的影子，武功變成只存在於遊戲或漫畫中的技術。可是在這個世界，有些家族會把武功當作家傳祕訣代代相傳。

「妳剛才一瞬間就移動到禿頭男後面，那招是瑜伽瞬移（註：《快打旋風》系列角色塔爾錫的招式）嗎？」

「咦？什麼瑜伽？……那是名為『影步』的步法。因為是探虛不探實的移動技術，看起來才像是瞬間移動。」

也就是幻術那一類的嗎？單純運用「氣」就能做到那種程度啊？說起武功，最有名的就是強化身體的技術，看來不只如此，是相當深奧的學問。

武功這種東洋文化在前世的日本早已廢除。「西洋文化是先進技術，東洋文化是未開化的文化」這種說法，自文明開化以來就不斷流傳至今。和這種普世價值觀唱反調的人不多，但確實存在。他們主張東洋文化並不低俗，只是和西洋文化的技術體系不同。我雖然是第一次見到武功，看到這種難以理解的技術後，我認為他們說的並沒有錯。

過去我總認為擁有前世魔法技術的我，戰鬥時具有壓倒性的優勢，這觀念得改一改了。這個世界存在我未知的技術，千萬不能大意。

我們走了一會兒便抵達目的地。在組合屋林立的貧民窟中，這棟房子也顯得格外破舊。而且也沒有招牌，完全無法想像是一間藥行。

藥師是個臉上帶有部落圖騰刺青的男人。儘管臉部刺青在其他地方會引人注目，在貧民窟卻相當稀鬆平常。平民犯罪後可能會被判處墨刑，而在貧民窟經常有人會用其他圖騰掩蓋代表前科的刺青。

「嘿嘿，不好意思，藥已經賣完了。」

他不讓我們購買萬能藥，這也在我的預料之內。我已經擬定說服對方的步驟，被拒絕後仍然繼續低頭央求，也是步驟之一。

「嘿嘿，貴族大人為什麼想買我這種粗鄙小人做的藥呢？」

被他發現貴族身分了嗎？服裝就不用說了，我還特別留意自己的言行舉止要像個平民。不過沒關係，我也準備了被發現是貴族後的說服步驟。

「既然知道我們是貴族，那就簡單多了。要不要跟我做個交易？」

此時率先開口的，是站在我身後待命的布麗琪。

「嘿嘿，交易嗎？」

「沒錯。你……是逃遁密探吧？」

「嘿嘿，我是脫逃的密探？嘿嘿嘿，這話有什麼根據嗎？」

「你從剛才就試圖解讀我的呼吸節奏，卻失敗了吧？肌肉的些微緊繃透露出你的焦躁感。你說話時裝得若無其事，卻一直對我充滿戒心吧？你手上握的暗器就是最好的證據。」

他的手放在桌子下面，怎麼會知道他握著什麼啊？也沒有發動感知系魔法的跡象。這也是武功吧，實在太深奧了。

「這種難以解讀的獨特呼吸節奏，是密探特有的技能。而且你手上拿的是鎖鐮吧？只有密探之流才會使用那種武器。」

藥師男無法解讀布麗琪的呼吸節奏，布麗琪卻將他的呼吸節奏看得一清二，否則無法判別他的呼吸法。看來布麗琪的實力在他之上。

藥師男沒有回答。他狠狠瞪著布麗琪，原本的嘻皮笑臉也變得越來越難看。

「如果你現在還是密探，就算冒著冷汗，也要扮演充滿破綻的一般人到最後一刻。既然是潛入市井的間諜，就該把潛伏任務看得比自己的命還重要。可是你明顯對我懷有戒心，想要保護自己的安全，這表示你身上沒有任務，也就是比性命更重要的事情吧？沒有任務的密探卻住在貧民窟裡，那就是逃遁密探吧？既然你擅長藥學，應該也對毒藥學十分精通。你的呼吸方式是托爾斯德魯王國特有，只要找找那個國家有哪些毒門貴族，馬上就能猜出你的身分了吧？」

布麗琪露出一抹微笑後，男子立刻難掩焦躁。

密探偶爾會為了家族做些見不得人的事。知曉家族內幕的密探一旦逃脫，通常會派出追兵將其滅口。如果被舊東家發現自己的所在地，他的性命將淪為風中殘燭吧。

這樣就能理解他為何避免與貴族或商人接觸了。這種萬能藥風評極佳，先不論直接賣給貴族的後果，就算經由商人落入貴族手中，一樣會在社交界廣為流傳。一旦出現傳聞，就有可能傳入舊東家耳中，讓他性命不保。

臉上的刺青是為了偽裝身分吧。我沒想到他為了偽裝會做到這種地步，所以看到刺青就直接認定他是平民。

「……所以……妳要談什麼交易？」

「把藥賣給我，我就當作沒見過你這個人，這就是我的交易。」

「……好吧，我賣給妳。」

布麗琪一個人就解決了所有問題。她說自己擅長暗巷談判，看來不只是肉體拚搏而已。

回到家之後，我立刻將藥交給安娜的主治醫師維爾加醫師，請她調查這種藥是否對安娜的詛咒有效，今天就是知曉分析結果的日子。我與維爾加醫師一同坐在名為「黑瑪瑙」的第二十九會客室。

「聽說這是萬能藥，確實很萬能呢。品質非常好，對絕大部分的皮膚疾患都有效。」

「那麼！這個對安娜的詛咒也有效果嗎！」

「很遺憾，這對小姐的詛咒應該無效。這種名為軟膏的藥物，我已經把國內外所有品項都試過一輪了。」

原來是軟膏啊……那確實是**萬能藥**。雖然這次也失敗了，我不會輕言放棄。為了讓安娜過上健康快樂的生活，往後我還會繼續尋找解咒方法。

◆◆◆

這天的王國史課又是分組討論形式。有別於前世高中大部分都是單純聽講的課程，這間學園經常會用分組討論或辯論的形式上課。

包含我跟安娜在內，這組總共有五個人，除了我以外都是女性。感覺很像孤身被丟進女孩之間，老實說我很不自在，但這些組員都是按照安娜的意願挑選的。

「成功了！我們是第一名！不愧是巴爾巴利耶同學，『日輪獅子』的胸針果然名不虛傳。」

有著褐色頭髮、蜂蜜色眼眸和雀斑臉的千金小姐，勾起抹上鮮紅脣膏的嘴角微笑著對我說。她是莉莉．賈斯特紐伯爵千金。我不太喜歡她，因為她那群小團體對安娜的態度十分惡劣。雖然不想用粗鄙的用詞，我在心裡都用「這丫頭」、「這女人」之類的稱呼那群小團體的人，就是這麼討厭。

上次的報告主題是官僚史，我們這組是第二名。這次的報告主題是經濟史，以我這個商人為中心統整發表的結果，我們這組拿下了第一名。

這個世界的經濟學也相當落後，連物價取決於供需平衡這種事都不知道。我只是偷偷加入一點前世的知識，就變成了劃時代的革新報告。

「這樣就有三枚獎勵代幣了。」

同一組的伯爵千金說。

發表報告後會由老師決定排名，第一名會拿到兩枚，第二名會拿到一枚獎勵代幣。將拿到的獎勵代幣交到教職員室，就能提升校內表現分數。不過第一名得到的代幣不是一人兩枚，而是一組兩枚。

我們這組在上次的報告拿到一枚，這次拿到兩枚，總共有三枚代幣。可是組內有五個人，沒得到符合人數的代幣。

如果得不到符合人數的代幣，就要靠學生各自商議決定分配。以前世的思維來看，這種分配方式大有問題，很有可能被校內階級上位的人獨占所有代幣。

可是這間學園沒有任何人對這種分配方式有異議。既然身為貴族，就不能逃避交涉，學生之間的交涉也是著眼未來教育的一環。

「下次也拿第一的話，就能得到符合人數的代幣了，但第一名不好拿呀。」

「是呀，而且尤格同學和安索尼同學還在同一組。」

同組千金小姐們提到的尤格，就是插班第一天跑來找我麻煩的學生尤格．菲巴斯。菲巴斯家是軍事世家，所以他應該精通軍事史。至於安索尼——安索尼．托利布斯這位統整班級事務的伯爵家少爺，他也是武門貴族，對軍事相當熟悉。如果報告主題是軍事史，他們那一組一定是奪冠候補。

「安娜史塔西亞同學，很遺憾，這次妳也拿不到代幣了。」

賈斯特紐同學對安娜露出嘲諷又扭曲的笑容說。

為什麼是安娜啊！安娜確實負責不起眼的工作，可是也是安娜將龐大的原始資料整理成簡單易用的筆記啊！如果以勞力為評判基準，安娜才是貢獻最多的人！妳這傢伙沒派上用場又沒付出勞力，憑什麼是妳拿代幣，最盡心盡力的安娜卻不能拿啊！而且把無聊又辛苦的工作推給安娜的人就是妳吧！

我很想破口大罵，但還是拚命壓抑情緒。一旦感情用事，原本順利的事情也會觸礁。想提升安娜的地位，我就必須在待人處事時常保冷靜。

「這也沒辦法，讓所有人都拿到代幣才難嘛。」

我雖然沒把情緒寫在臉上，已經氣到手都在發抖，一旁的安娜卻若無其事地說。

既然安娜接受了這個狀況，我也不好小題大作。

「好了、好了，別說得這麼悲觀嘛。下次拿第一就會變成五枚代幣，大家就同心協力，連安娜史塔西亞同學的份都拿下來吧？」

這麼開口緩頰的是同組的艾爾菲克伯爵千金。儘管她平常不會欺負安娜，還是理所當然地把分代幣給安娜這件事放到最後。這就是這間學園的「常識」！實在太氣人了！

在學園的教育下，每個人都能理解實力主義。可是這個國家是階級社會，這些人在把階級差距當成常識的國家長大，自然不能理解平等主義。他們將階級差距視為理所當然，對待底層階級的態度比前世的人更加殘酷。

我決定要在下次分組報告拿第一。只要拿到五枚代幣，眼下的問題就能迎刃而解。雖然只能將問題往後延，不過我還想不到根本的解決方法，拖延才是最好的方式。

做得太誇張可能會讓武門學生顏面無光，所以我本來想在軍事史主題稍作保留。然而這麼做如果會讓安娜落入悲慘的境遇，我就要全力以赴。

之後我得想點方法，讓大家知道安娜有多努力。繼續處在這種不愉快的心情之下，連我都受不了。

下課後，我來到圖書館借閱分組討論需要的參考文獻。這個世界的書籍相當昂貴，借書時通常得支付保管費，不過上級貴族不需支付就能隨時借閱。

選了幾本負責範圍的書籍後，我在詩集區抽出一本詩集。安娜曾和我聊過這本詩集。我雖然對詩詞興趣缺缺，卻對安娜喜歡哪方面的作品十分好奇。

「哎呀？這不是巴爾巴利耶同學嗎！你在幹嘛？」

連聲招呼也不打就忽然上前攀談的人，是名叫凱特的平民女性。雖然不同班，她和我修同一堂應用科目。未來想成為商人的她知道我是商會經營者，便為了拓展人脈接近我。

上級貴族很重視自家教育，所以只會在學園修習最低限度的課程。全班只有我選修這門應用科目，身邊都是連名字也不曉得的平民。這間學園的課程多為分組討論或辯論形式，她應該是不想在分組時落單吧。儘管知道她的企圖，我還是和她越走越近。

「是啊，我來借書。」

她在偷瞄我手上的書，所以我下意識地遮擋。要是被她看見《在花床沉睡的少女夢見初戀》這種少女心滿滿的書名，未免太丟人了。凱特同學見狀笑嘻嘻地說：

「我知道了！是色色的書！」

「學園圖書館哪裡會有那種書啦！」

「真的嗎？讓我看看。」

另一個女學生急忙衝過來用貴族禮儀向我道歉後，就把纏著我不放的凱特同學拉走。她是凱特同學的雙胞胎姊姊萊菈同學。

在這間奉行實力主義的學園，只要有實力，平民也能用趾高氣昂的態度面對貴族。然而因為學費昂貴，大部分的平民都會在高等科才入學就讀。由於在這個年紀才入學，早已對階級制度耳濡目染，平民基本上不會用如此隨便的態度對待貴族。

萊菈同學可能擔心這種無禮行為會惹怒貴族，害全家人受到牽連吧。有別於自由奔放的凱特同學，自小被教育為商家接班人的她較為謹慎得體。

「好痛喔～～姊姊，不要抓我鬢角的頭髮啦啊啊啊！」

真是聒噪的女性，但也是能和我正常對話的稀有之人。那種自由奔放和親切和善的感覺總讓我想起前世的妹妹，所以和她對話時背上不會狂冒冷汗。

順帶一提，我還沒看過那方面的書，因為要練成氣脈和魔力脈需要「精氣」。大部分宗教自古以來都提倡禁慾主義，但前世已經透過魔法近代化的技術證明了這種說法的合理性。若想成為聖者引發奇蹟，也就是想成為魔法師的話，保持禁慾就是最速成的捷徑。撇除幸運「開悟」的狀況，一般人都需要長時間的忍耐才能習得魔法。

我則不需要忍耐。因為我根本不想看那種令人作嘔的東西。

◆◆◆安娜史塔西亞視角◆◆◆

「我覺得吉諾給妳的安眠香真的是魔法藥。」

我和母親在名為「金綠」的第七會客室一起喝茶。將其他人支開後，母親對我這麼說。

「果然沒錯嗎？」

我在分組討論的工作是整理資料。雖說只是將文獻的重點整理成筆記，整理的文獻越多，對我們這一組越有利。因為是第一次和吉諾先生分組討論，我也相當努力，最近幾乎每天都整理到半夜。

『妳最近都犧牲睡眠時間整理資料，一定很累吧？所以……這應該能讓妳消除疲勞……』

班上同學都沒發現，只有吉諾先生看出我的疲憊，還送我安眠香，讓我心裡變得暖洋洋的。

這個安眠香的效果出奇地好。焚香就寢不到五分鐘，我就能進入夢鄉。而且明明比平常少睡了一半的時間，卻彷彿得到充足睡眠似的，不但身心疲勞徹底消失，醒來時的感覺也清爽暢快。

母親也體驗到這種異常效果，才會堅信這是魔法藥吧。

「化妝水也一樣，我猜吉諾身上有某種能製造出數種魔法藥的遺物魔道具。」

世界上到處都有舊世界遺跡（地下城），遺物魔道具就是在舊世界遺跡發現的魔道具。大部分的遺物魔道具，都是現代技術無法創造的神奇之物。

吉諾先生提供的化妝水，具有現代技術難以實現的回春效果，所以賽文森瓦茲家認為他有某種可以做出化妝水的遺物魔道具。再加上這種安眠香，可見他的遺物魔道具能製造的魔法藥不只一種。

「我想妳應該很清楚，絕對不能對外人提起這種安眠香，也不能被他人察覺，務必小心。」

「當然。」

遺物魔道具是價值連城的稀有物品，絕大部分都是國寶或上級貴族的傳家之寶。如果被發現身上有遺物魔道具，可能會被人盯上而捲入犯罪危機。所以就算發現吉諾先生有遺物魔道具，也要佯裝不知才是禮貌。若被僕人或其家族這種沒有受過貴族教育的人聽到，他們可能會在外頭說溜嘴，甚至有犯罪組織會高價收購這種情報，所以在屋內提起這個話題也非常危險。

在賽文森瓦茲家也不會輕易聊到要如何取得吉諾先生的化妝水。這也是理所當然的，畢竟這是直接攸關吉諾先生性命的大事。

「我該怎麼處理他送的『舒眠香薰』呢？」

雖然不如遺物魔道具，魔法藥的價格也十分昂貴，怎麼能因為「最近忙著趕學校作業有點睡眠不足」這種微不足道的理由隨便使用呢？

吉諾先生的化妝水光是一小瓶的價格就足以買下下級貴族的宅邸。能每天將這種昂貴物品奢侈地塗滿全身，頂多只有母親和巴爾巴利耶夫人吧。

「既然是吉諾特意準備的，那麼妳就放心使用吧。收到未婚夫的禮物就要好好使用，這才是禮貌喔。」

「這確實是禮貌，可是……我還是覺得太貴重了。」

「這表示吉諾就是這麼愛妳呀。不管是冷藏魔道具還是安眠香，都代表妳有多麼地受到吉諾寵愛。」

母親這番驚人的說詞，使我害羞地低下頭去。

吉諾先生真的很神祕，不但會製作魔法藥，相親時還展現過彷彿瞬間消失的極快動作。照理來說不會在家人之間談論遺物魔道具，所以我當然不會主動提及，但我還是想更了解吉諾先生的一切。

對了，問問能不能和安東魯尼家的家人通信吧。我真的很想知道吉諾先生的童年往事。

「妳想跟姊姊通信啊？那我幫妳問問她吧。」

吉諾先生這麼說，並幫我和安東魯尼家的薇薇安娜小姐牽線，我們便開始互通書信。

因為我是公爵家的人，薇薇安娜小姐起初還有些客氣，但馬上就和我熟稔起來，還允許我稱她大姊。

我們的共通話題當然就是吉諾先生。吉諾先生似乎不喜歡炫耀，以全科滿分的成績插班入學，拿到代表學年首席的「日輪獅子」胸針，解出未解決的數學問題轟動全校這些事，他都沒告訴大姊。從我信中得知這些事蹟後，大姊簡直驚呆了。

我聽吉諾先生說過大姊是個自由奔放的人，這話一點也沒錯。看到她在附近河邊抓到三公尺長的鯰魚還用推車載回家，結果被父親臭罵一頓的往事，我忍不住笑出聲來。

原本互通書信是為了更了解吉諾先生，但透過書信往來和大姊拉近距離，也讓我十分開心。

◆◆◆吉諾利烏斯視角◆◆◆

「太好了！又是第一名！」

「不愧是巴爾巴利耶同學！連兩次都是第一！」

同組的千金小姐們都喜形於色。

我們這組在軍事史主題也拿到第一名，這樣就有五枚代幣了，能保證每人都有一枚。

現今的魔法技術多被各家當成祕術藏匿在檯面下。我們的報告主題，是假設魔法技術全面公開，這個時代的魔法技術高於史實的狀況下，主流戰術應該改為散兵戰術而非密集方陣。

所謂的密集方陣，是以鶴翼陣或魚鱗陣為代表的兵團配置法。反之，散兵戰術則是讓少數部隊各自獨立行動。

目前的戰術配置仍以幾何學的密集方陣為主流，我們這組的報告卻主張現代的主流戰術總有一天會落伍，軍事相關人士應該相當震驚吧。

而且這種主張相當有說服力，畢竟這是另一個世界的史實。前世將魔法技術賦予特許權，讓魔法急速發展，這個影響也導致主流戰術從密集方陣轉變為散兵戰術。

「謝謝你，吉諾先生。」

組員都在興奮喧鬧時，安娜低聲向我道謝。

「謝什麼？」

「多虧吉諾先生的努力，我們這組才能拿到五枚代幣，這次我應該也能拿到。我真的好久沒有在分組討論時拿到代幣了。」

安娜似乎真的很開心。光是看到她的笑容，我就覺得自己的努力值得了。

既然跟我同一組，哪怕只拿到三枚代幣，我也想全部送給安娜。可是除了同學以外，連安娜本人都覺得自己應該排在最後。

「安娜，妳也做了很大的貢獻。妳做了多少工作，我都看在眼裡。」

多虧安娜將大量文獻的重點精簡出來，我才能省去過目所有文獻和找尋統計資料的時間。論文作業能大幅提升效率，都是安娜的功勞。參考文獻的數量也直接提升了論文的說服力。

「我們這組雖然得到了五枚代幣，這些都要歸功於巴爾巴利耶同學的巨大貢獻。所以我覺得安娜史塔西亞同學應該放棄資格，讓巴爾巴利耶同學拿兩枚代幣。各位不這麼認為嗎？」

安娜還在跟我說話，賈斯特紐同學就劈頭這麼說道。她也是霸凌安娜的那群女學生之一。

「……是啊——」「沒這回事！」

安娜本想出聲贊同，我卻大喊一聲打斷她的話語。

安娜她！明明這麼開心！這丫頭卻來鬧事！

因為我忽然破口大罵，包含安娜在內的所有人都一臉驚恐地看著我。我努力想讓自己冷靜說話，口氣卻變得粗暴無禮。然而感情用事只會招致惡果，這個道理我在前世就深有體會。我做了幾次深呼吸，讓心情平復下來。

「基本資料幾乎都是安娜整理的，她所做的貢獻當然有資格得到代幣。」

我努力用沉著冷靜的口氣對賈斯特紐同學說。

「可是巴爾巴利耶同學，整理資料這種事誰都做得到吧？」

「每個人都做得到，但做起來就是辛苦。沒有安娜的貢獻，這次的論文絕對做不出來。」

「聽說安娜史塔西亞同學要拿代幣？沒實力的人居然也有資格，未免太可笑了吧？」

有個別組的女同學也來對我們這組指手畫腳。這位金髮紅眼、長相刻薄的女同學是弗洛羅侯爵千金，在賈斯特紐同學那群女孩中算是大姊頭的地位。

她是女生團體中的頭頭，所以就算成績差強人意，還是能位居階級頂層，可能是女孩之間的第二名。

弗洛羅家是人才派遣業的龍頭，這間學園的僕人也都是弗洛羅家派遣的，因此學園僕人對主家千金弗洛羅同學更是畢恭畢敬。許多千金小姐追隨在後，連學園僕人都對她特別敬重，讓她宛如君臨學園的高貴存在。

「妳錯了。安娜不是沒有實力，只是你們沒有看清安娜的能力。」

為了袒護安娜，我逕直向前對弗洛羅同學這麼說。

「哎呀？安娜史塔西亞同學到底有什麼能力呢？」

援軍抵達後，士氣大振的賈斯特紐同學冷笑著說。

……我早有準備，但現在搬出這招真的妥當嗎？安娜對現在的狀況不以為苦，無法忍受安娜受侮辱的只有我，這只是我一廂情願的行為。這麼做會將安娜捲入紛爭，我應該先跟安娜好好商量後再行動比較好。

雖然這麼想，但我真的受不了了。我無法忍受安娜被侮辱，比自己受辱還要生氣一百倍。

「好啊，就讓你們看看安娜做了多少貢獻。」

我對弗洛羅同學這麼說完，從書包拿出一張紙走向講臺。

我走到教室前方，攤開事先準備的紙張掛在黑板上方的夾子上。這個世界的黑板是在木板塗上以漆為主原料的塗料，所以磁鐵貼不上去。

「可以給我一點時間嗎？請看這張表格。」

準備完成後，我向全班同學說。

貼在黑板上的，是本次論文作業中組員統整參考文獻的工作量一覽表。每位組員都標記了不同的顏色，所以遠遠也能一眼看出誰統整了最多文獻資料。

這次報告參考的文獻資料共有四十一冊，通常一篇論文只會參考十冊左右，所以非常多。

「咦？三十二冊？都是安娜史塔西亞小姐整理的嗎？」

「不可能，這哪是一個人能整理的數量。」

看到安娜統整的數量，全班一片譁然。在這四十一冊當中，安娜就統整了三十二冊，我六冊，副總召艾爾菲克侯爵千金三冊。

至於瞧不起安娜的那群女孩子——賈斯特紐同學和拜茲同學一冊也沒有。她們不想做這種吃力不討好的工作，所以全都推給安娜。我雖然心有怨言，安娜卻二話不說欣然同意。畢竟她都接下工作了，我也不好抗議。

「現在在分組討論能獲得高評價的，都是總召或發表人這種引人注目的角色。雖然有商量餘地，代表評價的代幣卻都會分給負責這些工作的人，可是也有像這樣在不起眼的地方拚命發揮能力的學生。所以我想向老師提議，應該要讓學生明白負責統整文獻的人有多重要，評價時也不能忽視在背後默默努力的這些學生的能力。」

我看向面有難色的老師說。

「我可以問個問題嗎？一個人要統整三十二冊的資料，在時間上應該頗有難度，請問妳是如何整理這麼多資料的呢？」

老師說話時看的不是我，而是安娜。教室裡所有目光也全都集中到安娜身上。

「是、是的……那個……我讀過的文獻資料剛好比較多……只要稍微看看文獻的開頭描述，幾乎就能想起章節的所有內容。無須再次閱讀，也能憑藉記憶統整。」

教室裡一片譁然，因為安娜說這三十二冊文獻絕大多數的內容她都記在腦子裡。這根本不是學生能掌握的數量，我第一次聽到時也很震驚。

「唔嗯，我可以考考妳是不是真的記得嗎？」

「可、可以。」

安娜同意後，老師便要求她站上講臺。

「那就從《紅牆之戰的戰略分析》這篇文獻的內容出題吧。文獻第三章是如何評論方奈將軍的戰略呢？」

不用看文獻就能直接對安娜提問，真不愧是這間學園的老師。如果是自己的專業領域，應該把很多文獻內容都記在腦子裡了。這間學園的每位老師都是各個領域的權威，學費之所以高到不可思議，也是必須提供與國內最高權威相符的研究經費。

「……那個……方奈將軍雖然在紅牆之戰採用了雁行陣——」

面對老師的所有提問，安娜都對答如流，只是聲音很小又始終低著頭。忽然被叫到講臺上接受全班同學的目光，她應該很緊張吧。

貼在黑板上的表格並不是為了在教室展示給學生看，而是要在教職員室讓老師過目才準備的。為了請老師讓學生明白無名英雄的工作對學園有多重要，我才會準備這些資料。獎勵代幣的分配是由學生們商議後決定，若讓大眾明白這些不起眼的角色有多重要，安娜這種老是負責幕後工作的人在商議時就能更有優勢，得到代幣的機會也越高。

之所以會將這張表貼在教室黑板上，也是因為我一氣之下衝動行事，結果把安娜牽扯進來了，對她很不好意思。

我想稍微為安娜加油打氣，便牽起她的手。這是我現在唯一能為安娜做的事。

見狀，女學生紛紛發出尖叫，幾個武門系的男學生也吹起口哨，滿臉通紅的安娜立刻把手抽回。剛才她明明還對答如流，卻被這件事硬生生打斷，老師也不禁苦笑。

我這個男人太沒用了！明明一心想幫助安娜，反而拖了她的後腿！

中途雖然因為我的干擾出了點意外，但面對老師的提問，安娜都答得相當完美，同學也都十分驚訝。

「哎呀，太驚人了，真了不起。如此優秀的人才居然被埋沒，確實是個大問題。」

老師也認同安娜的實力，答應會在會議中提出開導學生的方案。

這間學園決定校內階級的因素，是成績排名再加上部分條件。假如基本的成績排名提升，階級也會隨之提高。因為個性內斂善良而老是選擇吃虧工作的安娜，成績就會因此提升，階級也會往上走吧。

然而這樣還不夠。學園淪為爭奪王位繼承權舞臺的結果，導致評價成績的方式變得相當扭曲，害安娜也連帶遭殃，一定要糾正這個陋習才行。

下課後，老師一離開教室，弗洛羅同學立刻起身，還用憤恨的眼神瞪著安娜。

「安娜史塔西亞同學！她一定是作弊了！各位，來收集安娜史塔西亞同學作弊的證據吧！」

安娜？作弊？這個臭丫頭！

我無法壓抑心中的熊熊怒火，但總不能對千金小姐動粗，也得避免口頭爭執。為了不讓我跟同學鬧翻，安娜一定操碎了心。就算真的吵起來，我也會在吵贏之前被安娜制止。

所以我決定釋放鬼氣。這個世界的鬼氣只是單純用來形容陰森氣息的詞彙，但前世完全不是這個意思。

除了魔力之外，人體內還有所謂的「氣」，而且會隨著情緒變化而變質，延伸出怒氣、殺氣和邪氣等形容詞。「釋放鬼氣」在前世的意思，是將因情緒變化而變質的「氣」混入魔力，再將混元魔力體——融合了氣的魔力體——射向對方。

前世將西洋魔術和東洋氣功融合後，現代魔法的基礎才隨之誕生。在融合過渡期間就已經證實有這項技術存在。氣擊、殺氣、霸氣、視殺……過渡期間雖然有各式各樣的名稱，至少都是在近代初期就已經落實的原始技術。

我將怒氣混入魔力，將這股混元魔力體射向弗洛羅同學。

「噫！」

弗洛羅同學慘叫一聲往後退。

別說「氣」和魔力的混合方式了，這個世界甚至不知道有「氣」的存在。對於就連如何防禦混元魔力體都不清楚的人施展「鬼氣」，效果更是一絕。

「拉拉雅同學？……妳怎麼了？」

賈斯特紐同學滿臉疑惑地詢問弗洛羅同學。除了她之外，身旁的人都一臉不解地看向忽然發出慘叫，臉頰頻頻抽搐，用驚恐眼神看著我的弗洛羅同學。

這也難怪，無屬性的混元魔力體無色透明無味無臭。只要提高指向性用混元魔力體攻擊她一個人，周遭甚至不會發現我釋放了鬼氣。

「……剛、剛才……巴爾巴利耶同學……好像要把我殺了……」

「「「咦！」」」

弗洛羅同學用顫抖的雙腿頻頻後退，努力擠出這句話。聞言，除了我以外的人都大驚失色。

我只是為了確認標的往弗洛羅同學瞄了一眼而已，甚至沒有瞪她，身邊的人自然無法理解她的行為。

「拉拉雅同學，妳怎麼忽然說這種話？」

班上同學開始躁動起來。

「拉拉雅同學，請妳冷靜。就算他真的對妳懷有殺意，他也不可能蠢到在全班同學都在的教室裡行凶呀。」

「拉拉雅同學，妳是不是太累了？今天要不要先回去休息呢？」

為了安撫她的情緒，弗洛羅集團的女同學們紛紛上前搭話。

尋找安娜作弊證據這種荒唐無稽的事，似乎也沒有人在乎了。

「嗨，恭喜你們拿到第一。」

安索尼來到我和安娜身邊說。

「當同學這麼久，我都不曉得安娜史塔西亞同學這麼厲害呢。妳為什麼要隱藏實力呢？」

「非常抱歉，因為我不想太引人注目。」

我能理解這種心情，前世在社會底層打滾的我也很害怕招惹他人目光。階級頂層的人做出引人注目的事，也只會被稱讚「好厲害」，但底層的人彰顯存在感就會換來一句「真囂張」。而且就算不斷提醒自己不能改變態度，還是會被貼上「得意忘形」的標籤。對階級底層的人來說，引人注目就等於讓自己身陷險境。

「真是謹慎呢。那麼，性格如此內斂的千金小姐，這次為什麼要展現實力呢？」

「這、這是……那個……」

安娜瞥了我一眼就立刻低下頭，低垂的臉蛋也漸漸變紅。

「哈哈～因為這次吉諾利烏斯是小組總召，妳為了心愛的未婚夫才這麼努力吧。」

安娜沒回話，只是繼續低著頭，並且連耳根子都泛紅了。

什麼！難道安娜這麼努力都是為了我嗎！明明引人注目會對自己的立場不利！

「安娜，是真的嗎？」

我握住安娜的手詢問。

見我忽然抓起她的手，安娜嚇得抬起頭，紅通通的臉上浮現出羞赧至極的表情，隨後又馬上低頭。

「……對……對啊。」

安娜低著頭滿臉通紅，用細若蚊鳴的聲音回答。

「啊啊！謝謝妳！妳是我的女神！」

千金小姐們尖叫連連，武門系的男學生則一起吹起口哨。

這時我才發現自己的失態。強烈的情緒將我沖昏了頭，我不知不覺便將安娜緊緊抱在懷裡。

我連忙放開安娜，安娜卻已經面紅耳赤，雙眼也泛起淚光。

只要牽扯到安娜，我總會頻頻失態。湧上心頭的情緒太過猛烈，我根本無法控制，實在對安娜很不好意思。

「我說你啊，明明個性成熟穩重，唯獨戀愛方面這麼幼稚，比對初戀春心蕩漾的中等生還要誇張。」

安索尼笑著說。

人需要經驗才能成長。不管怎麼累積商談經驗，我還是說不出讓女性痴迷陶醉的甜美情話。就算寫下再多問候信給客戶，我依舊寫不出讓女性怦然心動的情書。

我的人生經歷跟老年人一樣豐富，和女性交流的經驗卻連中等生都不如。被安索尼看穿弱點後，我無言以對，只能將臉別開試圖掩飾。

◆◆◆

今天是年度末定期考試的成績發表日，許多學生都聚集在公布欄前等待成績表公布，我和安娜也不例外。

「沒問題，吉諾先生一定會蟬聯第一。」

「是這樣嗎？」

「是呀。吉諾先生有多麼努力，我都看在眼裡。」

我難掩緊張情緒，安娜才貼心地不停和我聊天。安娜似乎一點也不緊張，她對自己的地位不是很在乎。

「啊，好像要發表了，再靠近一點吧。」

看到幾位學園僕人將一張大木板裝上公布欄後，安索尼說。

公布欄設置在室外，為了不受風雨影響而劣化，需要長期公告的內容會使用木板而非紙張。木板規格和公布欄完全吻合，所以會緊緊嵌入公布欄的凹槽，再用栓具固定。

「太好了！又是第一名！」

「好耶！是第二名！」

「「咦？」」

安娜和我同時喊出聲，內容卻雞同鴨講。

「吉諾先生，你是第一名吧？」

安娜又看了公布欄一眼確認後，微微歪著頭問。

「對啊，我是第一名。但這不重要！安娜，妳是第二名啊！」

「咦！」

看來安娜只急著確認第一名是誰。

我之所以會對這次的考試結果如此在意，並不是擔心自己的成績，而是想知道安娜的成績會提升到什麼程度。

過去安娜的成績落在十五名前後，在只有二十五人的特級班中算是中等。這次名列第二，而且是打敗了聰穎又有名氣的尤格拿下第二名，所以是相當出色的成績。

「真、真的耶……」

安娜目瞪口呆地抬頭看向公布欄，這反應實在太可愛了。

「恭喜妳，安娜，這樣我更改出題形式就值得了。」

為了讓實力主義的思想深植階級社會，學園會賦予實力堅強的「日輪獅子」胸針持有者特權，其中也包含對課堂或作業內容提出更改的權利。申請內容會交由老師審查，但只要不是太離譜的更動，基本上都能通過。

我行使了這項權利，更改了這次定期考試的出題形式。

「咦？所以吉諾先生更改了定期考試的出題形式……」

「當然是為了妳。如果是這種評分較為客觀的出題形式，儘管是性格內斂又謹慎的妳，也不會居於劣勢。我這麼做不是只為了安娜，而是為了所有人，但想要改變的契機，是希望妳的實力能得到正確的評價。」

看過安娜以前的考卷後，我心想：分數好像太低了，跟回答的成果不成正比。

成績被過度低估——我在前世也有過這種經驗。

就算在工作上交出同樣的成果，我這種醜男的評價也遠遠不如那些帥哥。我得拿出比常人更好的成果才能勉強得到一般的評價，所以不知不覺就把比常人加倍努力變成習慣了。

前世對女性的容貌歧視更是嚴重。就算工作能力差，只要年輕貌美，評價就會遠高於有能力的歐巴桑。犯下同樣的過錯，美女只要笑笑就能被原諒，醜女卻會被臭罵一頓。只有我這種對女性外表毫不在乎的人，才能發現這種不平等待遇，那些被歧視的當事人甚至都毫無自覺。

我猜安娜也遭受了這種不當的待遇，於是將填空和單選導入試題。如果是填空或單選題，只要答案正確，所有人都能考到一樣的分數。儘管會因科目不同而有所差異，我將填空和單選題型從五成拉高到七成。只要減少申論或口試題型，降低外在形象的干涉因素，外表或好感度對成績的影響力就會減少。

此外，超級宅家派的安娜因為飽讀詩書，知識量相當驚人。比起思考能力，能活用知識量的填空和單選題型對安娜更有利。

為了確保成功，身為前考試專家的我一找到需要默背的部分就會告訴安娜。入學後只經歷過申論和口試題型的同學，還不熟悉這種需要默背關鍵詞的讀書方法。

湊齊這些條件後，同學就很難贏過安娜了。

「評分的客觀性啊？你認為現在才有機會改變嗎？」

「沒錯。」

之所以會極度偏袒口試和申論題型，原因就出在繼承權之爭。第一王子殿下的母親側妃殿下為了讓世人見識到他和王太子殿下的實力差距，才會將實力主義導入學園。同時還加入嚴格的審查體制，以免王妃殿下動用權力變更成績。

據說側妃殿下的計畫是把王太子殿下打入後段班。後段班被判定為「沒有實力在王宮任職」的人所在的班級，泛指四級班以下。學園雖然是培育日後在王宮任職的人才機構，也是未成年貴族的社交場所。設立這種班級的目的，就是為了那些無心進宮任職，只想交際不想讀書的人。

如果掉進後段班，被判定「沒有實力在王宮任職」，就算是王太子殿下也可能被第一王子殿下取代。為了阻止這件事，王妃殿下才將考試的出題形式全都改為申論和口試題型。

就算依照正常評分標準掉進後段班，老師也會為王太子殿下尋找加分的理由吧。儘管無意偏袒，應該是害怕觸怒王妃殿下，才會下意識地這麼做。如果是申論或口試題型，外在形象的占比偏高，也更容易加分。最後也如王妃殿下所願，王太子殿下在前年度畢業時，總算勉強止步於三級班。

由於兩位殿下都畢業了，學園不再是爭奪繼承權的舞臺。安娜之所以會說「現在才有機會改變」，就是因為前年度王太子殿下還沒畢業，想改變也無從下手。如果當時想提出變更，王妃殿下就會傾盡全力阻撓吧。

再來還發表了綜合成績排名。所謂的綜合成績，是在定期考試成績額外加上課堂表現的分數。安娜的綜合成績也是第二名，但我一點也不意外。畢竟她在分組討論時都跟我同一組，收集了不少代幣，看到她定期考試第二名的時候我就猜到了。

◆◆◆安娜史塔西亞視角◆◆◆

「請、請還給我。」

確認完考試成績發表後，接下來就是刺繡課，因此我也前往刺繡實習室，但中途拉拉雅同學她們搶走了我的刺繡工具。那些人從初等科的時候就會像這樣欺負我，最近雖然收斂不少，自從我在課堂上拿到代幣後，她們又開始了。

「妳們幾個，別把神聖的刺繡工具拿來玩好嗎？看了真不舒服。快點還給她。」

此時如此上前開口的人是艾卡特莉娜．拜隆同學。她和我一樣都是公爵家千金，身材高挑，比例傲人，還有一頭烏黑的微捲長髮，是個超級大美人。

「這跟艾卡特莉娜同學有什麼關係嗎？」

「沒聽見我說的話嗎？快把刺繡工具還給她。」

艾卡特莉娜同學狠狠瞪了一眼，拉拉雅同學她們便嚇得將刺繡工具還給我，匆匆忙忙跑向刺繡實習室。

不愧是艾卡特莉娜同學，可謂一呼百諾。她的刺繡成績始終保持學年第一，渾身散發驚人的氣勢，以孤傲姿態君臨特級班女孩階級的最上位。學業方面也很優秀，在定期考試中也只僅次於吉諾先生和尤格同學，位居學年第三……不對，現在我變成第二名，所以她是第四名吧……

我嚇得繃緊身子。

艾卡特莉娜同學有一雙宛如大海的深藍色細長鳳眼，是校內數一數二的美人，她現在卻用那雙美麗的眼眸瞪著我。難、難道我變成第二名讓她生氣了嗎？怎、怎、怎麼辦？

「先跟妳道賀吧……恭喜妳拿到學年第二名。」

「謝、謝謝妳。」

「不過下次我不會輸給妳，作好心理準備。」

說完這句話，艾卡特莉娜同學就走向刺繡實習室。

呼，好可怕啊。成績變好後也很辛苦呢。

◆◆◆吉諾利烏斯視角◆◆◆

上完地理課後，安娜像平常一樣開始收拾教材。

「安娜史塔西亞同學，我也來幫忙。」

班上的千金小姐們開口這麼說完，就動手幫忙收拾。

成績排名提升後，安娜還是會主動帶頭收拾教材，就像以前那樣。可是周遭的態度出現了顯著的變化，現在會有幾名女同學像這樣上前幫忙。

在女學生的包圍下，安娜笑容滿面地跟她們聊起女孩們的話題。如果是溝通技術一流的安索尼，應該能打進女孩們的圈子，不過我就沒辦法了。我只能在稍遠處幫忙收拾，同時欣賞安娜的笑容。

安娜身邊的人變多之後，儘管我感到欣慰，卻也有些落寞。有點懷念和安娜兩人邊整理邊聊天的感覺。

◆◆◆

有些必修科目不會列入定期考試範圍，比如男生的劍術課和女生的刺繡課，上這些課時就會男女分班進行。

「哎呀，妳的刺繡程度還是這麼差。」

「唔呵呵呵，真的耶，完全無法想像這是上級貴族的作品。」

「請、請還給我。」

為了上劍術課，我準備前往更衣室時，聽見弗洛羅集團的聲音。

安娜從書包裡拿出刺繡準備繳交作業時，弗洛羅集團就從她手中搶走刺繡，還將她的刺繡攤開使勁嘲笑。

「這是在幹什麼！」

我頓時怒火中燒，衝到弗洛羅集團面前搶回安娜的刺繡。

成績提升後，安娜的校內階級跟著上升，班上同學對她的態度也明顯改善，可是還是有人會繼續欺負安娜。弗洛羅同學那群小團體欺負安娜時根本不管階級順位。

「哎呀，我只是在陳述事實呀。」

「臭丫頭！」

「別、別這樣，吉諾先生。」

安娜抓著我的袖口制止。

……既然安娜不希望事情鬧大，我也只能就此收手。我深呼吸努力壓下讓我雙手顫抖的怒火，在我平復情緒的時候，弗洛羅集團已經往刺繡實習室走去了。

「沒辦法，這是事實。」

我心想「怎麼可能」並攤開刺繡一看，但手中的刺繡跟我當時在賽文森瓦茲家刺繡室看到的作品截然不同。

宛如測量過的等間隔針法，精準到就像機械縫製的一樣，構圖也一絲不苟，能感受出精湛的手藝。可是她只用了最基本的技法，和使用大量高級技法的賽文森瓦茲家刺繡完全不一樣。

構圖也不同。在賽文森瓦茲家刺繡室看到的刺繡，充滿溫和又優雅的協調設計感，彷彿具體表現出安娜的心，但這個刺繡應該是用圖案集的範例隨意改編而成。雖然設計上符合構圖學的理論，沒有絲毫破綻，卻一點個性也沒有，完全感受不到安娜的風格。

刺繡在前世屬於工藝品，價值主要取決於技巧優劣，但這個國家將刺繡歸類為藝術品，比起技巧，創造性才是更重要的評價指標。改編自圖案集的構圖創造性是零分，只會被評為學生等級的習作。

「妳在隱藏刺繡的實力嗎？為什麼？」

「我不想太引人注目。」

……原來如此……不想引人注目啊……

我無法忍受安娜被瞧不起，這段時間用盡了一切手段，只為了提升她的校內階級，然而這似乎和安娜的期望相違背……

我知道這是一廂情願的自私想法，但我以為安娜對地位提升這件事並不排斥，結果並非如此。安娜不喜歡引人注目。

「不必跟我道歉，我由衷感謝吉諾先生做的一切，此話絕無虛假。」

「……真的嗎？」

「真的。多虧吉諾先生的幫忙，我和同學說話的機會增加，成績也進步了。分組討論也是，以前根本沒人願意搭理我，最近衝著吉諾先生跟我搭話的人越來越多，因此聊天對象也增加不少。自從吉諾先生出現後，我所在的世界彷彿煥然一新，我真的打從心底覺得感激。」

安娜露出溫柔又和暖的笑靨，宛如春日的陽光。這似乎是她的肺腑之言，我暫時安心了些。

◆◆◆

學園分為前後兩個學期，前期是四月到七月，後期是十一月到二月。而我是後期插班考進高等科，如今後期結束，進入了長假階段。

學園開始放長假後，社交季節也邁入尾聲。政治與社交事務都告一段落後，公爵和岳母也不必留在王都，賽文森瓦茲一家便返回自家領地。為了學習領政事務，我也跟著一同前往。

當時看到賽文森瓦茲家在王都的宅邸，我就被其豪華絢爛的規格震撼，沒想到領地的宅邸更誇張。這已經不是宅邸的程度，而是一座巨大宮殿。我初次見識到時震驚萬分。

來到這裡之後，我忙得不可開交。以上級貴族來說，我們的婚約已經算晚，所以繼承人教育排得相當滿。回到領地後，還要集中處理累積至今的領政事務，一環接著一環，所以工作也堆積成山。

這天，和當地商會磋商結束後，我與護衛和侍從一同走在領都路上。

「『高高懸掛的是七頭龍旗幟♪吾民的驕傲，吾民的象徵♪勇士啊，在旗下集結吧♪』」

一群醉漢搭著肩膀高歌。大白天的，膽子還真不小。

「七頭龍」是賽文森瓦茲家的紋章。約一百五十年前，這裡並不是賽文森瓦茲公爵領地，而是賽文森瓦茲王國。之所以會變成路奇茲亞王國和賽文森瓦茲公爵領地，是為了避免戰爭的最糟結果，賽文森瓦茲才會臣服於路奇茲亞王家。

從獨立國家變成王國公爵領地已經一百五十年了，大部分的領民卻依然覺得自己是賽文森瓦茲「王國民」，而非路奇茲亞王國民。那群男人一齊搭肩友好歡唱的就是現在的領歌，也是以前的國歌。

其實以領地而言，賽文森瓦茲的地位相當特殊。即使戰力足以抗衡，還是刻意選擇臣服，所以賽文森瓦茲擁有其他貴族沒有的特權。不但可以公開進行加冕，依照契約王家也不能對賽文森瓦茲家差別待遇。

畢竟前身是獨立國家，賽文森瓦茲擁有其他貴族望塵莫及的廣大領地，還有礦山、肥沃的穀倉地帶與港口。領都賽文森尼亞的繁榮程度並不亞於王都，除了領都之外還有其他大都市。

我居然當上這種超級豪門的繼承人。我真的有辦法管理這麼繁盛的領地嗎？聽了這些醉漢的歌，我才發現自己被託付的根本就是一個國家，對將來感到不安。

「慈愛之雨降與吾民♪雨之主乃吾民的公主♪賽文森瓦茲公主♪七頭龍的屬民啊♪你們是何

等幸運♪吾民的公主♪慈愛的公主♪美麗的城鎮和♪慈愛的公主♪」

這是！安娜的歌！

有位吟遊詩人在大馬路邊高歌，使我忍不住佇足聆聽。

居然受領民愛戴到被寫成一首歌！真不愧是安娜！

我聽完整首歌心滿意足，往放在吟遊詩人前方的帽子裡投入金幣，吟遊詩人嚇得瞪大雙眼。

這時，一輛刻有七頭龍紋章的馬車從旁通過。

雖然統稱為七頭龍紋章，根據使用者和用途不同，設計也略有差異。這輛馬車的七頭龍是安娜的紋章，也就是說，這輛是安娜的馬車。

她確實說過今天會外出，但沒說清楚要去哪裡，這輛馬車會開往何處呢？她要去那個地方辦事嗎？

思及此，我停下腳步。

前方只有貧民窟，然而安娜貴為公爵千金，怎麼會去貧民窟辦事呢……

或許會離開貧民窟，只是走捷徑穿過貧民窟而已，好幾種可能性閃過我的腦海，可是我實在想不到公爵千金平常會去的地方是哪些。安娜的馬車怎麼會開往貧民窟呢？怎麼想都很不自然。

……難道這不是安娜的指示，是馬夫擅自讓馬車開往貧民窟嗎？

我頓時渾身冒汗。

該不會！是誘拐吧！

「該死的車夫！居然被收買了嗎！」

我忽然大喊一聲，因此護衛和侍從都一臉驚恐地看向我。

「情況緊急！我先走了！」

「您要去哪裡！」

「請等一下！我們該做什麼呢！」

根本沒時間和護衛及侍從慢慢交代。顧不得那麼多了！我要全力追趕！

我邊跑邊施展身體強化魔法，進一步提升速度。

護衛拚命追在後頭，可是他們穿著沉重的鎧甲，根本追不上身穿布質衣料又施展了身體強化魔法的我。

我在奔跑時思考馬車會前往何處。既然目的是誘拐，應該不會留在領都內。如果賽文森瓦茲家知曉誘拐一事，一定會馬上封鎖領都，派衛兵進行地毯式搜查。

賽文森瓦茲的領民都認為自己是**賽文森瓦茲王國的國民**，安娜是他們的公主。倘若知道**本國**公主被其他領地或國家的人誘拐，領民會認為這是對賽文森瓦茲**王國**的侮辱。被狠狠激起**愛國心**的領民，應該會積極地協助搜查。

光是要逃過衛兵的法眼就很困難了，連憤怒的居民也加入搜查，誘拐犯根本不可能逃脫。我猜誘拐犯應該想儘快穿過城門逃出領都，只要沿著這條路直走就會抵達通往領都外的城門，那裡應該就是馬車的目的地。

因為市中心人潮眾多，我無法施展太明顯的身體強化魔法。現在已經偏離市中心，人潮也漸漸稀少，我便全力施展身體強化魔法。

同時還施展了隱形魔法。前世的登山男女在賞鳥時經常會使用這種休閒魔法。我可不能讓犯人察覺有人追在後頭，要是安娜淪為人質，我就無計可施了，所以我必須消除身影。

而且人類若跑得比全力奔馳的馬車還要快，未免太醒目了。

我一口氣加快速度奔向城門。

「什麼！你確定嗎！」

聽到門衛的回答，我忍不住用怒吼般的口氣說。

「是、是的，最後一輛馬車大約在兩小時前通過。」

怎麼可能！兩小時前我都還沒目擊到安娜的馬車呢！既然沒有其他馬車通過，犯人為了偽裝而換輛馬車離開城門的可能性也消失了。難道誘拐犯沒有離開領都嗎！

那就是貧民窟了！可惡！居然在這麼重要的時候誤判！

我急忙轉身趕往貧民窟。

找到了！

安娜的馬車就停在貧民窟的街道上。

我緊緊握拳，拚命忍住衝動想立刻衝進馬車停靠的建築物。

冷靜點！感情用事只會招致惡果！這可是只准成功不許失敗的狀況！一定要冷靜！

我不停深呼吸。

我決定先小心潛入窺看內部狀況，若我隨意闖進害安娜被挾持就糟了，到時只能全盤接受犯人的要求。為了不讓安娜淪為人質，我必須趁犯人不注意時出招。首先要在不被犯人察覺的前提下掌握狀況，這才是優先該處理的工作。

無論如何我都要救出安娜！就算用我的性命交換也在所不惜！

為了不讓魔法在中途解除，我再次施展隱形魔法。消除身影後，我躡手躡腳地慢慢走向目標建築物。

其實隱形魔法連腳步聲都能隱藏，但我還是小心翼翼不發出腳步聲，說不定犯人有能力對抗這種魔法。儘管在這個文明大幅落後的世界可能性很低，些微的可能性也會讓我功虧一簣。這可是攸關安娜性命的重大局面。

經過馬車旁邊時，車夫沒發現我，還舒舒服服地躺在駕駛座上休息。叛徒悠哉的模樣使我怒火中燒，但我現在根本無暇理會。極為慎重地走進大門後，我聽見庭院傳來聲響。總之先到那裡一探究竟吧。

「這裡是……孤兒院啊？」

有位戴著面具身穿禮服的少女坐在攤開的野餐墊中央，一群面帶笑容的孩子們緊緊圍坐在她身旁。坐在中間的少女正在為笑容滿面的孩子們讀故事書。

雖然戴著面具，我不可能認錯。那名少女就是安娜。孩子們手上拿的是果汁吧，所有人都拿著木杯無比珍惜地小口啜飲，專心聽安娜說故事。

緊張的情緒消散後，我頓時全身無力雙膝跪地。方才拚命奔跑的疲勞感一口氣湧現，我甚至連起身的力氣都沒有，只能癱坐在地上看著安娜和那群孩子。

眼淚自然而然盈滿眼眶。

真的……太好了……

安娜在我心中果然無可取代，我強烈意識到這一點。

因為侵占公款種種原因，導致原本應該用在孤兒院孩子身上的經費驟減，孩子們的生活也越來越苦。最能有效預防這種狀況的方法，就是貴族親自前往設施與孩子們對話。

這麼做不但能親眼確認養育狀況，貴族和孩子們聊久了，也有很大機會從孩子口中得知營私舞弊的情形。既然有可能被發現，就沒幾個人敢明知故犯，所以貴族訪問孤兒院的做法，可以有效制止弊端的產生。

我在學園裡學過這件事，但從未聽說過貴族千金實際走訪孤兒院的案例。

一般貴族千金都很討厭貧民窟的平民。為了與貴族牽線而入學的平民也就罷了，貧民窟的平民根本不懂貴族的禮儀規矩，用餐時不閉口，喝東西也會發出聲音。尤其貧民窟的人長期不洗澡，總是又臭又髒，一般貴族千金根本無法忍受。

所以我也完全沒料到安娜會親自走訪貧民窟孤兒院。

那個面具恐怕也是安娜的考量，以免自己的外表嚇到孩子吧。下足苦心只為了讓孩子更容易親近自己，和孩子一同玩耍並聆聽他們的聲音，進而掌握孤兒院的實際情形。

居然為了領民做到這種地步，真是出色的女性。用溫柔嗓音朗讀故事書的安娜，簡直就是慈愛的化身。

現場沒有孤兒院的修女。修女不可能把孩子們交給來路不明的陌生人，所以修女應該清楚安娜的身分。剛才那名吟遊詩人唱著安娜的歌，我猜就是修女這些人將安娜的善行說出來，才會被寫成歌曲吧。

我茫然地看著安娜時，不知從哪兒忽然冒出一堆人站在我跟安娜之間。

「來者何……咦！吉諾利烏斯先生！」

布麗琪站在安娜前方保護，並上前對我盤問。

啊啊，看來隱形魔法失效了。在這些護衛眼中就像有個可疑人士忽然出現在安娜身邊，才會急忙擺出防禦陣形吧。我發現密探的人數大於騎士，這或許也是安娜的考量，以免嚇到孩子。

至於布麗琪，她迅速移動到密探組成的防禦陣形中的某個位置。她的動作毫不遲疑，可見經常和這群密探共同訓練。

「咦！吉諾先生！你怎麼會在這裡！而且你流了好多汗，到底是怎麼回事？」

安娜從密探之間探出頭來，一看到我便發出驚呼。

安娜默默將右手抬到左肩前方，雖然看不見飛鏢本體，那應該是準備投擲飛鏢的姿勢。不愧是公爵千金，有確實學過碰上突發狀況時如何應對。

「這個……說來話長……」

「欸～小熊姊姊～這個大哥哥是妳的未婚夫嗎～？」

我因為尷尬而詞窮時，孩子們跑來找安娜搭話。

安娜似乎被他們稱作「小熊姊姊」，大概因為面具是小熊造型吧。

「是呀，沒錯。」

「好厲害喔～！好帥～！」

「真的好帥～！小熊姊姊，恭喜妳～！」

「我們做的護身符發揮功效了，要好好感謝我們喔？」

「護身符？」

某個孩子說的話引起我的好奇心，我便向他詢問。

「對啊，紅線是我染的喔。」

「我也有～我是染綠線～」

「我也有！我也有！我還收集了布拉納草的莖！」

孩子們得意洋洋地爭相開口，不過完全沒解釋清楚，我一頭霧水。安娜這才替我補充說明。

這群孩子知道安娜相親屢屢受挫，決定為她做個姻緣護身符。經過加工染色的絲線比未染的絲線昂貴，孩子們預算不多，便把白線買回來自己染色，再使用那些線做出繩編手環。

這麼說來，相親那天我確實看到安娜戴著莫名廉價的繩編手環，原來那是孤兒院孩子送的禮物啊？沒想到孤兒院的孩子這麼仰慕安娜，太了不起了。

「小熊姊姊」的未婚夫登場後，孩子們簡直樂翻天。在這種情況下沒辦法好好說話，於是安娜要求把人支開，幾位密探便和孩子們玩耍去了。

◆◆◆安娜史塔西亞視角◆◆◆

開始放寒假後，我們便回到賽文森瓦茲領地。身為賽文森瓦茲家的一員，我也必須履行貴族的義務，在能力範圍內協助領政事務。

今天要去孤兒院視察。要掌握孤兒院的現狀，直接觀察孩子的狀況是最實在的方法。為了別嚇到孩子，我在馬車中請布麗琪幫我戴上面具。這是布製面具，還把後腦勺的繩子全都綁緊牢牢固定，被孩子們拉扯也不會掉。

「啊啊啊啊啊！是小熊姊姊啊啊啊啊！」

「真的耶～～～～～！」

孩子們興高采烈地衝過來，真是可愛～

我和孩子們聊天確認狀況，比如誰最近被修女或院長罵了，昨天晚餐吃了什麼等，從這些稀鬆平常的閒聊內容掌握孤兒院的現狀。

聽了孩子們的描述，又看到他們嬉笑玩鬧的模樣，我判斷沒什麼大問題。

「欸～小熊姊姊～講故事給我們聽～」

「好呀。那麼天氣也不錯，我們到外面鋪墊子坐在上面看書吧。我還準備了果汁，要不要去外面喝？」

我對拉著我的裙襬央求的小女孩這麼說。

書籍非常昂貴，所以孤兒院沒有書。我每次都會從家裡帶點孩子們會喜歡的東西過來，但孩子們都很期待我唸故事給他們聽。一聽到故事書和果汁，孩子們都興奮極了。

「好棒啊啊啊啊！」

「唔哇，好鬆軟喔～」

我們鋪好厚實的野餐墊後，孩子們就在上面滾來滾去。

小孩子真的能把所有事情當成遊戲呢，真是可愛。

孩子們圍著我排排坐。正當我為他們朗讀故事書時，家裡的密探忽然大量現身組成人牆。

「來者何……咦！吉諾利烏斯先生！」

布麗琪用威嚇的語氣上前盤問，說到一半就變成驚呼。

什麼！吉諾先生！

我從人牆之間偷偷向外查看，發現吉諾先生癱坐在地上。

他滿身大汗，彷彿跌進池塘裡似的。

故事朗讀時間暫時中斷後，我向吉諾先生詢問原委。原來他誤以為我遭人誘拐，在貧民窟四處奔走尋找我的下落。

「……都是我的錯。」

今天早上吉諾先生問我要去哪裡時，我對他含糊其辭，這就是原因。

「不好意思，因為小姐罵不出口，雖然這麼做僭越職權，請由我代為說明。」

站在我身後的布麗琪立刻走向前對吉諾先生說。

主人在談話時，僕人插嘴是相當無禮的行為。布麗琪應該也明白這個道理，所以平常不會輕易開口，但碰上吉諾先生她就常常插嘴。

吉諾先生不但不在乎她的失禮行為，甚至還會主動攀談讓布麗琪加入對話。沒想到吉諾先生和布麗琪感情這麼好。

「您認為小姐遭遇危機，不惜汗流浹背四處奔走，這點值得讚賞，但您怎麼能拋下護衛獨自在貧民窟到處亂跑呢？竟然穿著一看就知道是富貴人家的貴族衣裳獨自一人在貧民窟亂走，愚蠢也該有個限度。賽文森尼亞的貧民窟雖然比其他城鎮的貧民窟安全許多，但也沒有安全到可以放任貴族一個人亂逛。如果吉諾利烏斯先生遭遇不測，小姐一定會傷心欲絕。請您多多在乎小姐的感受。」

「……對不起，腦海中浮現誘拐這兩個字以後，我就情緒失控了。」

我是獨生女，不知道這樣正不正確，但雙手環胸說教的布麗琪和一臉消沉的吉諾先生，看起來就像姊姊在喝斥弟弟。

「真的很抱歉。」

等吉諾先生和布麗琪的對話告一段落，我便開口向他謝罪。

「安娜為什麼要道歉？」

「這次是因為我沒把目的地交代清楚……都是我的錯。」

「不對，安娜無須自責。被布麗琪罵過之後，我好好反省了。我答應妳，如果下次再發生同樣的狀況，我一定不會獨自行動，會派出密探和騎士一同搜索。這次是因為……我的情緒失控到無法冷靜判斷。」

布麗琪建議這種時候不能獨自搜索，要派出密探或騎士才是上策，吉諾先生也乖乖接受她的諫言，真是謙虛有禮的好青年。

「對了，妳為什麼不把目的地交代清楚呢？這件事又不丟臉，反而該好好讚賞一番啊。」

「是我的虛榮心作祟，我不想在吉諾先生心中留下不好的印象……」

「虛榮心？」

監察孤兒院最有效的方法，就是直接傾聽孩子們的心聲，我在學園也學過這件事。於是我學以致用，開始走訪孤兒院。

我以為大家都會這麼做，所以初等科時期和大家聊起這件事，沒想到會實際走訪孤兒院的千金小姐只有我一個人。

——偽善者——

當時大家用這三個字形容我，讓我十分沮喪，再也不敢把走訪孤兒院這件事說出口。

我知道吉諾先生不會說這種話，但還是猶豫不決，不知該不該坦承實情。吉諾先生會不會討厭我呢——這股不安忽然閃過我的腦海，使我無法老實交代。

「安娜，妳沒有錯。是我不夠可靠，妳才沒辦法完全信任我。為了得到妳的信賴，以後我會更努力珍惜妳。」

吉諾先生沒有譴責我的過錯，甚至把我的過錯當成自己的失責……他真的好溫柔，完美到我根本配不上他。

吉諾先生牽起我的手，在我手背上落下一吻。

「我再好好宣誓一次。無論如何，我永遠都站在妳這一邊。不論發生任何事，哪怕妳殺了成千上萬的人也一樣。我，吉諾利烏斯．巴爾巴利耶，在此賭上家名起誓。」

「賭上家名！」

我大驚失色。吉諾先生在我手背落下一吻時，我還不明白他用意何在，現在才終於理解。這是立下誓約的正式禮儀。

「沒錯，賭上家名。無論如何我都相信妳。哪怕妳犯下滔天大罪，我也不會厭棄妳，會永遠陪在妳身邊。所以妳不必勉強，可以好好做自己。」

吉諾先生露出斯文的笑靨，將這些話說了一遍又一遍。他的笑容好溫柔，幾乎要融化我的心一般。

對貴族來說，賭上家名起誓是相當隆重的儀式。沒想到他如此看重我……

為了讓吉諾先生看見自己美好的一面，我居然對他隱瞞，氣量實在太狹隘了。我完全配不上這麼完美的人，長相就不必說了，心靈也配不上。

他是真切地為我著想，因此面對如此誠意，我也得用誠意回報。我再也不會做出在吉諾先生面前包裝自己這種羞恥的行為，就算會破壞他對我的印象，我也必須毫無保留地對他坦承一切。

我當然不想讓吉諾先生失望，必須提醒自己表現得得體不丟人。我果然還是得磨練心志，至少要讓我的心靈進步到能配得上吉諾先生。

於是我輕提裙襬，深深彎下腰對他行最敬禮。

「吉諾先生，非常抱歉。往後我會毫無保留地對你坦承一切，也會努力讓自己成為配得上你的女性。我，安娜史塔西亞・賽文森瓦茲，在此賭上家名起誓。」

「安娜！妳是全世界最棒的女性！」

「到此為止了！吉諾利烏斯先生！」

「唔！」

吉諾先生張開雙臂朝我走來，卻被默默趕來的布麗琪猛拍一掌停下動作。

剛剛打在心窩處的那一掌感覺很痛，他還好嗎？最近布麗琪對他真的很不客氣。

「別讓小姐碰到那身被汗水浸溼的衣服。如果害小姐生病，你該當何罪？」

「對不起，安娜實在太可愛了，害我失去理智。」

可、可愛嗎！在如此嚴肅的場面忽然聽到這種話，讓我心跳加速。

「還有，安娜，聽到『偽善者』這個詞也不必沮喪，這是讚美。」

「讚美？」

「所謂的『偽善』，是看到別人輕鬆做出自己絕對做不到的善行時，才會使用的嘴硬說詞。如果有人說妳是『偽善者』，在腦海中替換成『妳真是個大善人』就好了，基本上意思相同。」

吉諾先生一臉嚴肅，英姿煥發地說出這種話，實在太好笑了，我忍不住輕笑出聲。

「欸～小熊姊姊～什麼時候才要繼續講故事啊～？」

小女孩從遠處開口提問，我便再次開始朗讀。

為孩子們朗讀故事書時，我忽然想到一件事。

吉諾先生賭上家名起誓時，甚至用「大量殺人」來舉例。那雙紫色眼眸充滿強烈的決心，畢竟這是賭上家名的隆重誓言，顯然不是玩笑話。

難道吉諾先生連我犯下滔天大罪的最糟情況都設想到了嗎？我沒有勇氣做出那麼可怕的事，最重要的是，我也沒有那種能力。但吉諾先生的眼神，似乎連這種非現實的狀況都設想過了。

吉諾先生……就算事態演變至此，吉諾先生還是願意站在我這一邊嗎……他如此為我著想，甚至不惜賭上家名起誓……

我再也忍不住淚水，幸好戴著面具不會被旁人發現。我努力讓自己不發出哭腔，繼續朗讀童話故事。

第五章 熱愛刺繡的朋友與刺繡競賽

◆◆◆吉諾利烏斯視角◆◆◆

時序入春後，新學期也開課了。我與安娜繼續留在特級班，所以年級上升後也在同一班。

安娜今天還沒來上學，畢竟全班只有我一個人選修「密探的潛入實作與對策」這門應用科目而已。

我獨自坐在學園庭院的涼亭內，從內袋取出手帕攤在桌面，欣賞手帕上的刺繡。這是安娜送我的寶物。安娜問我想要什麼圖案時，我說舉行訂婚儀式時使用的賽文森瓦茲宅邸內的教會。因為我想要一個能時刻想起自己與安娜的婚約，沉浸在懷舊世界的東西，所以這條手帕上的刺繡就是賽文森瓦茲家的教會。

寫實逼真的圖案，讓我回想起與安娜訂婚時的興奮之情。而且看到使用好幾種高難度手法製作的精美刺繡，就能感受到安娜為了我付出到這種地步，讓我喜不自禁地笑了出來。

「這、這條手帕！」

背後忽然傳來一道聲音，我嚇得回頭察看，原來是同班的拜隆同學站在身後。她想看看這條手帕，我便同意讓她在不碰觸的前提下觀賞。

「……好厲害……太驚人了。居然能用這麼細的絲線刺繡，針數和色調還能呈現出些微的變化，多麼細膩的技法啊……背景的樹木是用『亂針繡』吧。雖然讓長短不一、方向各異的絲線層層交錯，看似雜亂卻帶有規則性……原來如此，這個規則性是為了透過角度呈現出顏色差異吧。竟然能將前王朝時代的技法發揮得如此淋漓盡致……」

看到拜隆同學專注欣賞安娜的刺繡，嘴裡唸唸有詞的模樣，我不禁笑了起來。

對吧、對吧，安娜很厲害吧？看到安娜被讚美，我的心情好得不得了。

拜隆同學的刺繡成績始終保持學年第一，下課時間也經常一個人在刺繡。正因為她喜歡刺繡，才能發現安娜刺繡的手藝有多精湛吧。

「請問這幅刺繡是在哪間工坊買到的！」

「這是禮物。」

「天哪！是誰送給你的？」

糟糕！我太過興奮，不小心說出這是禮物了。安娜不想引人注目，如果被發現她的刺繡技術遠超於學生水準，就會惹來目光，因此我用模稜兩可的回答含糊帶過。

「吉諾利烏斯，等很久了嗎？艾卡特莉娜同學也午安。難得看你們湊在一起呢。」

此時如此上前搭話的人是安索尼。

「哎呀，安索尼同學，你怎麼會來這裡呢？」

「今天是『單獨討伐魔物群』的應用課。吉諾利烏斯在同樣的時間也有其他應用課，但他是坐在教室裡聽課，我們是實際訓練。因為我要花時間更衣，所以每次都會請他在這裡等我一起吃午餐。艾卡特莉娜同學呢？難得這個時間在學園裡看到妳。」

「我想跟刺繡科的老師請教一些問題，所以提早來了。」

「抱歉！久等啦！」

有位紅髮壯漢在遠處用宏亮的嗓音大喊，他是跟安索尼感情很好的武門貴族賈斯汀・萊昂。雖然用詞稍嫌粗魯不太像貴族，卻也是伯爵家的少爺。武門貴族似乎對說話禮儀不是很計較。

「又來了，吉諾利烏斯，你怎麼還在看那條手帕啊？」

「賈斯汀同學！你知道這條手帕的來歷嗎！」

「知道啊，是安娜史塔西亞同學送給吉諾利烏斯的吧？我可太了解了，畢竟他一天到晚跟我炫耀，我耳朵都要長繭了。」

「安娜史塔西亞同學！難道在這條手帕上刺繡的人就是她嗎！」

「邊吃邊聊吧，我快餓死了。艾卡特莉娜同學要一起用餐嗎？」

「好，我想多了解這條手帕的事情。」

……真是失策，居然被拜隆同學發現這是安娜的刺繡了。

◆◆◆安娜史塔西亞視角◆◆◆

今天吉諾先生要上應用課，所以中午前就去上學了，我只好獨自前往學園。從馬車停靠處走向教室時，我在走廊上遇見了艾卡特莉娜同學。她一個人靜靜地站在那裡瞪著我看。

「……妳終於來了，安娜史塔西亞同學。」

「我、我、做了什麼讓妳不開心的事嗎……」

「我看過巴爾巴利耶同學那條繡有教會圖案的手帕了，那是安娜史塔西亞同學的作品吧？」

之前我送了一條刺有教會圖案的手帕給吉諾先生。當時我問他想要什麼圖案，他便指定我們舉行訂婚儀式的賽文森瓦茲家教會，想當作訂婚的回憶。

一般的教會在圖案集就有範本，但我們家附設的教會並沒有範例圖，所以是我從零開始設計的刺繡作品。

我想起來了。聽到吉諾先生想將我們訂婚的回憶具體保留下來，我開心得就快飛起來了，才用盡全力繡了那條手帕。

「難、難道吉諾先生用了我送給他的手帕嗎？」

我難掩期待，忍不住問出口。既然艾卡特莉娜同學看過，就表示吉諾先生帶到學園來了。換句話說，吉諾先生使用了那條手帕。

至今我從沒看過吉諾先生使用我送的那條手帕，我還以為他不太喜歡。想想我的刺繡成績，這也是在所難免，但只要他願意使用我就滿足了，哪怕只有一次也好。

「不，他好像從來沒用過。」

「咦？」

「他不想弄髒，所以用其他手帕代替。他似乎把安娜史塔西亞同學的手帕當成護身符隨身攜帶，閒暇時就會攤開來欣賞。」

「什麼！」

……沒想到他會這樣使用……真是害羞。但我高興極了！

「手帕上的刺繡圖案實在太出色了，卻跟安娜史塔西亞同學繳交的作業水準完全不同。妳在學園裡為何要刻意敷衍了事？覺得我們沒資格和妳一較高下嗎？」

「不、不是的。」

艾卡特莉娜同學非常生氣，好可怕呀。她的自尊心很強，所以誤以為我在隨便應付，認為是莫大的屈辱吧。

「那麼是為什麼？」

「那個……我不想引人注目……」

「為什麼不想引人注目？」

「那是因為……那個……」

真傷腦筋。我應該是因為不想被欺負才討厭引人注目，但艾卡特莉娜同學品性高潔，如果我老實承認，她可能會以為我在告狀自己被欺負的事，或許會更加擾亂她的心情。

「……換個方式問好了。安娜史塔西亞同學這次的成績是學年第二吧？明明不介意在基本科目表現亮眼，為何刺繡時就不想引人注目？」

「那、那是因為……」

我根本沒有多想，只是像平常一樣考試而已，我自己也沒想到會考到第二名。然而艾卡特莉娜同學自尊心這麼強，我實在說不出口「發揮平常水準就考贏艾卡特莉娜同學」這種話，她一定會很不高興。

「既然妳不願多談，我也不會繼續深究，不過妳怎麼連『我不想說』這句話都說不出口呢？為什麼總是吞吞吐吐？」

「真、真的很抱歉。」

「妳在做什麼！」

艾卡特莉娜同學雙手環胸瞪著我看，我向她低頭道歉時，吉諾先生怒氣沖沖地跑過來擋在我面前，就像要保護我似的。

「因為妳遲遲不來，我覺得擔心才來看看狀況……拜隆同學！拜託妳別找安娜的麻煩！」

「我、我才沒有……」

「你、你誤會了。」

「安娜，妳的臉色好差，之後再說吧。考量到妳的身體狀況，現在應該先離開這裡。」

吉諾先生拉著我往教室走去。

走進教室後，班上同學都跑來找吉諾先生聊天，所以我沒能和他說上話，還來不及解開誤會就開始上課了。

我在課堂上也一直在思考剛剛和艾卡特莉娜同學的對話……這件事是我不對。我只顧著別讓自己引人注目，才一直在學校交出平凡無奇的刺繡作品，沒想到這麼做會冒犯到其他人。由於是我思慮不周，得跟她好好道歉才行。

◆◆◆吉諾利烏斯視角◆◆◆

「我想請你出面調解我與安娜史塔西亞小姐之間的誤會。」

拜隆同學一下課就要求跟我單獨談談。看這情況，我明白她指的是剛才和安娜起爭執的事，便答應和她一起來到庭院的涼亭，結果她就說了這句話。

「妳為什麼要騷擾安娜？我想先聽妳解釋這件事。」

「我沒有騷擾她呀。」

「還在裝傻嗎？我衝過去的時候，妳不是瞪著安娜，逼安娜向妳低頭道歉嗎？」

「我沒有瞪她呀。我……我的眼神天生就是這樣。」

因為天生的眼神就引發衝突……我記得前世也發生過類似的狀況。

當時我只是在觀看車站通道上的廣告影片，警察卻忽然出現把我當成可疑人士訊問。和警察一起出現的女性，指責我用下流的眼神盯著她看。那名女性似乎剛好站在我觀看的廣告前方。

憐憫之情湧上心頭，我彷彿在她身上看見了過去的自己。

拜隆同學說明當時的情形。

看到我的手帕後，拜隆同學就從刺繡成品感受到製作者對刺繡的熱情，一針一線都充滿了真心誠意，所以一直想和我聊聊製作者是誰。得知是安娜的作品後，拜隆同學相當失望，因為安娜在繳交學校作品時封印了高難度的技巧。

「敷衍了事對刺繡是侮辱。明明能繡出這種飽含真心的作品，為什麼要隨便交差？這讓我十分氣憤，才不小心用責備的口氣對安娜史塔西亞同學說話。其實我……只是想跟她好好聊聊。」

為了重新和安娜對話，她想先向安娜道歉。

女學生發生爭執時，通常會找拜隆同學居中調解，因為她位居女生階級最頂層，但其實還有其他原因。那就是她擅長找出雙方的妥協點，用最公平的方式調解。雖然是威嚇性十足的強勢女性，也是總能作出公正判決的高尚之人。

依照她的性格，確實很難想像她會嫉妒安娜的刺繡實力還故意找碴，可能她說的才是事實。

回到教室後，我也跟安娜確認情況。確定是我會錯意之後，我急忙向拜隆同學謝罪。我以為拜隆同學也會當場跟安娜道歉，她卻希望正式提出謝罪。安娜雖然疑惑，依舊答應讓她訪問賽文森瓦茲家。

縱使我不太喜歡待在女生團體裡，還是決定參加，由我負責調停。要是真有萬一，我得負起調停者的責任讓安娜免於傷害。

◆◆◆安娜史塔西亞視角◆◆◆

「艾卡特莉娜．拜隆在此向您謝罪，真的非常抱歉。」

「安娜史塔西亞・賽文森瓦茲也在此向您謝罪，真的非常抱歉。」

在家中名為「藍方」的第十四會客室中，我和艾卡特莉娜同學向彼此行正式的謝罪之禮。

學園訂立了一種簡單的謝罪禮儀，無須攜禮也不必登門拜訪。畢竟初等科學生幾乎天天都會發生失禮行為，每次都遵循貴族禮法大張旗鼓地謝罪未免太辛苦了。因為當場就能簡單道歉，所以學園內的爭執幾乎都會採用這種簡單禮儀，艾卡特莉娜同學卻要求正式謝罪。於是我邀請艾卡特莉娜同學來賽文森瓦茲家，艾卡特莉娜同學也帶著謝罪的賠禮登門拜訪。

「之所以提出正式謝罪的請求，是因為我想和安娜史塔西亞同學促膝長談。我發誓，我會接納妳所說的一切，所以希望妳對我說出真心話。」

艾卡特莉娜同學會這麼說，是因為我向她坦承了自己說不出口的理由，在於我擔心會擾亂她的心情。

「明白了，我會一五一十地說清楚。」

「好，那我一個一個問吧。妳明明在送給未婚夫的手帕繡了自創圖案，學校作業卻都是從範本改編的圖形。我發現的時候就已經如此，這個情形是什麼時候開始的？」

「我記不太清楚……但應該是初等科二年級的時候吧。」

「妳在巴爾巴利耶同學的手帕使用了好幾種高難度技法，學校作業卻只會用最基本的針法，這是什麼時候開始的？」

「這個也記不太清楚了……我想是初等科二年級的時候吧。」

「這樣不行，期間太長了。安娜史塔西亞同學，一旦選擇敷衍了事，刺繡作品就會在不知不覺中歪曲變形。不只是隨便應付的作品，往後的刺繡作品也會越來越醜陋。敷衍是對刺繡的侮辱，而這份侮辱會反噬在自己身上。」

「這……這樣啊。」

這個道理太艱澀了，我無法理解。然而，既然熱愛刺繡的艾卡特莉娜同學都這麼說了，應該就是如此吧。

「說到底，讓妳決定這麼做的契機是什麼？」

是什麼呢……啊啊，對了。當時我第一次嘗試自己設計，繡出了一條手帕。我對它愛不釋手，結果帶到學園之後就碰上了挫折。那條手帕的構圖是圍繞在花海中的少女。

『哎呀？正中間這個可愛的女孩子，難道是安娜史塔西亞同學嗎？』

『天哪！妳該不會沒照過鏡子吧？』

班上的千金小姐搶走我的手帕，還有好多人故意拿鏡子對著我，讓我成了全班同學的笑柄。

應該就是從那個時候開始，我再也不想自己設計，而是選擇用圖案集的設計改編成平凡無奇的圖案。

這麼說來，當時對我伸出援手的也是艾卡特莉娜同學。

『快住手！感覺真不舒服！』

她如此大聲怒斥，還幫我把手帕搶回來。

我把事情原委全都告訴艾卡特莉娜同學。

「原來如此，發生那件事以後，妳就開始隱藏實力吧。」

「沒錯……我害怕自己會因為樹大招風而被孤立……」

「安娜，妳在學園再也不會被孤立了，我永遠都會在妳身邊。」

是呀，自從吉諾先生出現後，我就沒再嘗過被孤立的滋味了。

明明再也不必擔心，我還是會做出不想引人注目的行為，似乎在不知不覺中養成習慣了。

『我再好好宣誓一次。無論如何，我永遠都站在妳這一邊。不論發生什麼事，哪怕妳殺了成千上萬的人也一樣。我，吉諾利烏斯·巴爾巴利耶，在此賭上家名起誓。』

這句話真的、真的給了我很大的依靠。光是回想，內心深處就不斷湧出力量，彷彿身體在慢慢發熱。吉諾先生都賭上家名起誓了，如果我還害怕被孤立，就等於把吉諾先生的誓言放在腳下踐踏。

「我也會支持妳，所以別再為了自保而糟蹋刺繡作品了。」

自保……沒錯。我之所以不想引人注目，都是為了自保。

這樣不行吧，我必須做出改變。滿腦子只想著自保的女人，根本配不上吉諾先生。就算只有心靈也好，我想成為配得上吉諾先生的女性。

「非常抱歉，是我錯了。我再也不會擔心自己在學園遭到孤立。我答應妳，以後在學園刺繡時也會發揮全力。」

我如此宣言，勇敢踏出改變自己的第一步。

在我作出承諾後，艾卡特莉娜同學就進入正題，開始聊起刺繡。她平常沉默寡言，聊起刺繡就忽然變得能言善道。這也是我最喜歡的話題，所以我們聊得十分熱絡，之後還順勢帶她參觀我展示在刺繡室的作品。

「居然有這麼多！」

「沒錯！安娜很厲害吧！」

艾卡特莉娜同學嚇得花容失色，吉諾先生也莫名露出得意洋洋的表情。

這是第一次讓學園的人觀看我的作品。居然能在刺繡得到首席艾卡特莉娜同學如此盛讚……雖然知道是場面話，還是讓我很害羞。

「我、我想邀請……安娜史塔西亞同學共進茶會。」

艾卡特莉娜同學平常總是抬頭挺胸，這句話卻說得非常小聲。以往說話時都能正視對方的雙眼，現在卻盯著地面看，讓我覺得她好可愛，忍不住笑了出來。

「我很高興，請務必讓我參加。請問是什麼主題的茶會呢？」

「看了這麼多作品，我非常清楚。作品中呈現了妳的懦弱，雖然也能看到敷衍應付的影響，但妳的作品也充分展現出耿直與誠實的人品，也能看出妳一直以來都用無比的熱情面對刺繡。我認為同儕之間沒有像妳這樣努力付出的人了。」

「妳過獎了。」

「這不是場面話，我是打從心底這麼認為。妳要更有自信。」

「是啊，安娜。妳是相當出色的女性，應該對自己更有信心。」

連吉諾先生都這麼說。雖說如此，居然能用刺繡作品判斷性格，真像艾卡特莉娜同學的作風。聽說刺繡家會透過刺繡看遍世界和人類，或許就是這個意思吧。

「所以我、想和安娜史塔西亞同學……當……當朋友。這場茶會……是希望和妳以朋友的身分，透過刺繡增進情誼。」

「我、我好開心！真的太開心了！往後請妳多多指教。」

朋、朋友嗎！這是第一次！以朋友的身分共進茶會！

「我才要請妳多多指教……」

平常艾卡特莉娜同學總會高傲地挺直背脊，具有充滿魄力十足的存在感，此刻卻滿臉通紅低著頭，簡直判若兩人。

「安娜史塔西亞同學終於願意拿出幹勁了！我真想馬上將妳精湛的手藝昭告天下！無論如何，妳都是我的朋友！這樣可以吧！」

艾卡特莉娜同學緊緊握著我的手，語速飛快地這麼說。她居然也會這麼興奮嗎？真的是判若兩人。

「好、好呀，當然可以。」

「既然如此，我正好想到一個不錯的活動點子，如果安娜也同意，我一定要舉辦。」

聽了吉諾先生提出的企畫，艾卡特莉娜同學也興致勃勃。

◆◆◆吉諾利烏斯視角◆◆◆

「不錯嘛，我真的沒想到耶。」

我剛剛去參加宣布要舉辦刺繡比賽的會議，現在正好回到教室。我才剛回來，安索尼就一臉雀躍地上前攀談。

作為催動實力主義的手段，學園會賦予「日輪獅子」胸針持有者其他學生沒有的特權。我便行使這項特權，將刺繡課的作業轉變成刺繡競賽。

向學園提出自宅學習用的刺繡作品，由刺繡課老師評分這一點並沒有變。不同的是，唯有本次的作業會在評分前於學園內展示，由學生進行人氣投票，老師也會參考投票結果評分。平常的作業都會規定主題，我將這一點也更動了，只有這次是自由創作。

「真沒想到你會提出這種企畫。」

有位活潑的紅髮壯漢上前這麼搭話，說完還用拳頭輕碰我的胸口。他是跟安索尼感情很好的賈斯汀・萊昂。安索尼的個性跟他很像，武門貴族似乎都很陽光熱血。

看過先前的「日輪獅子」胸針持有者行使特權的案例之後，我發現只有在中庭增設涼亭或改變談話室的茶葉品種之類的提案。除了我先前更改考試題型之外，過去從來沒有人在行使特權時影響到這麼多學生。刺繡競賽這個企畫本身，在這個學園也是頭一遭。

這個活動當然是為了安娜舉辦的。成績進步後，安娜的校內階級大幅提升，可是她依然缺乏自信，自我評價極低。安娜還沒發現自己是全世界最棒的女性。

以商人的眼光來看，安娜的刺繡才能確實很出色，熱心鑽研刺繡的艾卡特莉娜同學也對安娜的實力讚不絕口，所以安娜一定能在競賽中得到前幾名。只要沐浴在眾人的目光下，多數認同實力的人們也給予讚美，安娜就能建立自信。這就是我提出這個企畫的原因。

「好驚訝呀，沒想到你會提出這種企畫。」

「真的！獎品居然是杜嘉・班納、香・奈兒，還有愛・馬仕的禮服訂製券！簡直就是夢幻大獎呀！」

「一點也不像學園等級的競賽，真不愧是巴爾巴利耶同學。」

不只是武門貴族，連平常沒說過幾句話的女同學們也興奮地上前攀談。

為了讓安娜建立自信，我認為應該拉高活動的曝光度，讓更多人讚美安娜。為了吸引注意力，我設置了相當豪華的獎品，每一張禮服訂製券都是深受貴族女性喜愛的老牌服飾店。不愧是地位崇高的人氣老店，他們的訂製券對上級貴族來說也十分昂貴。

我可以用胸針的特權舉辦活動，卻沒辦法將預算拉高到可以拿高級禮服當獎品的地步。這個問題都是仰賴岳母的協助才得以解決。岳母馬上就答應幫忙，還在社交界替我募款贊助金。訂製券的資金就是來自這筆贊助金。

安索尼他們會如此欽佩，不只是因為這間學園第一次舉辦刺繡競賽，先前也沒有在社交界募款贊助金的案例。

「你是怎麼拿到這些訂製券的？愛・馬仕就不用說了，香・奈兒和杜嘉・班納都是訂單爆滿，得預約到好幾年後的人氣服飾店啊。」

沒錯，不愧是深受貴族女性青睞的老牌服飾店，這些店的生意好得不得了，訂單也滿到好幾年後。儘管如此，以貴族為主要客群的服飾業界，絕對不能得罪社交界的時尚教主。她們若在社交界散播惡評，等於對店家宣判死刑。在這種業界的特性下，每間店都會保留一部分生產線，以應付VIP客人的臨時訂單。明明訂單爆量卻還能拿到訂製券，就是利用了店家多餘的生產線。

不過這也不是輕輕鬆鬆就能買到。我拜訪店家拚命央求無數次都屢屢遭到拒絕，多虧了喜歡給人驚喜的岳母才能拿到訂製券。她看準我在的時機忽然走進店裡──

『我想要幾張禮服訂製券。』

『當然沒問題！您需要幾張呢！』

對我不理不睬的店長竟像前世的居酒屋店員一樣爽快地答應了岳母的要求。

「太厲害了。繼更改考題之後，又舉辦了刺繡競賽。」

用悠哉口吻上前搭話的人，是格里瑪蒂侯爵千金。她是第一王子殿下的未婚妻。第一王子殿下的繼承候選資格也結束了，等她一畢業兩人就會結婚，第一王子殿下預計會降為臣籍成為她們家的贅婿。雖然她和第一王子殿下差了五歲，策略婚姻就是這樣，相差十歲的婚姻也不足為奇。

「真羨慕你，可以挑戰各式各樣的新事物。」

格里瑪蒂同學帶著優雅的微笑，用緩慢的語氣說。從她的表情看來，這應該不是找碴或迂迴的挖苦，只是把內心想法說出口而已。

「妳也試著挑戰看看如何？」

「但我是女孩子啊。」

她面帶微笑地緩緩搖頭。

格里瑪蒂侯爵家在王國內也是少數歷史悠久的貴族世家。這種自古有之的貴族家千金大部分都像她這樣，無從選擇結婚對象，連當天的髮型都無法自由決定，早已習慣任憑擺布的生活。這已經不是「單純放棄」這麼簡單的概念，而是把這些現象視為理所當然，沒有任何疑問。

以前我總覺得她們無法自己作決定很可憐，最近才改變想法，覺得這種觀點太自以為是了。畢竟不做任何工作也可以衣食無憂地生活，對她們來說是理所當然的常識。

男性當家興旺家族，女性以女主人的身分持家維持家內和平，是近幾十年才確立的貴族價值觀，可是這些古老貴族世家的女孩完全不當一回事。她們根本不必持家，只要開開心心地過日子就行。

前世讀過的時代小說都會把家族沒落卻依舊揮金如土的貴族女性描寫成惡女。我還是日本人的時候，也覺得放任妻女散財的當家愚蠢至極。

住在這個世界後，我的想法改變了。這種奢靡的生活，是讓出所有決定權的她們應有的權利。如果我此刻站在那位當家的立場，也會放任她們的散財行為。

因為想法改變，我也不覺得她可憐了，只把她當成跟我活在不同價值觀世界的人。

這個王國是多元民族的集散地。前身是獨立國家的賽文森瓦茲家，歷史比這些古老貴族世家還要悠久。但因為原本是其他國家，價值觀自然和古老貴族世家截然不同，跟大雪天還會在庭園裡辦茶會的拜隆家價值觀也不一樣。這個國家基本上都由長子繼位，安索尼的托利布斯一族卻是讓實力堅強者繼承家位，和其他世家的價值觀不同。

在這個包容多樣民族價值觀的王國，不能輕易對其他家族的人表達憐憫。憐憫行為就是在否定該一族的價值觀，否定建立起這個價值觀的民族歷史。貴族將家門名譽視為重中之重，否定歷史很容易挑起兩家人的激烈紛爭，造成多數傷亡。

◆◆◆安娜史塔西亞視角◆◆◆

提出舉辦刺繡競賽的想法時，吉諾先生詢問我的意願，將是否舉辦的決定權交給我。我當然希望舉辦競賽。

畢竟過去沒有人使用「日輪獅子」胸針的權限舉辦競賽。如果能主辦競賽，吉諾先生的評價會逐漸往上攀升。

「不錯嘛，我真的沒想到耶。」

「一點也不像學園等級的競賽，真不愧是巴爾巴利耶同學。」

參加完宣布舉辦刺繡競賽的會議後，吉諾先生受到全班同學大力稱讚，果然如我所料，讓我笑逐顏開。看到大家都在稱讚吉諾先生，我也覺得很開心。

「安娜史塔西亞同學，我不會輸給妳喲。」

艾卡特莉娜同學用堅定的視線看著我說。

「別這麼說，我連跟妳比拚的資格都沒有。」

艾卡特莉娜同學的刺繡成績從初等科以來就始終保持學年第一，相較於她，我在班上也只排名中下。競賽還沒開始就已經知道結果了。

「怎麼會呢，妳又打算隱藏實力了嗎？妳不是答應我要全力以赴？難道妳忘了嗎？」

「我、我當然會全力以赴。」

「那就好。我們堂堂正正一決勝負吧。」

「好、好的。」

「安娜史塔西亞同學，妳要更有自信一點。自信、自信、自信、自信呀！」

我答應艾卡特莉娜同學會全力以赴，為了爭取藝術評分，我不能用現有的範本改編，必須從零開始設計。然而具體而言，我不知道該怎麼做。

以往因興趣而創作刺繡時，我才會自己設計。可是那畢竟是興趣使然，所以只限於創作意欲湧現的時候。沒有主題，可以隨意發揮，也不是因為創作意欲泉湧才開始創作。這是我第一次在這種條件下進行創作。

「欸，布麗琪，我該用什麼設計呢？」

「什麼設計都可以呀！小姐只要一下針，價值就會翻升到難以估算的程度！」

……不行，她的可靠程度低得嚇人。

對了，和吉諾先生討論吧。他一定能給我準確的建議。

「何謂好作品啊……唔嗯，應該是以水準之上的技術和獨創性為前提，又飽含作者真摯心意的作品吧。優秀的藝術作品之所以能帶給觀眾感動，一定是因為作品中帶著滿滿的心意吧。」

我與吉諾先生在名為「莓水晶」的第八會客室中品茶時，吉諾先生說。

「心意嗎？我該如何將心意放進作品呢？」

「我在商會認識的某位藝術家曾說，藝術就是正視自己的心。自己在想什麼、渴望什麼、想要如何表現，努力鑽研這些情緒就是藝術。也就是說，藝術就是要正視自己的心。」

「正視自己的心嗎？我試試看。」

我坐在自己的房間沙發上，遵循吉諾先生的建議和自己的心對話。我現在渴望什麼呢？我心中的想法又是什麼呢？

……最強烈的心情，是對吉諾先生的戀慕。

見到他的第一眼，我只是被他俊秀的外表深深吸引，對自己能和這種才色兼備的人訂婚感到興奮雀躍，對吉諾先生的心情就像遙遠的憧憬。

現在不一樣。他不再是遙遠天邊閃閃發亮的那顆星，而是近到能感受到體溫的寶貴存在。他的溫柔、誠實、笨拙、獨特思維……吉諾先生的一切都讓我深深戀慕。這種心情想必就是愛情。

與此同時，我也擔心吉諾先生會不會離開我。光靠他一個人應該很難放棄與賽文森瓦茲家的婚約，然而如果有大貴族做後盾就另當別論了。發現化妝品的製造源頭是吉諾先生後，每個大貴族都想盡辦法拉攏他。

現在學園裡也有許多千金小姐在追求吉諾先生。各家貴族都認為自己有勝算拉攏吉諾先生，才會派女兒們去接近他，所以每位千金小姐都美若天仙。而且，也有幾個人是真心仰慕吉諾先生，和家族計畫無關。

我非常不安，總擔心吉諾先生會不會被那些我無法相比的美麗千金吸引。

吉諾先生，希望你永遠陪在我身邊……

如今我心中充滿如此強烈的渴望，這就是我此刻的真心念想。

必須把這股心意轉變成刺繡的形式。知識、技術、經驗、感性……我要運用自身具備的一切，盡可能將這股心意轉變成「圖形」。經歷了在思緒汪洋中同時思考各種可能性的感覺後，靈感便接二連三迸發，圖案也鮮明地躍現腦海。

就是這個！這就是我現在想表現的「圖形」！

……可是……這圖形相當前衛……如果交出這種作品，學園的人會有什麼想法呢……

既然承諾要傾盡全力刺繡，我就必須創作出最好的作品。儘管我覺得這個圖案很棒，其他人會怎麼想呢？大家也會覺得好看嗎……我實在沒有自信。

我想起艾卡特莉娜同學說的話。

『安娜史塔西亞同學，妳要更有自信一點。自信、自信、自信、自信呀！』

自信嗎……這麼說來，吉諾先生也說過呢。

『是啊，安娜。妳是相當出色的女性，應該對自己更有信心。』

既然兩人都說過這種話，就表示我確實缺乏自信吧。

以往的學園作業，我總用平凡無奇的刺繡作品交差了事。一直以來我都害怕引人注目後會變成霸凌目標，實際似乎不只如此。我應該從根本上就缺乏自信。

我在定期考試考到第二名，以及決定要舉辦刺繡競賽時，艾卡特莉娜同學都堂堂正正地獨自向我宣戰。挺直背脊目不轉睛地盯著我，用霸氣十足的聲音宣稱下次會奪得勝利的艾卡特莉娜同學，其實讓我有點恐懼。可是她堅定凜然的模樣，又讓我無比憧憬。

相較之下，我又是如何呢？在分組討論時逃避上臺發表這種引人注目的工作，被大家盯著看就會縮起身子，聲音越來越小。我無法忍受所有人的目光集中在我身上，總會畏縮地低下頭。

吉諾先生果然也喜歡充滿自信的女性嗎……我甚至沒想過這一點。連身為女性的我都覺得完美的那種樣貌。

拿自己和那種光明磊落的人比較，我不禁變得鬱悶起來……

不行！我不是才賭上家名起誓，至少要將心靈磨練到配得上吉諾先生的程度嗎！現在怎麼能垂頭喪氣！從現在開始，我一定要成為胸懷坦蕩的自信女性！

如果變成那種女性……吉諾先生或許會比現在更喜歡我……

好像充滿幹勁了！別在乎周遭的評價，用這個前衛的設計進行刺繡吧！

我立刻著手製作刺繡，並在創作過程中不斷與作品對話。我對於美的定義是什麼？要如何將我的心意表現得更加鮮明？我就像在跟作品對談般不停自言自語，將自己的心意呈現在布面上。

我已經不再擔心學園那些人的評價，只是順著不斷湧現的熱情，將自己想呈現的事物如實轉換為「圖形」，一心埋頭創作。

啊啊，真是痛快。原來遵循靈感創作刺繡是這麼開心的一件事。

「小姐，您已經好長時間沒攝取水分了，要不要稍作休息？」

布麗琪為我準備了茶水，於是我決定休息一會兒。不知為何，正在準備茶水的布麗琪一臉愉悅地笑了笑。

「妳遇到什麼好事了嗎？」

「好久沒看到小姐刺繡時這麼快樂了，所以我也很開心。您之前在刺繡時常常面帶愁容，讓我十分擔心。」

今天的刺繡確實很開心。

「您這次相當冒險呢。畢竟最近小姐在設計時都不敢冒險，真的很久沒見到您創作出這種刺繡了。」

沒錯。提交學園作業時，我會提醒自己別創作出太亮眼的作品，不過基於興趣創作的作品就無須顧慮這一點。然而不知為何，我還是只能做出平凡無奇的作品。

過去我都沒發現這件事，此刻不在乎周遭評價努力創作後，才深刻體會到創作心態的巨大差異。我總在學園創作平凡的作品，導致我的藝術性根源在不知不覺中連帶受到影響。

艾卡特莉娜同學曾說，敷衍了事會讓刺繡作品越來越醜陋，對刺繡的侮辱還會反噬自身，或許就是這個意思。

「不知睽違多久了，小姐經常畫畫的那段時期，也經常做出這種充滿獨創性的設計。」

「這麼說來，我最近確實很少畫圖。」

以往我只要閒來無事就會畫圖，最近卻只會在練習時執起畫筆。

「以前小姐說過，贈送刺繡手帕能讓對方開心，所以比起畫圖您更想刺繡。」

沒錯。但是好奇怪呀，明明想看到大家開心的笑容才增加刺繡時間，我的表情卻變得越來越陰沉？因為我為了配合對方喜好，只能不得已做出平凡無奇的作品嗎……不對。之所以將畫圖時間縮短轉移到刺繡上，不是因為想做出真正讓人開心的作品。大量製作改編自範本的簡單刺繡，只是為了讓自己更方便做出不起眼的作品而已。

不想引人注目——這股執念就像緊纏不放的黑影不斷逼迫我，連我的藝術性都大受影響。我只顧著自保，才會歪曲到這種程度吧。

我再也不會敷衍了事，再度下定決心。身為熱愛刺繡的艾卡特莉娜同學的朋友，為了不再侮辱刺繡，盡可能讓自己成為配得上吉諾先生的女性，我一定要做出改變。

◆◆◆吉諾利烏斯視角◆◆◆

「現在開始進行刺繡競賽。再次呼籲，禁止一切拉票或威脅投票的行為，一旦發現就當場撤除參加競賽的權利，請各位留意。」

向集合在大禮堂的學生如此說明後，我打開大禮堂的大門，學生們便依序從特級班開始進入作為展示會場的大禮堂。

讓學生進行評價，就會出現想透過串通提升評價的人。這樣得到高分的就不是優秀作品，而是權力者的作品了。所以我不公開作者姓名，並標上號碼取代。因為不知道哪一幅是誰的作品，就無法號召大眾「要投票給誰」。

作者本人事前也不知道自己的作品號碼，要來到展示會場才會知曉，所以也無法事前號召「投票給幾號作品」。展示會場自然也會嚴格監視是否有拉票行為。

採取匿名投票還有另一個理由。如果知道作者身分，對作者本人的印象就會影響對作品的評價。美人的作品評價會比實際分數來得高，醜陋的人就算作品完成度很高，卻只能拿低分。人類的這種傾向，我在前世就已經親身經歷過了。這就是我用號碼取代作者姓名的理由。

參賽作品比想像中還要多。儘管規定要繳交刺繡作業的學生是強制參加，除此之外就是隨意參賽。會有這麼多人隨意參賽，想必是因為獎品太豪華吧。

我環視會場一圈，發現有一幅作品吸引許多人佇足欣賞。

果然沒錯。我喜不自禁地勾起嘴角。

吸引眾人目光的當然是安娜的作品。

構圖中心是莖葉漆黑，有晶瑩剔透的淡紫色花瓣，人稱「黑冰花」的植物。旁邊還繡著一種花卉形似山葵根部，名為「小鬼草」的植物。圖案小小的，彷彿靜靜陪在黑冰花身旁一般。

在一片雪景中，兩朵綻放的花朵依偎著彼此，陽光彷彿聚光燈般只灑落在它們身上，唯有花朵周遭的雪消融殆盡，旁邊則全是皚皚白雪。用兩點透視法描繪而成的那幅刺繡，就像照片一樣逼真寫實。

彷彿將風景擷取貼在布面上的構圖，外圍還纏繞著一圈藤蔓。藤蔓不是繪畫，是以刺繡工法製成，但依舊精緻。利用好幾種色調差異不大的絲線呈現陰影感，明明是布面上的刺繡，卻讓人產生立體的錯覺。

雖然運用的每一項技術都是超高難度，這幅作品的本質並非炫技。這幅作品具有某種能打動觀眾的熱情，隱藏了某種會烙印在靈魂上的感觸，只要看過一眼，那股印象就會深植心中。

我知道安娜很有才華，卻沒想到如此驚人。這幅驚豔四座的作品，比展示在安娜刺繡室的那些作品都要好上百倍。

「那麼接下來發表最優秀作品。編號四十三，名為『祈願』的作品。」

鑲上金色邊框的作品被掛在大禮堂的舞臺正中央。這是為了炒熱學生氣氛的安排。

冠軍呼聲最高的拜隆同學在發表第二名時就被唱名了，此刻站在舞臺上的她也露出認同的表情，接受自己不是第一的事實。

「啊啊，可以理解。」「這也難怪。」「這是當然的。」

隨著掌聲響起，學生之間也傳來這些聲音。

「最優秀作品的作者是安娜史塔西亞．賽文森瓦茲同學。賽文森瓦茲同學，請站上舞臺。」

「什麼！」「不會吧！」「是安娜史塔西亞同學！」

連舞臺上都能聽見幾位女學生發出慘叫般的驚呼。

我對走上舞臺的安娜致上祝詞，並將獎品交給她。

「謝、謝謝。」

安娜似乎緊張到渾身僵硬，但行禮時還是不失公爵千金應有的優雅，看來是身體已經習慣這些禮儀了。我走到舞臺側邊後，刺繡科的老師們就來到舞臺中央。

「在刺繡界就算等個數十年，都不一定能出現嶄新的技法。要創造新技術和新的藝術理念就是如此困難，相信熱衷於刺繡的同學們都明白這個道理。」

坎達爾老師這麼說著並望向全體學生。她是特級班的班導，也是刺繡科的第二負責人。挺直腰桿保持優雅，還能讓嗓音傳遍整間大禮堂的她，渾身上下都充滿威嚴，跟平常那位可愛的老婦人判若兩人。

「各位同學都看過安娜史塔西亞・賽文森瓦茲同學的作品了吧？這幅作品的技術水準相當高，但還有另一個值得關注的地方。這幅作品使用了前所未有的全新技法，安娜史塔西亞・賽文森瓦茲同學達成了這項壯舉。」

安娜露出目瞪口呆的表情，可能沒想到會被盛讚至此吧。

「我們認同這項功績，因此想請安娜史塔西亞・賽文森瓦茲同學成為我們全體刺繡科老師的研究生。」

「咦咦！」

安娜大聲驚呼。

「什麼！」「太厲害了。」「不會吧！」「怎麼可能！」

忍不住尖叫的不只是安娜而已，學生們的聲音響徹大禮堂。

這間學園的每位老師都是各領域的權威。能成為她們的研究生，就等於拜該領域最高權威為師。換句話說，就是被立於王國頂點的人認定為繼承人候補。

而且想將安娜收為研究生的是全體刺繡科老師。坎達爾老師這番話，就是所有權威者對安娜卓越能力的肯定。

通常要等從學園畢業後才有機會成為研究生，要於在學期間獲得這個資格，綜觀所有科目也是十年才有一人，各科目更是百年才有一人的程度吧。也就是說，安娜已經是足以名留千史的天才了。

我想起剛才和刺繡科老師們的對話。展示會結束後，老師們對交出作業的學生作品進行評點給分，當時我也以見證人的身分與會。

◆◆◆

「果然是四十三號吧，可說是壓倒性的勝利啊。」

看完投票的總計結果後，其中一位老師這麼說。我也沒想到會出現這麼大的落差，四十三號正是安娜的作品。

老師們打分時還不知道作者是誰。為了避免對作者的刻板印象影響作品評價，我將順序調整為評分後再公開作者身分。

「這是……繪畫的技法吧。」

「沒錯，這是點描法。」

老師們將安娜的作品再次放上桌面，圍著桌子又討論起來。

所謂的點描法，是描繪無數小點來呈現風景的繪畫表現技法。前世的顯示器只用三色像素就能呈現整個畫面，但兩者原理相同。

而且這幅作品沒有讓每一點排得密密麻麻，而是將點數控制在最低數量，凸顯出布面的質感。保留了寫實性，只在工序上稍作刪減，以技術層面而言相當困難。

「我身為教師，說這種話或許不太妥當，但我真想向這位學生請教這種技法。」

這個國家的貴族女性都不會畫圖，因為畫具造成的髒汙會直接讓昂貴的禮服毀於一旦。倘若女性學習繪畫，治裝費將會高到難以估計。

雖然穿著工作服作畫就沒事了，貴族女性不可能穿工作服，禮服也是一弄髒就會馬上更換。就算在自己家裡也要隨時保持端莊儀容，因為得無時無刻在僕人面前展現出主人的威嚴。

然而安娜會畫圖，這正是她的強項。

我聽岳母說過讓安娜學習繪畫的原因。由於走出家門就會聽到殘忍的批評，安娜自小就不喜歡外出。當時安娜經常拿讀書用的紙張和筆來畫圖，看到安娜閒來無事就會畫著玩，岳母就萌生讓她學畫圖的念頭。岳母心想，就算要關在家裡，只要找點興趣或許就不會太無聊。

對家財萬貫的賽文森瓦茲家來說，治裝費根本不是問題。

假如跟女兒有共同興趣也不錯，於是岳母也一起學習繪畫。公爵本來就有繪畫基礎，所以三人變得經常在家裡一起畫圖。三人一起畫圖的時候，安娜總是非常開心。

岳母仍將安娜第一次贈送的圖小心翼翼地保管至今。我曾有幸過目，那張圖畫著公爵、岳母、安娜和布麗琪四個人。

畫中的安娜和公爵與岳母兩人牽著手，臉上帶著無比燦爛的笑容。看著安娜飽受折磨，總讓公爵和岳母無比心痛，當他們看見在畫中露出幸福笑容的安娜時，眼淚根本止不住。

順帶一提，每次作畫都弄髒禮服是安娜小時候的事。如今她和岳母都已駕輕就熟，所以兩人都會穿著豪華禮服開心地作畫，完全不會弄髒。

「繪畫能力這麼優秀，難道是男學生？」

「男學生會來參加嗎？一定會被父親臭罵一頓吧。」

「可是女學生有這種繪畫能力實在太不自然了。」

老師們繼續推理。貴族千金雖然都不會畫圖，騎士則會，所以她們才會推測這幅作品是男性創作的吧。這個世界沒有照相技術，因為工作需要，騎士要描繪嫌犯的通緝令，還要記錄偵察時確定的地形，所以必須學習繪圖技術。

而且，雖然貴族女性不能穿著骯髒的禮服，騎士卻有以弄髒為前提的訓練用騎士服，就算學習繪畫，治裝費也不會太過昂貴。

然而，騎士不會刺繡。如同貴族女性得在屬下面前盛裝打扮展現威嚴，他們也必須維持騎士的尊嚴。這個世界的男性只要接觸刺繡就會被嘲笑，連當成興趣都不行。

只有男性會畫圖，只有女性會刺繡。至今沒有人將繪畫技法運用在刺繡上，就是因為幾乎沒有精通兩者的人。

「吶，巴爾巴利耶同學，雖然成績還得交由學園長裁奪，至少可以透露一點訊息吧？這幅刺繡是男學生的作品嗎？」

「不，是女學生。」

「女學生之中居然有繪畫素養如此優秀的人才嗎？」

「是呀，或許是大商人家的千金吧。」

「以商家千金而言，刺繡技術也相當驚人呢。上級貴族的千金也不見得會這麼厲害。」

「是女學生的話就好。我想將這位學生收為研究生，向她請教這項技術。我當然不是抱著想學習技術的企圖才這麼說，這幅作品充滿了『真心』。年紀輕輕的學生居然就能如此接近藝術核心，將來必能成大器。」

研究生！之所以在乎性別，是以想收為研究生為前提嗎！

這個國家對男女關係非常嚴格，貴族女性絕對不能和家人以外的男性共處一室。研究生偶爾得和師從的老師單獨關在研究室，而刺繡科的所有老師都是貴族女性，所以只有刺繡科的研究生僅限女性。

「哎呀，真是好主意。那能不能也讓我收為研究生呢？我也想向那位學生討教，也想給她各種建議。」

「那我也想收她為研究生。」

「妳們太狡猾了吧？也讓我加入嘛。」

簡而言之，研究生就是徒弟。成為好幾位老師的研究生，就能得到好幾位師父。不過這些老師一心想讓自己變成安娜的徒弟，所以讓我十分不解。明明在刺繡領域是王國頂尖的地位，她們難道沒有身為最高權威或老師的尊嚴嗎？

我忽然轉念一想，就是因為對學習技術充滿渴望，她們才能攀上王國最高峰吧。對刺繡專家來說，精進刺繡技術才是最重要的，包含名譽或尊嚴在內的外在因素或許都不值一提。

◆◆◆

「安娜史塔西亞同學，妳願意答應我們的請求嗎？」

在我陷入回想這段期間，安娜也遲遲沒有說話，只是驚訝地瞪大雙眼僵在原地。

雖說如此，一臉驚訝的安娜真的好可愛，讓我不禁笑逐顏開。

當我看著安娜感受療癒時，安娜用求救的眼神看向我。我面帶微笑地點點頭，安娜才轉變為下定決心的表情。

「如果老師們不嫌棄，請務必讓我接受老師們的指導。」

安娜如此說著，回以最高級敬禮。

可是安娜，妳誤會了。這些老師們也都抱持著想討教的心情喔。

◆◆◆安娜史塔西亞視角◆◆◆

刺繡競賽的結果發表會結束了。吉諾先生還在指揮會場的場復作業，因此我獨自回到教室。

沒想到是我拿下第一名。不僅如此，我還拿到在學研究生的資格，真是太驚人了。

發表會結束後，我跟老師們聊了一會兒。我很好奇這些長年熱心鑽研藝術的大師們在聊些什麼，和老師們暢談刺繡時也相當愉快。以往我對這些藝術造詣高深的大師們只能心懷敬意，如今竟能接受她們的指導，簡直太棒了。

不過我也擔心這樣的結果是否妥當。站在舞臺上的我並非正常人，光是感受到眾人投來的視線就讓我心跳加速，又聽到在學研究生這種難以置信的話題，我實在不知所措。

我思緒混亂且無法自行判斷，只能用眼神向吉諾先生求助。看到吉諾先生笑著點點頭，我才相信他的笑容接受這個事實。

雖然我把決定權交給吉諾先生，現在稍微冷靜下來後，我才開始思考。像我這種刺繡成績平平無奇的人，真的能成為相當於天才證明的在學研究生嗎？

獨自走在走廊上時，我發現艾卡特莉娜同學一個人站在那裡。儘管看起來像在瞪我，我已經和她成為朋友，知道她並無此意。

「恭喜妳，當上研究生真的很了不起，不愧是我的朋友。但我馬上就會追上妳的腳步。」

她帶著美麗的笑容向我祝賀，沒有半點嫉妒的負面感情。雖然有些笨拙，她真的是性格直率，相處起來相當舒服的人。

「還、還有，我有個請求。可以教我一點新技法嗎？我願意為妳做任何事。」

「當然可以呀。我們是朋友，妳不必為我做這些事。」

「太好了！我會再邀請妳共進茶會，到時候就麻煩妳了！」

艾卡特莉娜同學像初等科孩子一樣興奮地跳來跳去，實在太可愛了。平常威風凜凜的人居然有這種反差感，真讓人受不了。

「艾卡特莉娜同學真的對刺繡充滿熱情呢。」

「因為我有個夢想。為了實現那個夢想，我必須激勵自己貪婪地學習知識和技術。」

「哎呀，是什麼夢想呢？」

「我想重現出『雙面異繡』。」

所謂的「雙面異繡」，是正反兩面都呈現出刺繡圖形的一種技法。有別於正反兩面為鏡射反轉圖形的「雙面刺繡」，「雙面異繡」正反兩面的圖形完全不同。這門技術早已失傳，也沒有作品留存至今，是只記載於古書上的傳說刺繡技法。

居然想重現傳說技法，真是偉大又美好的夢想。能自信滿滿地對外坦承這件事，以及宛如在體現「言出必行」四字般持續努力的模樣，都十足耀眼。不論是胸懷大志的野心，還是敢於公開的勇氣，都讓我望塵莫及。

「恭喜妳！沒想到我們班居然出了個在學研究生！」
「真厲害，我對妳刮目相看了！」
「我看過妳的作品了！真的很棒！」
和艾卡特莉娜同學一起回到教室後，賈斯汀同學和安索尼同學這些武門少爺都紛紛上前祝賀。吉諾先生和這些武門少爺往來密切，所以他們最近也會和我聊上幾句。出身武門的人個性大多活潑直爽，是班上的中心人物，先前我根本無法想像會得到這些人的祝福。
「安娜史塔西亞同學，恭喜妳！」
「太驚人了，沒想到我的同班同學居然當上在學研究生！」
以前的我在辯論或分組討論時都很少發言，為了不拖累大家，我總是沉默寡言。不過現在吉諾先生會徵詢我的意見，不但發言機會增加，也會參與討論。在課堂上說話的機會多了，課外的交談機會也增加不少，因此和我拉近距離的這些同學們，現在也都像這樣為我獻上祝賀。
我能得到眾人的祝福，全都是吉諾先生的功勞。

第六章　保護未婚妻不受陰險千金團體欺侮的吉諾利烏斯

◆◆◆吉諾利烏斯視角◆◆◆

「安娜史塔西亞老師，方便打擾一下嗎？」

「可、可以，怎麼了嗎？」

被幾位別班的千金小姐搭話後，安娜一臉緊張地回答。

王宮高官的行程調整需要一點時間，所以尚未舉行在學研究生的資格授予儀式，但安娜已經以在學研究生的身分開始活動了。

這間學園規定只能對指導自己的教師尊稱「老師」。比如坎達爾老師，她是刺繡科教師兼特級班班導，所以只有刺繡課的女學生和特級班學生會尊稱她一聲老師。別班男學生這種沒有直接受教於她的人，就會尊稱她坎達爾夫人。

雖說只是教師的助理，在學研究生也是站在教學的立場，受教的學生也要尊稱安娜為「老師」。考量到同年級或高年級的學生較難指導，所以安娜負責的是低年級的班級。

當初安娜光是被尊稱為「老師」就手足無措，慌慌張張的安娜也非常可愛。如今雖然還是會緊張，基本上已經習慣老師這個尊稱了。

通常都會採用姓氏加上老師的方式來稱呼，但不知為何，眾人稱呼安娜時是在名字後面加上老師。而且學生和安娜說話時都把她當成熟識親近的學姊，而非高高在上的老師。

相較於安娜一群人和樂融融討論刺繡的氛圍，同一間教室某處也彌漫著殺氣騰騰的氣氛。

「今天我們要使用那間談話室，拉拉雅同學，妳們可以讓一讓嗎？」

在殺氣騰騰的氣氛中，班上的千金小姐對弗洛羅同學這麼說。從對話內容看來，似乎是女孩們為了爭奪談話室使用權在爭吵。

「我們就是要用，真不好意思。」

聽了這句話，弗洛羅同學一臉悔恨地瞪著那些說完就走的女學生。看來弗洛羅集團無法使用談話室了。

最近弗洛羅同學的地位急速下滑。因為安娜不但成績進步又當上在學研究生，校內階級迅速攀升，還獲得拜隆同學這個強力友人，甚至和安索尼這些階級上位者越走越近。簡而言之，原因出在安娜身上。

安娜現在是階級最高的人，越來越多女學生認為欺負安娜會讓自己陷入劣勢，於是紛紛遠離依舊會欺負安娜的弗洛羅集團。過去還是巨大派系的首領時，弗洛羅同學還是階級上位者，如今派系瓦解，她連位於中間階級的女生團體都敵不過。

弗洛羅同學的敗北似乎充滿話題性，班上到處都有人在談論這件事，但安娜還是在跟低年級生討論刺繡。只有安娜身邊充斥著祥和氣息，看著就覺得很療癒。

「畢竟她的地位是靠欺負安娜史塔西亞同學得來的嘛，活該。」

我無意參與話題，但從言談間聽到安娜的名字，才加入討論。

看來弗洛羅同學過去會召集眾人把安娜當成共同目標欺負，並且以霸凌首領的身分拓展團體規模。

我前世位於階級底層，能理解那些被弗洛羅同學支配的千金小姐的心情。看到有人被欺負時，階級較低的人就會擔心自己淪為下一個目標。

就算是前世，某些心懷忐忑的人也會選擇加入霸凌集團。有些人因為害怕不敢違抗，才不情不願地一起霸凌。有些人認為加入霸凌集團，自己就不會被欺負。雖然理由各異，這些人的共同目的都是為了自保。

如果想自保，最好的方法就是和這種人保持距離。這種骨子裡就愛欺負別人的人，有時甚至會挑集團裡的人下手，但孩子們並不懂這個道理。

這麼說來，弗洛羅集團中大多是階級較低的女學生。絕大多數人脫離集團後，也依舊是階級底層。這就表示原先為了自保加入集團的人，也會為了自保選擇離開吧。

學園的課程不會完全排滿，這天也是中午前就上完所有課程了。

「今天要做什麼呢？」

我向正在收拾準備回家的安娜這麼問。

「我要先去實習室和剛才那幾位學生商量一些問題，之後再去坎達爾老師的研究室開研究會，應該能在晚餐前回家。」

成為在學研究生後，安娜就經常來學園報到。以往到賽文森瓦茲家一定會和安娜碰到面，最近安娜卻經常不在家，老實說有點寂寞。然而看到安娜的學園生活變得如此充實，我也很開心。

「吉諾先生的行程呢？」

「我要先進行三小時左右的劍術練習，再去賽文森瓦茲家。四點以後應該能回到賽文森瓦茲家宅邸吧。」

「你最近很熱衷於劍術訓練呢。」

「是啊。誤以為妳被誘拐的當下，我才深有體會。為了保護妳，有時必須動用武力才行。」

這個世界不但有魔物存在，街上更是有許多佩劍外出的人，跟攜帶數公分長的刀刃就會遭到逮捕的日本截然不同。前世的安全意識在這個世界行不通，我才開始進行真正的劍術訓練。

「是、是為了保護我嗎？」

「那當然。」

安娜的臉頰馬上變紅。

「那、那也不必如此勉強自己……」

「我沒有勉強自己，只是因為想做才做的。」

我想得到能確實保護安娜的自信，是為了讓自己安心才進行訓練，完全沒有勉強自己。

「那個……安娜史塔西亞老師，我們先去實習室等妳喔？」

剛才來找安娜討論的其中一名學生有些歉疚地開口說。

「不、不好意思，我們一起過去吧？」

「妳看～就跟妳說不要找老師說話吧。禮儀又不需要這樣墨守成規。」

另一名女學生對開口搭話的女學生指責道，被罵的學生則一臉內疚。讓安娜的學生等太久也不好，於是我先與安娜道別。

訓練結束後，我和同學一起來到汲水場喝水。

「安娜！」

看到安娜在汲水場，我忍不住喊了她一聲。

「訓練結束了吧？辛苦了。」

安娜雖然笑著這麼說，我卻覺得不太對勁，感覺她的笑容藏著一絲陰影。

「嗨，安娜史塔西亞同學，妳在忙研究生的工作嗎？」

安索尼向安娜問道。

「是呀，各位也和吉諾先生一起訓練啊？」

「對啊。前陣子看到吉諾利烏斯自己一個人在訓練，我就去找他了，從那之後我們都會一起訓練。」

安索尼如此回答安娜。

「再怎麼說，他可是打贏『浴血軍官』的人啊。既然有交手的機會，怎麼能輕易錯過？所以我們現在都會配合吉諾利烏斯的時間。」

賈斯汀所說的「浴血軍官」，是指我在插班考試時戰勝的教官。那位教官是退役武官，當年就有如此稱號，至今依然是王國首屈一指的劍士。不過，這個世界的人不會使用身體強化魔法，不論是多厲害的使劍高手，都贏不過能使用身體強化魔法的我。

平常我雖然會全力迎戰，最後應該會讓出勝利給教官留點顏面。可是安娜陪我一起準備插班考試，還為我祈禱能順利合格，那我自然不能輸。

「如果劍術第一始終是文門的吉諾利烏斯，我們這些武門貴族就太沒面子了。所以才想儘量跟他交手，找出獲勝的突破口。」

我跟學生打模擬戰時也會用一點身體強化魔法。一開始比拚時我沒使用身體強化魔法，結果一下就輸掉了，讓對方相當憤怒。雖然想公平競爭，他們總認為是我放水，還視為奇恥大辱。

「不過他確實有很多值得我們學習的地方。畢竟他今天一直在練習基本功，完全沒有休息。教官又沒有強制規定，他還是努力不懈地練習基本動作好幾個小時，我們實在做不到。吉諾利烏斯真的很拚耶。」

努力確實是我的強項。噁男想得到跟正常人相同的評價，就需要付出加倍的努力。這種生活我在前世過了數十年，已經視為理所當然了。

「那我們先走啦。」

急忙喝完水，同學們就迅速走向更衣室。現場只剩我和安娜後，我再次觀察，發現安娜不只表情有異，連狀況都不太對勁。

同學們沒有僕人隨侍，所以擅自將水舀進杯子飲用，但這是因為他們是武門貴族。練習時他們連河水或雨水都喝過，假如僕人不在現場，他們不會乖乖等僕人過來，而是自己舀水喝。

可是貴族千金的飲用水都由僕人準備，本來應該隨侍在側的僕人此刻卻不在現場。有位僕人站在稍遠處，但他不就是負責汲水場的僕人嗎？

讓僕人站在遠處的理由為何？安娜把人支開了嗎？明明只有她一個人，為什麼要把人支開？如果她讓應當負責舀水的僕人遠離現場，至少肯定她不是為了喝水才來這裡。這跟她表情陰鬱有什麼關係嗎？

「安娜，發生什麼事了？」

正好四下無人，我便詢問安娜。

「……是啊，都發誓要對吉諾先生坦承一切了，我還是說出口吧。」

安娜往汲水場的另一個區域走去，我也順從引導跟在安娜身後。

「我把表情寫在臉上了嗎？」

貴族都會隱藏情緒，尤其是負面情緒。因為將負面情緒表露在外會讓眾人心生不悅，所以很少表現出來，而這也是一種禮貌。安娜應該是覺得自己犯下表露情緒的失態，才會被我發現情況有異吧。

「別擔心，妳藏得很好。」

「那麼你是怎麼發現的？」

「因為是妳啊。因為是妳，我才會馬上察覺。」

安娜有確實遵守禮儀，只透露出宛如路邊小石子的微小變化。可是，就算是難以發現的路邊小石子，只要掉進鞋子裡就會馬上察覺到。能不能注意到變化，端看關心對方的程度。這不是石子大小的問題，安娜也沒有失態。為了不讓安娜沮喪，我向她清楚傳達這個事實。

這個解釋成功奏效，安娜不再沮喪，而是滿臉通紅地低下頭。

可愛，實在太可愛了。

安娜帶我來到洗衣用的區域。因為是同一座汲水場，這裡和飲水區相隔不遠，但貴族平常不會來這個地方。這裡放著一塊巨石，並在石頭上挖出一口宛如廚房水槽的深溝方便洗衣。

「這是怎麼回事！」

安娜的裁縫工具就掉在宛如水槽的深溝中，不知是不是被潑過墨水，變得又黑又髒，顯然是故意要找她麻煩。

我聽安娜提過被霸凌的事，但她沒對我細說，我也沒有刻意逼問，所以我以為只是講講壞話這種不違反校規的程度，沒想到竟如此惡劣。

我氣得雙手發抖。

「沒關係，我已經習慣了。升上高等科後雖然收斂不少，以前經常發生這種事。」

「從以前就這樣？妳被霸凌了這麼長時間嗎？」

「是啊，初等科那段時期真的很常發生。雖然頻率降低了些，中等科時期也經歷過，最近才幾乎平息了。」

「為什麼……」

為什麼這麼溫柔純潔的女性非得受到這種待遇！

「沒辦法，畢竟我外表如此醜陋。」

安娜帶著落寞的笑容說。

看到她的笑容，我的怒火燒得更旺了。我努力忍住想嘶吼的衝動。

我忽然發現一件事。安娜都碰上這種事了，賽文森瓦茲家在做什麼？

學園也是促進學生自主獨立的場所，基本上不接受外部的干涉，但是這僅限於學生遵守校規的狀況。鬥毆爭執、霸凌或性騷擾等違反校規的行為，通常不可能在學園內解決，而是會演變成牽扯雙方家族的政治鬥爭。

分組討論能得到的代幣分配問題，並不會引發家族鬥爭。只要在校規允許範圍內，都會被歸類為自主獨立教育，但霸凌可不一樣。安娜從以前就遭受霸凌，為何賽文森瓦茲家始終沉默？為什麼弗洛羅同學那群人還沒被退學？

「因為我沒說。」

「為什麼不說？」

「……把我生成這副模樣，讓母親相當自責。如果發現我被霸凌，母親一定會更傷心。過去我已經讓母親傷心無數次，所以……我不想再看到母親難過了。」

原來是為了岳母著想。明明對岳母恨之入骨也不為過，妳卻為了岳母選擇獨自隱忍嗎……妳……真的非常偉大。

「吉諾先生，拜託你，別把這件事告訴母親好嗎？」

「我說過了吧？我永遠站在妳這一邊。既然妳不想讓她知道，我當然會保密。」

「謝謝你。」

安娜露出安心的笑容。

「總而言之，得趕緊處理這些裁縫工具才行。我把採買工作全交給僕人負責，所以身上沒有錢。假如買新的，又會被家裡發現。」

「不必擔心，我會請商會準備新品。只要妳同意，我們待會兒就去商會一趟。如果沒有妳喜歡的商品，我會去專門的商會訂貨。」

「非常抱歉，造成你額外的負擔……」

「不用道歉，對我來說根本不算負擔。好了，快走吧，妳等等不是還要和坎達爾老師開研究會嗎？」

我引領安娜往學園的馬車停靠處走去。

『沒辦法，畢竟我外表如此醜陋。』

安娜在汲水場說的這句話，始終在我腦海中揮之不去。為了提升安娜的地位，過去我做了許多嘗試，卻還是不夠。為了讓安娜得到幸福，還是得解除她的詛咒才行。

為了阻止那些人霸凌安娜，我馬上就採取行動。

安娜會在學園的兩個地方擺放私人物品，一個是教室書桌，一個是更衣室的置物櫃。更衣室可以不列入考慮，因為平常都會上鎖，進出也會留下紀錄。畢竟是放置替換禮服等千金服飾的地方，學園也會嚴格管理。

問題就出在安娜的書桌。書桌無法上鎖。向學園提出申請或許有機會裝鎖，但這麼做就會被賽文森瓦茲家發現，因為學園會在每個月底向各家請領備品的改造費用。說穿了，裝鎖恐怕也沒什麼意義。因為她的書桌也會被破壞。

我得監視安娜的書桌，但因為安娜本人也會被盯上，我必須隨時守在她身邊。倘若我監視書桌，安娜就會成為目標；倘若留在安娜身邊，書桌就會成為目標。

我也試過監視弗洛羅集團，結果監視太久反而害書桌遭殃，然而我實在不認為這些事跟弗洛羅同學那群人毫無關係。明明沒有對外公開，她們卻知道安娜的私人物品被破壞，還當成笑柄嘲笑安娜。我當然會認為她們是另外派人做這些惡行。

期間拜隆同學也發現安娜被霸凌的事，決定幫我一把，即使如此依然沒辦法阻止她們的霸凌行為。畢竟我跟拜隆同學也要上課，無法二十四小時監視安娜和書桌。

因為正常手段無法處理，我決定使用犯規手段，也就是前世的知識。前世我可是魔像工程師，最犯規的招式，果然還是我最擅長的魔像吧。

◆◆◆

今天只有我和岳母共進茶會，安娜去學園了。在名為「翠蒼玉」的第十九會客室中品茶的岳母舉止依舊優雅，表情卻有些難看。因為她難得和安娜吵架了。

『母親實在太過分了，居然不願意幫助吉諾先生。』

與安娜共進茶會時，安娜鼓起臉頰氣呼呼地這麼說，實在太可愛了。

最近我被王太子殿下和他寵愛的馬利歐托男爵千金盯上，安娜不知從哪裡聽說了這件事。基於擔心，她才拜託岳母出面幫我處理。安娜難得對岳母發脾氣，就是因為岳母拒絕了她。

現在我不是賽文森瓦茲家，而是巴爾巴利耶家的人，岳母當然沒理由做到這種地步。再說，就算我真的是賽文森瓦茲家的人，岳母也不會保我吧，畢竟她就是這種人。她一定不會對我伸出援手，而是在一旁默默守護，祈求我有所成長。

縱使擁有超脫年紀的穩重性格，安娜才十七歲而已。在學園碰上不順心的事，就會像這樣跟母親撒嬌吧。我覺得這樣的安娜可愛得不得了。

「看到她對我撒嬌，我覺得很開心呢。孩子總是會成長嘛，我固然開心，同時也有點捨不得。站在負責教育安娜的立場，我當然不會對安娜說快跟媽媽撒嬌這種話，但其實我真希望安娜能繼續跟我撒嬌。」

這個國家的母親在教育兒女時擁有相當大的權限。因為責任比前世的母親還要重大，更難提出希望兒女撒嬌的要求。

老實說我完全不懂父母希望兒女撒嬌的心情。我從來沒結過婚，不曾經歷過父母親的立場。

順帶一提，我已經對安娜說過自己不需要岳母的幫助，我必須成長。再這樣下去，我在安娜身邊只會更加相形見絀。安娜也同意我的看法，回家後應該就會來找岳母和好。

「吉諾，謝謝你。你是不是跟安娜說『想和穿上愛・馬仕禮服的妳一起共舞』？」

「我只是把心裡的想法如實說出口而已，不必特地向我道謝。」

「即使如此還是要感謝你。如果是以前的安娜，就算拿到訂製券，也絕對不可能穿上愛・馬仕的禮服。必須穿上符合公爵家水準的豪華禮服外出時，安娜總是板著一張臉，但這次不一樣。她開開心心地訂製了禮服，還說吉諾先生可能會稱讚自己。託你的福，安娜變了很多。你為安娜費了這麼多心思，所以我真的很開心。」

岳母笑得有些悲淒。安娜的詛咒一定讓她相當自責吧，所以才會露出這種表情。

這個世界還不知道基因的存在，但依照過往經驗，人人都知道孩子會遺傳父母雙方的某些特質。儘管如此，若孩子帶著問題出生，還是會全部歸咎在母親身上，這就是這個國家的價值觀。

就算我說這不是岳母的責任，岳母恐怕也聽不進去。人不會接受跟常識有出入的意見，所以我只能鼓勵岳母已經做得很好了。

「沒這回事，我總是在錯誤中學習，還只是個新手媽媽。」

「新手？」

都已經養育安娜十七年了，不算是新手了吧？

「五歲的安娜、十歲的安娜和現在的安娜，都需要不同的教育方式。教育現在的安娜，也是我的初次經驗。不管當了幾年母親，都還是新手啊。」

她居然如此真心為安娜著想，母親真是偉大。

「然後啊，吉諾，我猜安娜在學園也會被捲入不少麻煩，我希望你能忍住想幫忙的心情，在遠遠的地方守護她。」

岳母不知道安娜被霸凌了，所以才說得出這種話。因為安娜不想公開，我也不能告訴岳母，只能避開霸凌事實提出反駁。

「重要的人陷入危機，為什麼不能伸出援手呢？岳母，您不是很疼愛安娜嗎？」

「當然疼愛呀。但孩子如果摔倒嚎啕大哭，縱使想伸手將他攙扶起來，還是得忍到孩子能自己站起來為止。如果孩子無力應付，當然要出面處理，但如果是孩子可以自己處理的狀況，就要強忍想幫忙的心情站在遠方默默守護。這就是母親的愛。」

我無法反駁。岳母用溫柔語氣說出的這番話，飽含了對安娜的深沉母愛，不該輕言否定。

「跟吉諾訂婚後，安娜彷彿判若兩人，現在也成長了不少。所以我希望你能忍住想幫忙的心情，在遠方默默守護她。你做起事來樣樣精通，一定會用最好的方法幫助安娜，但我希望你能忍到最後一刻。」

我陷入沉思。擁有前世記憶的我，精神年齡比安娜大很多。把自己當成監護人，用和岳母相同的立場對待安娜，真的是正確的方式嗎？

過去我為了安娜改變出題形式，舉辦刺繡競賽，但都沒考慮到安娜的成長，只是想保護她而已。缺乏深思熟慮一味感情用事，真的是成年人該有的行為嗎？考量到安娜的成長，在遠方默默守護，就是成年人該有的態度嗎？

岳母希望安娜有所成長，我卻認為不成長也無所謂。我對現在的安娜沒有任何不滿，只要她露出發自內心的笑，那就足夠了。

這真的是成年人該有的正確思維嗎……

◆◆◆

「妳在做什麼？」

我對將教科書丟進垃圾桶的女學生問。

女學生嚇得渾身一震。她有一頭黑髮和褐色雙眸，戴著眼鏡，感覺不太起眼。

「噫！我、我……沒做什麼啊。」

焦急全都寫在臉上了。她不太會掩飾情緒，可見不是上級貴族。我從女學生身旁走過，並從垃圾桶中撿起書本。這是安娜的教科書沒錯。我看了女學生一眼，她就臉色發白渾身發抖。

「妳丟的這本，是不是安娜史塔西亞・賽文森瓦茲同學的教科書？」

班上同學也就算了，跟別班學生說「安娜」也聽不懂吧。為了讓這位女學生聽懂，我說出安娜的全名。

「不、不是的！」

「哦？那麼是誰的？」

「是、是我的！這是我的書！」

我把教科書的書套拆開，把封底內側秀給女學生看。

「那麼這是什麼？」

被書套擋住的地方有一枚「七頭龍」的紋章壓印。依據使用者和用途不同，紋章的風格會有些許差異，但這是安娜專用的紋章。是我拜託安娜後，她才在書套擋住的位置蓋上紋章。

女學生瞪大雙眼倒抽一口氣，整個人愣在原地。

「就算妳把安娜史塔西亞．賽文森瓦茲同學的物品丟進垃圾桶，也不會受到太嚴重的公開處分，頂多是退學而已。當然，賽文森瓦茲家應該也會做出相應的報復吧。不過未經許可擅自使用第一公爵家的紋章，可是應當受到王國法律制裁的重罪，妳們全家都會被斬首，妳知道吧？」

只要出示貴族紋章，平民也能享有貴族的尊貴禮遇，但沒有人敢做這種事，因為違法濫用紋章屬於重罪，會害家族全體連帶遭到斬首。對於把家門名譽看得比性命還重的貴族來說，違法濫用紋章可是比殺人還難忍的重罪。

「拜託！拜託饒我一命！我會老實交代！這不是我的東西！是賽文森瓦茲家千金的物品！」

這位千金跪坐在地，將額頭扣在地面，還發出「咚」的一聲。這在前世被稱為「磕頭下跪」，但並非貴族禮儀，而是平民禮法。

為了阻止安娜被霸凌，我製作了細黃胡蜂造型的魔像，裝設在天花板上監視安娜的書桌，這樣就能達到二十四小時監視的功能。

如果是前世的學校，看到天花板上停著一隻蜜蜂，應該會引發大騷動吧。因為前世的學校天花板只有三公尺高，又統一粉刷成白色這種淡淡的顏色。

這間學園的天花板最低的地方也有七公尺，而且整面都畫滿了宗教畫，於是我讓細黃胡蜂停在宗教畫人物的黑髮上。天花板很高，又有保護色，乍看之下根本不會發現。

我還在魔像上搭載了人體感應機制，只要在安娜的書桌前停留五秒以上，魔像就會啟動隱形魔法自動跟蹤那個人。開始跟蹤後，魔像會同時往我身上的接收器發送信號。觸發自動跟蹤功能的就是這名女學生。

「先把情況交代清楚。」

「……我家經營煉鐵廠。因為營業額急速攀升，只靠目前的員工實在忙不過來，我們才會委託弗洛羅家。」

無力癱坐在地，茫然盯著地面的希拉同學用呢喃般的語氣娓娓道來。女學生名叫薇諾妮卡・希拉，是二級班的男爵千金。希拉家是因為近期煉鐵廠規模急速拓展，以此功勳被受封為男爵的家族。

這個世界的煉鐵工程和前世不同，不是在工廠內自動化進行，而是工匠們用原始器具煉製。產量增加就需要大量勞工，還得是具備煉鐵這種特殊技能的工匠。一旦培養工匠的速度追不上企業的急速成長，就無論如何都會產生人力不足的問題，所以希拉家才會請弗洛羅家幫忙。

弗洛羅家是人才派遣業的龍頭，學園僕人也是弗洛羅家派遣的。只要交給弗洛羅家，馬上就能找到煉鐵工匠。

「前幾天弗洛羅家千金拉拉雅同學，命令我去破壞賽文森瓦茲家千金的書桌。如果我拒絕，她就要撤回所有派遣至煉鐵廠的弗洛羅家管轄人員。這樣會害我們趕不上交貨日期，失去好幾位客戶的信任，家庭也會陷入窘境。」

「跟坐擁大規模礦山，對鐵礦市場流通具有極大影響力的賽文森瓦茲家為敵，會使得煉鐵廠再無立足之地。妳沒想過這些事嗎？」

「我、我當然曾經想過，所以我才想著絕對不能被發現。一旦事情曝光……我就完蛋了。」

希拉同學渾身顫抖，說起話來因恐懼而吞吞吐吐，但她繼續說：

「拜託你！求求你饒了我吧！我願意！我願意做任何事！」

「我有個條件。只要照我說的話去做，這件事我就當作沒發生過。」

我對希拉同學提出的條件，是讓她把弗洛羅集團的陰謀告訴我。

用魔像監視的效果依然有限，無法應對安娜直接遭受的迫害，或是放出虛假謠言害安娜背負汙名等狀況。為了保護安娜不受這些骯髒手段影響，事先掌握對方的企圖並先發制人，才是最有效的方法。

在那之後，透過希拉同學提供的情報和細黃胡蜂的監視，阻止霸凌的情況進行得非常順利。弗洛羅集團會威脅受家族管控的下級貴族，將她們當成棋子使喚。所以我像當時對付希拉同學那樣，在她們破壞教科書的現場逮人，一個個將她們籠絡。

如今她們只是裝出服從弗洛羅集團指示的假象。我指示她們接下命令也不要真的對安娜找麻煩，只要跟弗洛羅集團回報是受到我的阻撓才會失敗就行了。

◆◆◆安娜史塔西亞視角◆◆◆

經過學園走廊時，我隔著窗戶看見吉諾先生獨自往庭院走去。

天氣這麼好，他可能想在庭院裡散散心吧。既然如此，那麼我也想加入，於是我追在吉諾先生身後走進庭院。

嗯～沒看到人呢。是不是走到更裡面了呢？

唔！

我急忙躲了起來。吉諾先生居然和某位千金小姐在一起！

那位千金小姐是誰？為什麼他們要偷偷跑到別人看不見的庭院深處私會？

我臉色慘白，指尖開始發冷，心中的動搖使我渾身顫抖。

吉諾先生相當敦厚老實，應該不可能外遇吧。如果真的出軌……那就是真心的……

不行！怎麼能有這種想法呢！疑心病太重的女人根本配不上吉諾先生！

哪怕……哪怕只有心靈也好，我也想成為配得上吉諾先生的女人。我一定要相信吉諾先生。

「永恆不朽的愛」——戴在左手的這枚戒指，正是以有此花語的白紫雙星花為靈感打造而成。分成兩色的花朵跟實際的白紫雙星花不同，是吉諾先生和我眼睛的顏色。

我用右手指尖觸碰戒指，確認那枚戒指確實戴在我的手指上，裡頭藏著吉諾先生對我傾訴的誓言。

觸碰戒指後，心情逐漸平復下來。

「哎呀，安娜史塔西亞同學，妳在這裡做什麼呢？」

我嚇得渾身一震。正當我在偷偷觀察吉諾先生，身後竟傳來艾卡特莉娜同學呼喚我的聲音。

她是什麼時候來到我身後的呢？我太專心觀察吉諾先生他們了，完全沒發現。

「哎呀，妳在看他們兩個吧。」

「……是啊。」

做出偷窺這種不端莊的行為，讓我覺得很丟臉，臉頰也變得熱燙。

「呵呵，看妳的表情，好像在意得不得了呢。妳認識那位千金小姐嗎？」

「不認識。之前好像看過幾次，但不知道她的名字。」

「那位是希拉男爵家的薇諾妮卡同學，是二級班的學生，而且是高等科才入學的。」

「妳、妳認識呀！」

「不跟妳解釋清楚，情況可能會變得很麻煩，我還是告訴妳吧。」

艾卡特莉娜同學對我說明了事情原委。前陣子我的私人物品老是遭人破壞，似乎是被拉拉同學集團指使的希拉同學等人所為。由於吉諾先生籠絡了希拉同學等人，才成功阻止了這件事。現在希拉同學她們雖然裝出服從拉拉雅同學集團的假象，其實會像這樣將拉拉雅同學集團的陰謀偷偷告訴吉諾先生。

最近我的私人物品不再遭人破壞，好像就是這個原因……看來是吉諾先生在我不知情的狀況下努力保護我……

「對了，艾卡特莉娜同學為什麼會知道這件事呢？」

「因為我也會幫忙巴爾巴利耶同學啊。」

「咦！艾卡特莉娜同學也是嗎！」

怎麼回事？所有人都在保護我，我竟毫無察覺。

「……為什麼不告訴我呢？」

「因為巴爾巴利耶同學要我們保密呀。他說如果知道那些人為了欺負自己，害無辜的人受到威脅做出惡行，安娜史塔西亞同學一定會很沮喪。他還說妳可能會出於同情，讓薇諾妮卡同學她們方便破壞自己的私人物品。」

說的一點也沒錯。一旦知曉實情，我一定會消沉沮喪，還會故意把私人物品放在容易破壞的地方。

「這些事基本上都是巴爾巴利耶同學獨力解決的，我並不方便插嘴，但我其實對他的處理方式很有意見。」

「什麼意見？」

「他太保護妳了。如果我是巴爾巴利耶同學，一定會先把這些事統統告訴安娜史塔西亞同學。至於霸凌，一開始我會讓安娜史塔西亞同學獨自面對，我們只負責從旁協助。」

確實是相當合理的意見。不愧是艾卡特莉娜同學，作出十分公正的判斷。

「……總而言之，我要跟吉諾先生和希拉同學致歉和道謝。」

「這就不對了。就算注意到男性背後的努力，也要裝作沒發現，才是淑女的禮儀。真正的貴族千金，就要故意佯裝不知，同時儘快靠自己的力量解決一切。」

「……妳說的對。」

「如果不好意思一直麻煩別人，往後就好好努力，別再重蹈覆轍。」

艾卡特莉娜同學用嚴厲又溫柔的眼神說。以往站在遠處看著艾卡特莉娜同學時，我覺得她是相當強勢，處事公平且崇高的高嶺之花。她說起話來不留情面，斬釘截鐵，老實說讓我有點害怕。可是像這樣用朋友的方式和她相處後，我對她才大大改觀。原來她是笨拙、直率、纖細又無比溫柔，充滿魅力的人。

「對了，妳為什麼這麼沒有自信呢？儘管還沒舉辦資格授予儀式，所以還不算正式就任，如今安娜史塔西亞同學已經是貨真價實的在學研究生了。要是前陣子還說得過去，現在妳的地位明明比其他人更崇高了呀。」

「妳說的對，前陣子我甚至沒發現自己這麼缺乏自信，但最近我會以艾卡特莉娜同學為楷模努力精進……雖然仍有許多不足之處。」

「我當然知道安娜史塔西亞同學有多努力，不但在課堂上變得勇於發言，還懂得拒絕同學提出的不合理要求。但唯獨在拉拉雅同學她們面前，妳還是像從前一樣毫無怨言。這是為什麼？」

「……因為我從初等科時期就被她們欺負到現在，不知道該如何應付。」

「那就奇怪了。過去其他人對安娜史塔西亞同學的態度也很惡劣，但妳最近都能以貴族千金的姿態好好應付那些人吧？為什麼現在依舊不敢對拉拉雅同學她們回嘴呢？」

我陷入沉思。我在初等科時期就受盡眾人嘲諷，但大家也慢慢成長，最近這種事變得越來越少，拉拉雅同學她們也一樣。儘管這陣子偶爾還是會嘲笑我，卻不像以前那麼過分。明明她們和其他人一樣對我改變態度，為什麼我至今還是沒辦法反駁她們呢……

因為他們的攻擊比其他人更猛烈嗎……不，不對。自從將更多心力投入刺繡後，我也多了更多時間觀察自己的心，所以才會發現這一點。

初等科時期，很多人都會嘲笑我的長相，但人們慢慢成長，現在在高等科也沒有人繼續嘲笑我的醜陋。升上高等科後，我只會在相親時當面聽到關於長相的直接批評。

儘管如此，現在只有拉拉雅同學她們依然會當面嘲笑我的長相。

再怎麼努力，我也無法改變外貌。當她們嘲笑我不管多拚命都無法改變的外貌時，我彷彿失去了一切。我認為再怎麼努力都沒用，再怎麼掙扎也依舊醜陋，這樣的我根本是女性的最底層，從一開始就沒資格站在吉諾先生身旁。

之所以不敢對拉拉雅同學她們回嘴，就是害怕她們揶揄我的長相。原因在於我對容貌的強烈自卑感。

我該如何克服這種自卑感呢？假如成績不好可以用功讀書，姿勢不夠優美可以訓練，藉此克服自卑感。然而長相該怎麼辦……

「打起精神來。身處暴風雨之中還能獨自悠然微笑，才是優秀的貴族千金。就算樹木被強風吹垮倒向自己，仍能獨自應付的人，才會被人們冠上貴族千金的美稱。安娜史塔西亞同學，請妳勇敢面對霸凌的事實。」

在樹木倒向自己時該怎麼做，又能做什麼，我一點頭緒也沒有……

拜隆家的千金教育非常嚴苛，最有名的就是在狂風暴雪天還是會在庭院裡舉辦茶會或野餐。聽到真正經歷過這種教育的人這麼說，就能感受到截然不同的語言分量。

這番話很有艾卡特莉娜同學的獨特風格，但她說的非常正確。為了不再麻煩吉諾先生和艾卡特莉娜同學，我一定要做出改變。

艾卡特莉娜同學待會兒也要和他們碰面，便往吉諾先生的方向走去。我決定聽從建議，假裝沒發現這件事並離開現場。

回到教室的路上，我失去了到庭院賞花的興致。意志消沉的我，只是呆愣地看著地面。

『安娜史塔西亞同學，請妳勇敢面對霸凌的事實。』

剛才艾卡特莉娜同學對我說的這句話，深深撼動了我的心。

忍耐是淑女的美德。以前我覺得就算被欺負，只要我獨自吞下委屈就好，這才是正確的處理方式，我卻因此給吉諾先生和艾卡特莉娜同學添了麻煩。

仔細想想，父親、母親，以及以布麗琪為首的所有家臣，應該都希望我是充滿威嚴的女性，才稱得上是賽文森瓦茲家千金。這是理所當然的事實，我卻視而不見，還把「忍耐是美德」——這句話當成藉口。

……遭受霸凌還默默隱忍並不是美德，而是我的懦弱，只會逃避痛苦。

我一定要變強，一定要克服對長相的自卑感，勇敢面對霸凌。我要成為讓父親、母親、所有家臣和艾卡特莉娜同學都驕傲的女性。哪怕只有心靈也好，我想成為配得上吉諾先生的女性。

第七章　互訴情衷

◆◆◆吉諾利烏斯視角◆◆◆

此刻我坐在賽文森瓦茲家玄關大廳的沙發上等待安娜，待會兒就要去參加典禮了。

「吉諾先生。」

走下樓梯的安娜露出靦腆的笑容。

「好、好看嗎？對我來說會不會太豪華了？」

這件宛如十二單疊穿了好幾層輕薄布料，再用橙色腰帶束起的禮服，就像前世的和服，描繪出優雅曲線的寬袖也與和服如出一轍。雖然不太顯眼，布料上充滿了細膩又精美的刺繡。脖子上的大顆寶石十分醒目，但禮服上也綴滿了無數小顆寶石，安娜一走動就會顯得閃閃發亮。平常參加宴會她都會將頭髮盤起，今天卻放下頭髮，並用鮮豔色調的髮帶裝飾。今天會受到萬人矚目，所以她想用頭髮遮住凸瘤吧。以宴會來說是有些奇特的髮型，卻與那身前衛的禮服十分契合。

層層疊穿的這身禮服，最上面的紫布是我的眼睛顏色，正下方的黑布是我的髮色。先前我希望安娜能將我的顏色放進禮服設計中，她真的接受了我的請求。全世界最完美的女性將我的顏色穿在身上，呵呵呵，這一世實在太幸福了。

「不愧是愛．馬仕，真是嶄新的風格。不過非常適合妳喔，真的好可愛。」

「謝謝。這對我來說是很冒險的嘗試，聽到你的讚美，我真的很開心。」

安娜雙頰紅潤地低下頭，露出嬌羞靦腆的笑容。

可愛，真是太可愛了。

「今天的妳真是太耀眼了，非常可愛呢。」

聽到岳母這麼說，安娜頓時面露驚訝，隨後向岳母道謝。他們兩位平常很少提及安娜的外表，因此岳母像這樣談論安娜的外表是非常難得的事。

「安娜居然穿著愛．馬仕，還笑得這麼燦爛……」

岳母雖然面帶笑容，卻用帶著哭腔的聲音自言自語。在意自己的外表，不喜歡穿上豪華禮服引人注目的安娜，此刻穿著前衛禮服也能露出笑容，岳母一定很開心吧。

果然沒錯，岳母始終對安娜背負詛咒一事相當自責，所以才會用這種表情和這種語氣，如此自言自語。

後來，我、岳母和安娜三人在玄關大廳的沙發上喝茶聊了一會兒。話題當然是安娜的禮服，我自然也大大誇獎了安娜一番。滿臉通紅的安娜真的好可愛。

今天學園要舉辦安娜的在學研究生資格授予儀式，我們待會兒就要前往學園。為了一睹女兒盛裝出席的風采，岳母稍後也會過來。公爵雖然也很想出席，身兼宰相重職的他卻無法隨意休假，只能淚流滿面地缺席了。

「天哪！這是用獎品訂製的禮服嗎！」

「這件禮服實在太美麗了！」

愛．馬仕的禮服果然是眾人注目的焦點。一走進暖場派對的會場，班上的千金小姐們立刻上前和安娜搭話。

這個世界沒有手錶。大教會必須掌握祈禱的時間，所以才有正確的時間計測技術，但反過來說，除了大教會之外，沒有人知道確切的時間。貴族家的時鐘是用水滴落的容量計測時間經過，也會配合教會的時鐘修正誤差。

因為所有人都只能掌握大概的時間，就算事前告知典禮開始的時間，每個人的來訪時間也各不相同。為了不讓先到的人感到無聊，通常在典禮前都會舉辦這種暖場派對。

在學園實力主義的制度中，我們是名為「學園生」的最低貴族身分，與家門地位無關。身分較低的人會提前來訪，在暖場派對會場與眾人歡談，等待身分較高的人抵達。離典禮開始還有一段時間，所以暖場派對會場都是學園生。

班上的女學生圍成一圈將安娜團團包圍，安娜也和她們聊起這件禮服，氣氛十分熱絡。我剛入學的時候，安娜很少跟班上的千金小姐們聊天，最近卻經常像這樣和眾人談笑風生。安娜被擢升為在學研究生，如今是所有人景仰的存在。除了弗洛羅集團以外，再也沒有人會輕視安娜了。

遠處有一群低年級生正在窺看此處，可能是想跟安娜打招呼，所以在等待這裡的對話告一段落。班上的千金小姐們似乎也察覺到她們瞥看的目光，便默默讓出位置。

「這件就是傳說中的禮服嗎？實在太美麗了！安娜史塔西亞老師的身材真好！」

「安娜史塔西亞老師，下次可以再幫我看看作品嗎？聽從老師的建議之後，我的手藝進步很多，還得到父親的稱讚，說下次要買耳飾送給我呢！」

「安娜史塔西亞老師，下次我想送未婚夫一條領帶，可以給我一些指導嗎？啊，您知道我的未婚夫嗎？」

學生們圍著安娜爭先恐後地說。她們的氣氛還是不像在跟老師說話，而是跟感情要好的學姊聊天。

就這樣暢聊了一會兒後，會場頓時鴉雀無聲，隨後又吵嚷起來。我才疑惑是怎麼回事，看來是岳母到場了。

雖然時間略有差異，基於禮儀，家世崇高者都會姍姍來遲。既然第一公爵家的岳母抵達會場，那麼典禮也差不多要開始了吧。

岳母一看到安娜便上前搭話。安娜還在跟岳母聊天，岳母周遭就忽然湧現一群人。不愧是手握實權的岳母，人潮就像圍著砂糖的螞蟻般蜂擁而至。

「哎呀，您還是這麼美麗。」

「就是說呀，您的美貌閃閃動人呢。」

岳母在社交界本來就經常聽到關於美貌的讚美，用化妝水重返青春後，情況更是變本加厲。這些人也跟社交界一樣，紛紛前來向「女帝陛下」請安吧。

安娜雖然露出客套的微笑，站在岳母身邊的她眼色卻漸漸消沉。這也難怪，明明母女站在一塊兒，所有人卻只顧著讚美岳母的美貌，對安娜只是禮貌性地稱讚一下禮服而已。

為了保護安娜，我得將她從岳母身邊拉開。典禮馬上就要開始了，我朝岳母喊了一聲，並帶她前往典禮會場的大禮堂。

我和岳母一起坐在大禮堂的觀眾席。一旦讓岳母落單，可能又會被試圖取悅她的人簇擁，所以我陪在她身邊。安娜待會兒要準備上臺，所以不是坐在觀眾席，而是在後臺休息室待命。

「剛才謝謝你。多虧有你，我才能擺脫人群。」

岳母果然也不歡迎這些拍馬屁的人。

「只要和安娜外出，幾乎都會變成這樣，所以安娜才很少跟我一起出門。我總是……讓安娜受苦。」

我從岳母苦澀的笑容中看出她沉重的心情，她認為是自己害安娜因為外表吃盡苦頭。因為自己經常被人稱讚美貌，才讓她覺得更難受吧。

「本學園睽違十三年，又誕生了一位在學研究生，那就是特級班的安娜史塔西亞．賽文森瓦茲同學。賽文森瓦茲同學在上個月舉辦的刺繡競賽中——」

典禮開始後，學園長在舞臺上致詞。接著又有幾位地位崇高的人上臺祝賀後，終於來到拜師儀式的環節。

刺繡科的老師們和安娜一站在舞臺中央，安娜便深深低頭鞠躬，並維持這個姿勢將右手掌心朝上伸向老師。幾位老師將餅乾分成兩半，並將半片放在安娜手上。雙方將餅乾吃完後，安娜就正式成為老師們的徒弟，如雷的掌聲撼動了整座禮堂。

安娜朝觀眾席鞠躬行禮，並上臺發表事前默背好的演講稿。

以前安娜在課堂發表時總是低著頭，聲音也會越來越小。可是此刻的安娜挺起胸膛露出清雅的微笑，讓流暢的嗓音響徹禮堂每一處，真的明顯蛻變為十足出色的女性了。

看著笑容中充滿氣質與威嚴的安娜，岳母忍不住用手帕擦拭眼角。

不是舉辦完拜師儀式就算正式收徒。拜師儀式只是將收徒一事宣告大眾，接下來還要舉行祈禱儀式向神稟告。儀式會在學園內的教會舉行，與會者只有安娜和老師等當事人、學園長以及負責見證的高位神官。我要等儀式結束後再跟安娜一起回賽文森瓦茲家，所以岳母先行獨自返家。

「安娜史塔西亞同學，妳是不是太囂張啦？」

典禮結束後，我送岳母到馬車停靠處時，竟然聽見一個熟悉的聲音。我急忙轉頭一看，發現安娜一走出大禮堂休息室，就被弗洛羅集團包圍。

我才離開安娜沒多久，居然就逮到機會又要欺負安娜嗎！這群該死的女人！

「稍等。」

我正想衝向安娜身邊，岳母就抓住我的手制止我，並順勢將我拉到樹蔭底下。我們就這樣躲在暗處觀察安娜。

「看安娜的眼神似乎想要獨自解決，我們再觀望一會兒吧。」

弗洛羅集團接二連三地不斷辱罵安娜。平常安娜可能會露出懼怕的眼神低下頭去，今天卻不一樣。雖然渾身發抖，她還是緊盯著弗洛羅集團，嘴巴一張一闔地似乎想說些什麼。

「過去我們再三要求妳辭退在學研究生資格，為什麼妳今天還是來參加典禮啊？」

「就是說呀。居然靠不法手段獲獎當上在學研究生，不要臉也該有個限度！」

什麼不法手段！這群臭丫頭！妳們知道安娜付出多少心血才做出那個作品嗎！

「冷靜點，還不是時候。」

我被衝動驅使往前衝去，卻被岳母阻止。

學生們也會從大禮堂的一般出入口進出，所以人潮眾多，但給上臺者使用的後臺出入口卻鮮少有人通過。看準這裡杳無人煙，安娜也會落單，她們才會埋伏於此。目的大概是為了阻止安娜參加祈禱儀式。

假如祈禱儀式沒能完成，安娜就無法成為正式的在學研究生。而且為了這場儀式，大教會的高位神官也會蒞臨。在邀請校外權威人士的重要場合無故缺席，會讓老師們顏面盡失，日後可能就很難就任在學研究生。

如果沒有送岳母來馬車停靠處，我就不會經過這條路，或許就無法發現弗洛羅集團的陰謀。這天國家政要都會蒞臨學園，沒想到她們還能做出這種事，我對判斷大意的自己感到懊悔。

「妳沒照過鏡子嗎？妳這麼醜，還覺得自己站得住在學研究生這種充滿榮譽的地位嗎？」

「如果是賽文森瓦茲夫人那種美人，我們也不會有意見。明明是母女，長相怎麼會差這麼多？妳們真的有血緣關係嗎？」

「堪稱女性理想的賽文森瓦茲夫人光是生下安娜史塔西亞同學，也算是人生的一大汙點了。

明明完美無缺，唯獨留下這個大失敗。」

「就是說呀，長成這副德性，想必妳對母親恨之入骨吧。」

之所以提起岳母，就是為了狠狠傷害安娜吧。就像「狗娘養的」或「妳媽媽有凸肚臍」這些壞話一樣，想傷害對方的時候，詆毀母親非常有效。

批評外表也是如此。這群人想讓安娜傷得更深，才故意搬出安娜不想提及的話題。

我拚命壓抑怒氣。我已經經歷過數十年，事到如今聽到別人抨擊我的外表，我也不痛不癢。可是看到別人侮蔑安娜的長相，無比漆黑的怒火便從心底不斷湧出。在前世持續累積數十年，不斷扭曲變異的憤怒只要稍有外洩，就會化為充滿劇毒的濁流。

好不容易平復心情後，我看向岳母，發現她一臉苦澀地低下頭。岳母總將安娜的詛咒歸咎於自己，聽到這些話應該很難受吧。

「我、我、我從來沒有恨過母親！一、一次、也沒有！」

盈滿雙眼的淚水彷彿下一秒就要跌出眼眶。儘管渾身顫抖，安娜還是奮力大喊：

「雖、雖然我是這副模樣，母、母親還是用盡全力愛我！身、身為母親的女兒，我、我非常幸福！我、我很感謝母親把、把我生下來！」

「長成這副德行，妳還說很感謝她？哈哈哈哈，逞強也該有個限度吧？」

「我、我是打從心底這、這麼想的！就、就算會被生、生成這副模樣，我、我還是想當母、母親的女兒！」

這番發自內心的吶喊聽起來十分扎心。從這股直衝心口的衝擊，就能明顯感受到這是她的真心話。即使安娜過去應該因為長相受盡了苦楚，但依舊沒有壓垮她的溫柔。
正因為我以前也長得很醜，才更能理解她的偉大。跟前世只會埋怨母親的我，簡直就是天壤之別。
岳母再也忍不住淚水。她將手放上樹幹撐住下一秒就要倒下的身體，斗大的淚珠撲簌簌地跌出眼眶，難得看她表現出如此洶湧的情緒。安娜努力反駁的這些話，確實深深撼動了岳母的心。
「提到這種話題妳就很難受吧？有個好方法可以解決，就是辭退研究生的資格。如此一來就再也不必嘗到這種辛酸了。」
「沒錯，去向老師表明妳要辭退吧！」
「我、我、我拒絕！」
我驚訝地瞪大雙眼。不喜歡引發糾紛，從來沒有反抗過弗洛羅集團的安娜，居然清楚表達出拒絕的意志。
因為岳母受辱而反擊還能理解，確實很像安娜會做的事。然而除此之外的要求也能明確拒絕，就跟安娜過往的印象無法銜接了。
「妳說什麼！妳想反抗嗎！」
遭到意料之外的反擊，弗洛羅集團頓時激動起來，還拉高音量威脅安娜，但安娜完全沒有退縮。儘管全身顫抖，她依舊沒低下頭，而是抬起頭狠狠瞪著弗洛羅集團。
前世被霸凌過的我，完全能理解這是多麼困難的一件事。弗洛羅集團這種「只要服從我就不會對你出手」讓對方屈服的霸凌方法，對付起來更是困難。前世我根本無法應對，因為乖乖服從比較輕鬆，我總讓自己選擇輕鬆的方法。

「不、不管妳們怎麼說，我、我絕對不會辭、辭退在學研究生資格！」

安娜非常努力，拚命戰鬥，只為了再次討回自幼因為這張臉飽受欺侮，經歷無數場親事破局而失去的自尊。儘管傷痕累累，她也不屈不撓，用崇高的姿態勇敢奮鬥。看到她奮不顧身的拚搏，我不禁眼頭發熱。

「吉、吉諾先生、父、父親、母親，以及所有家臣。為、為了這些願意珍惜我的人們，我、我一定要變強。所、所以，我、我再也不會對、對不合理的待遇屈服！我、我、我絕對不、不會辭退！」

縱使眼眶含淚，安娜的雙眼仍然炯炯有神，述說著發自內心的話語，所以才讓我驚訝。

安娜反擊的原動力，居然不是因為被逼到走投無路才憤而反擊！而是顧慮到珍惜自己的那些人，想為了他們變強的清廉決心！

被逼到走投無路憤而反擊，與掛念重要之人勇敢反擊，這兩者在旁人眼中沒有太大差異，只不過是心情的些微差距或一念之差而已。可是這些微的心情差距，就代表那個人一路走來的人生差距。假如敗給不幸走上歧途，就不會有這種想法。如果只考量自身利益，就會養成習慣，張口閉口都是自保之詞。這個一念之差是長時間積累而成，只有始終溫順體貼的人才能達到如此崇高的境界。

「要、要是以後妳、妳們再對我提出不合理的要、要求，我、我就會告、告訴老師。」

「哎呀？妳做得到嗎？妳之前不是一直瞞著家裡嗎？」

「以、以前確實是、是這樣沒錯，可是，我、我改變想法了。以、以後我、我就會告、告訴老師。」

到底是怎麼回事！安娜擔心岳母得知霸凌一事會感到悲傷，才一直隱瞞這些事。那個安娜！現在居然宣稱要告訴老師！

貴族會隱瞞，但不會說謊。既然已經大聲宣告，那麼她真的會去告狀吧。

弗洛羅集團之所以能一直欺負安娜，正是因為安娜不敢對外張揚。如果安娜向學園告狀，她們就不能再欺負安娜了。

安娜居然獨自解決了霸凌問題！

「……竟然敢忤逆我到這種程度……知道我被妳害得多慘嗎……」

雙手不停顫抖的弗洛羅同學低喃。

弗洛羅同學靠欺負安娜組成了龐大的派系，可是安娜的地位急速上升後，她的派系瞬間瓦解，地位也直線下滑。她對安娜充滿怨恨，才會氣到雙手顫抖吧。

弗洛羅同學原本用因憎恨而扭曲變形的表情瞪著安娜，卻突然轉變成爽朗無比的笑容。

◆◆◆安娜史塔西亞視角◆◆◆

「安娜史塔西亞同學，妳以前跟我堂哥相親過吧？當時我堂哥對妳說了什麼，難道妳都忘記了嗎？」

拉拉雅同學剛才還怒氣沖天，卻忽然露出愉悅至極的表情說。照理來說笑容會讓人安心，不知為何，我比剛才還要害怕。

『我想不想談這門婚事？我當然很不爽啊。妳覺得世上有男人想娶妳這種怪物當老婆嗎？』這是拉拉雅同學的堂哥在相親時說的話，我當然記得。過去的每一場相親，我都會聽到如此毒辣的批評，不管聽到多少次都無法習慣這些惡毒的話語，所以一直留在心裡。

「沒錯，怪物，妳這張臉就像怪物。女性的價值是由美貌來決定，我看妳的女性價值少得可憐吧，哈哈哈哈哈。」

女性價值……我也深有所感。在學園裡，美人的地位也比有實力的人更加崇高。對女性而言，美貌具有極大的價值，而她說的也沒錯，我幾乎沒有女性的價值。

明明抱著必死的決心勇敢迎戰，這股決心卻漸漸瓦解。每次被人嘲笑長相，我都會有這種感覺。再怎麼努力也無法改變外貌。我覺得所有方法都無濟於事，不管怎麼做都改變不了我是底層的事實。這讓我痛苦得無以復加，甚至想立刻逃離現場。

「跟巴爾巴利耶同學訂婚似乎讓妳太得意忘形了，看來妳終於想起自己的醜陋了。安娜史塔西亞同學，男性都喜歡貌美的女性，討厭醜陋的女性，無一例外。巴爾巴利耶同學也一樣。」

「……可是……吉諾先生說……他願意接受我……」

我忍不住用右手指尖觸碰左手的戒指尋求救贖，確認戒指確實存在。這枚以花語為「永恆不朽的愛」的白紫雙星花為靈感打造而成的戒指，是吉諾先生送給我的禮物。

「哈哈哈哈。不對，無一例外，這就是人性。巴爾巴利耶同學也是人，本質一樣。巴爾巴利耶同學對於美醜一定很寬容吧，連安娜史塔西亞同學都在他的容許範圍內。」

我無法反駁，並接受了她的說法。人類對美的喜好一定勝過醜陋，不能把吉諾先生當成唯一的例外。

容許範圍內——這句話重重跌入我心裡。

「不過，能接受和第一理想型完全是兩碼子事吧？安娜史塔西亞同學，妳都沒考慮過巴爾巴利耶同學的幸福嗎？變成妳的未婚夫之後，他就得忍耐一輩子，妳不覺得巴爾巴利耶同學太不幸了嗎？不覺得他很可憐嗎？如果妳從來沒想過這些事，未免也太虛假了吧？」

這番話狠狠刺進了我的胸口。

跟吉諾先生訂婚後，我每天都像作夢一樣。和吉諾先生在一起時自然不用說，獨處時我也感到雀躍無比。每天早上在庭院賞花時，總覺得色彩比過去還要豐富豔麗，生活中的一切都從黯淡灰色轉變成繽紛耀眼的色彩。

我不想失去這份幸福，所以至今都刻意不去想這些事。吉諾先生說他願意接受我，所以我始終把這句話當成藉口逃避這些想法。

虛假——不為吉諾先生設想的我，確實很適合這兩個字吧。

吉諾先生現在幸福嗎……「願意接受我」這句話應該是他的真心話，確實表示乃至我也在他的容許範圍內。

在容許範圍內——這代表我不是他的唯一，也不是他最理想的伴侶……吉諾先生現在真的幸福嗎……

「哈哈、哈哈哈哈哈。」

拉拉雅同學忽然大笑幾聲，就往大禮堂的休息室出入口走去。

◆◆◆吉諾利烏斯視角◆◆◆

「哈哈、哈哈哈哈哈。」

弗洛羅同學發出尖銳的笑聲並走向休息室出入口。突如其來的詭異舉動自然把安娜嚇了一跳，連她身邊的女學生們都愣在原地。

走進休息室後，弗洛羅同學將牆上的裝飾品一拉，便開啟了一扇門。那是一道密門。雖然因為角度問題看不清楚，從位置考量，那裡應該是掃具櫃。

在這個國家要購買地板蠟這種清掃用品時，顧客需要自備容器，再由帶著大木桶前來的業者將容器裝滿。考量到裝瓶的繁複手續，掃具櫃通常都會設置在建築物後門附近。

之所以改造成密門，想必是為了不妨礙美觀。雖然是後門，並不是僕人專用的通道，而是貴族也會出入的地方。

學園僕人由弗洛羅家管轄，弗洛羅同學自然知道密門的位置，但她為什麼忽然打開掃具櫃？

「差不多該幫她解圍了。要我出面也可以，假如情況允許，我希望吉諾先生去幫忙。」

聽到安娜的心聲後，岳母本來驚訝到動彈不得，此刻解除石化狀態後才這麼說。

岳母只要從遠處喊一聲就能收拾這個場面，應該能處理得比我更加妥善。儘管如此她還是不願意親自出面，或許是為了安娜著想吧。如果安娜發現岳母全程目睹，一定會責備自己讓岳母聽見那些侮辱岳母的惡言惡語，感到消沉又沮喪。不愧是母親，非常了解安娜。我當然答應了她的請求。

「妳知道這是什麼嗎？」

弗洛羅同學拿著金屬瓶回到現場，從顏色來看應該是銅瓶吧。

「我、我不知道。」

「清掃用的備品和消耗品也由弗洛羅家管理，所以我對這個東西再清楚不過……這種製品又名為『褐藻的恩賜』。」

唔！糟糕！

我急忙衝上前去。我知道這種製品，是將添加海藻灰的水和熟石灰混合而成的溶液。稀釋後可以當作有效清除油汙的清潔劑，未稀釋的原液則是用來溶解堵塞排水設施毛髮的藥劑。為了不占空間，通常都是以未稀釋原液的型態來保存。

因為我有前世的記憶，從製作方法和功效就能推敲出溶液的成分。我猜那是氫氧化鈉水溶液吧。「苛性」這個詞代表對生物組織具有強烈腐蝕性，如同「苛性鈉」這個別稱，這種水溶液一旦接觸皮膚就會滲透，引起嚴重的化學灼傷。未稀釋原液的濃度可以在短時間內溶解毛髮，如果被潑到身上，後果將不堪設想。

「如果妳變得比現在更像怪物，會發生什麼事呢？說不定會脫離巴爾巴利耶同學的容許範圍呢，哈哈、哈哈哈哈哈！」

「妳、妳要做什麼！」

不行！光靠魔法來不及阻止！

我從戒指內側注入混元魔力，這個魔道具便開始發揮時間加速效果，只有我身邊的時間加快了。我邊跑邊脫下外套，同時建構魔法。

在加速的時間中，打開瓶蓋扔向安娜的金屬瓶彷彿浮在半空中。我將安娜抱進懷裡，讓她離開金屬瓶描繪的拋物線軌道，再掀開手上的外套當成盾牌。魔法建構完成後，我在外套內側施展看不見的大範圍魔法障壁。

趕上了！

確認一切準備完成後，我不再往戒指供給魔力，速度恢復正常的金屬瓶便撞上外套，隨後撞上魔法障壁滾落在地。原本在附加障壁的外套周圍飛濺的水沫，在魔法消失後也落在地面上。

「弗洛羅同學！妳知道自己在做什麼嗎！這可是傷害未遂！賈斯特紐同學和拜茲同學！妳們也是共犯嗎！」

「什麼傷害呀，太誇張了吧？她又沒有丟得很用力，就算是金屬瓶也不會受傷吧？」

儘管略顯動搖，賈斯特紐同學還是這麼說。

沒錯，為了不讓瓶中的石灰溶液濺到自己，弗洛羅同學極為慎重地輕輕扔出瓶子。敲到頭上或許不會受傷，然而問題不在那裡。

賈斯特紐同學她們似乎對這種石灰溶液一無所知，但貴族千金就是這樣，平常根本不會接觸清掃用具，只有自家經營這種事業的弗洛羅同學和博學多聞的安娜具備這些知識。

我向她們解釋了石灰溶液的特性。她們果然只把這種行為當成嚴重一點的潑飲料惡作劇而已，得知每年都會發生使用不當導致失明和重度灼傷的事故後，兩人都臉色鐵青。看來她們這才理解到，如果把這種溶液潑向安娜，會演變成王宮騎士強制介入搜查的大事件。

「跟、跟我沒關係！」

「跟、跟我也沒關係！恕我先行告退！」

理解情況的嚴重性後，兩人立刻逃離現場。獨自被留在原地的弗洛羅同學愣了一會兒，隨後又神情凶惡地瞪著安娜。

「我絕對！饒不了妳！」

撂下這句狠話後，弗洛羅同學便急忙追上先行逃跑的那兩位同學。

經過這起事件後，弗洛羅同學的號召力應該會再度下滑，或許連留到最後的那兩個人都會退出團體。為了避免最嚴重的情況發生，她才會急忙追過去吧。

對社會人士來說，校內階級和學園小團體真的無聊至極。然而對學園即外界的孩子們來說，這應該是他們最在乎的事，所以才會對安娜如此憎惡。縱使視野狹小，卻也無可奈何，畢竟她們只是十幾歲的少女。

總而言之，以後要小心弗洛羅同學這號人物。這孩子會衝動行事，而且長年霸凌安娜，讓她的性格變得相當扭曲。為了保護安娜，我必須付出更多心力。

原以為我趕不上的岳母本想衝過來，看到我平安抵達後又回到原來的位置。而且，認定情況已經告一段落，岳母用扇子向我示意「我先回去了」、「這裡就交給你了」之後，就獨自往馬車停靠處走去。

利用扇子揮舞的動作表達心情的技法，是貴族女性經常在晚宴時使用的必備技能。

「非常抱歉，給你添了這麼大的麻煩。」

安娜向我深深鞠躬謝罪，我要她不必在意也無須道歉。

「我送妳到教會吧。」

為了引領安娜，我伸出手臂。現在可不能讓安娜落單。

然而安娜沒對我的引領做出回應，沒將手放上我的手臂，只是若有所思地低著頭。

「……我沒有這個資格。」

「妳在說什麼？妳是我的未婚妻吧？」

「……為了成為站在吉諾先生身邊也當之無愧的女性，我已經這麼努力了……可是……還是不行……老是給吉諾先生添麻——」

我將安娜擁入懷中。看到泫然欲泣的安娜，心中湧現出巨浪般洶湧的感情，讓我忍不住抱緊了她。安娜嚇得說不出話來。

「妳哪有給我添麻煩。」

「可是剛才！我讓吉諾先生面臨可能會被嚴重灼傷的危險，禮服也毀了——」「這不是安娜的錯，是我自願這麼做的。只是一心想要保護妳，才會擅自做出行動，我一點都不覺得麻煩。」

「……如果之後吉諾先生又因為我出了什麼意外——」

「就算真的發生了，也根本不是問題。保護未婚妻受的傷是男人的勳章，可以光明正大展示給大家看。」

「當、當然不能讓你留下燒傷的疤痕呀！如果我是更加堅強勇敢，不會給吉諾先生添麻煩的女人——」

「我再說一次，這是我個人的行為，妳完全不需要後悔和謝罪。即使如此，妳無論如何都想做點什麼的話，就對我露出笑容吧。不要因為後悔或反省而低落沮喪，懷著感激的心情笑一個。畢竟我這麼做的目的，就是想看見妳的笑容。」

懷中的安娜抬起頭與我四目相交，露出下一秒就要掉淚的表情，接著便推開我的胸膛從我懷中逃開了。

◆◆◆安娜史塔西亞視角◆◆◆

「我再說一次，這是我個人的行為，妳完全不需要後悔和謝罪。即使如此，妳無論如何都想做點什麼的話，就對我露出笑容吧。不要因為後悔或反省而低落沮喪，懷著感激的心情笑一個。畢竟我這麼做的目的，就是想看見妳的笑容。」

怎麼會有如此溫柔的人呢？明明受我牽連，面臨可能會失去美貌的危險，卻沒有將這一切歸咎於我。不僅如此，為了不讓我感到負擔，他還顧慮我的感受。我抬頭看向吉諾先生的臉，發現他用真誠又體貼的眼神望著我。

我努力忍住快要奪眶而出的淚水，因為我的眼淚會讓男性心生不悅。

吉諾先生對我這麼好，我卻絲毫沒顧慮他的立場，我也覺得自己是個討人厭的女人。

我強行掙脫吉諾先生的懷抱。

「我還是沒有資格。我是個狡猾的女人，始終不敢考慮吉諾先生的幸福問題。」

「嗯？我現在非常幸福啊？」

「……吉諾先生一定對女性的醜陋十分寬容，所以才願意接受我，讓醜陋的我留在你身邊。可是容許範圍內和第一理想型不一樣。就算要重新和更美麗的女性締結婚約，對吉諾先生來說應該也不難。」

「啊啊，妳被弗洛羅同學那些話影響了吧？可是安娜，妳誤會了。」

「誤會？」

「是啊。妳一點也不醜，妳很可愛。」

「……對我說這種話的男性只有吉諾先生而已。因為吉諾先生太溫柔了，才會顧慮我的心情，勉強自己找出我的優點。」

「我沒有勉強自己。安娜，妳真的很可愛。我說清楚一點好了。」

吉諾先生開始列舉我可愛的地方。

「──跳舞的時候，妳偷偷抬頭看我又別開眼神的樣子很可愛。發現花瓣上有蟲子時被嚇到的樣子很可愛。吃蜂蜜蛋糕時雀躍微笑的樣子很可愛。閉上眼享受茶香的樣子很可愛。看書時用大拇指翻動前面幾頁的樣子很可愛。低頭靦腆微笑時輕輕搖頭的樣子很可愛。還有——」

吉諾先生用盡全力向我說明，這些話聽起來好溫暖，讓我難忍盈滿眼眶的淚水。

聽了吉諾先生的說明我才發現，我所認為的「可愛」和吉諾先生述說的「可愛」完全不一樣……吉諾先生認為的「可愛」或許是另一種層面，跟美醜無關。原來每個人對於「可愛」的基準差別這麼大……不對，仔細想想，美醜的標準或許也是如此。美人有各式各樣的類型，人的喜好也各不相同。

美麗的人會受到眾人讚美，我卻被眾人評為醜陋。所以過去我總隱約認為我在所有人眼中都很醜陋，而且美麗有分階級，我只能排在最低階。

吉諾先生真心誠意地強調我很可愛，讓我的價值觀崩解了。他讓我知道美麗不存在絕對的序列高低。

……是呀。美麗、可愛、冶豔……看到女性產生好感的基準多不勝數，每一種都是個人的主觀。沒有統一性、理論性和客觀性，純粹是個人感想。

我總是盡可能避談外貌，也不願深刻探究自己的長相，只會一再逃避，所以至今都沒發現這一點。一切都怪我太過軟弱。

「——吃到酸的東西時微微皺眉的樣子也很可愛，還有——」

「可、可以了。」

我制止了吉諾先生。如果繼續聽他說這些無比柔情的話語，我會忍不住掉眼淚。

停止列舉後，吉諾先生將雙手放上我的肩膀。我被突如其來的碰觸嚇了一跳，忍不住抬頭望向吉諾先生。

充滿真摯光芒的紫色眼眸直盯著我的雙眼，彷彿要貫穿似的。那種帶著幾分懇求的強烈視線，也讓我的目光離不開那雙紫色眼睛。

「安娜，妳能不能別管其他人，只相信我說的話？我覺得妳好可愛。妳能不能相信這句話，覺得自己很可愛呢？我會不停地說，直到妳找回自信為止。不管幾千次、幾萬次還是幾百萬次，我都會對妳說：安娜，妳好可愛。」

我再也忍不下去了，眼淚滴滴答答地從臉頰滑落。

吉諾先生有些笨拙地露出擔心的神情，拿出手帕為我拭淚，卻讓我淚如泉湧，感動到說不出話來。那些充滿體諒的話語，還有碰觸臉頰的手帕觸感，全都太過溫柔了。

吉諾先生是第一個說看到我的眼淚不會心生不悅，還對哭泣的我如此溫柔的男性。

……所謂的美人，就是以個人價值觀評判時能獲得不少高評價的人吧。母親也是如此。正因為許多人見到母親就會產生好感，只要走出家門，她的美貌應該永遠都能得到來自他人的稱讚。

然而仔細想想，我根本不在乎多少人對我有好感。吉諾先生的主觀想法，以及這位無可挑剔的男性會如何看待我，對我來說才是最重要的。

原本如深根巨樹般強大的外貌自卑感，不知不覺已經從內心深處消失無蹤。吉諾先生那份無邊無際的溫柔，讓我的自卑感澈底消融。

這股自卑感或許還會捲土重來。

可是我不再擔心。
因為吉諾先生跟我約好了。
不管多少次，他都會稱讚我很可愛。

◆◆◆吉諾利烏斯視角◆◆◆

「……我相信……吉諾先生說的話……不管周遭其他人如何罵我醜陋……我也會覺得自己很可愛。」
安娜雖然淚流滿面，卻帶著笑容。
「這樣啊，謝謝妳。」
安娜一開始哭，我就著急起來。安娜說完「自己的眼淚會讓男性心生不悅」後，就再也說不出話了。無論我說什麼她都沒有回答，只是不停流著眼淚，讓我慌張極了。縱使我拚命安慰安娜，越安慰她的眼淚掉得越凶，讓我急得像熱鍋上的螞蟻。
可是終於！她終於又展露歡顏！又開口回話了！
我打從心底鬆一口氣，但下一秒，我又無比震驚。
沒想到！安娜居然緊緊抱住我！
雖然只是將手放在我的身體側面，算是較為拘謹的擁抱方式。

可是！安娜確實緊抱著我！

我感受到強烈的衝擊。什麼腦袋被鐵鎚砸中，還是五雷轟頂，都無法解釋這種震撼的感覺。前世的八十二年加上這一世的十七年，我已經活了將近一世紀之久。在如此漫長的人生中，這是我第一次被家人以外的女性緊緊擁抱，我的腦袋一片空白。

「……吉諾先生……我好喜歡你。」

唔！

宛如爆炸般的激動情緒瞬間衝上腦門。

「我也是！安娜！我愛妳！」

說完這句話，我便將安娜圈入懷中。在一世紀的漫長人生中，這是我第一次親口向女性示愛，沒想到自然而然就說出口了。無數情感在心中激盪翻騰，所以只要稍稍脫口而出就夠了。

用言語回應愛意後，懷裡的安娜抬頭凝視我的雙眼，我也再度望向安娜的眼眸。這股溫暖讓我確切感受到安娜在我懷裡，我們持續凝望著彼此，周遭的時間彷彿停止了。

感覺這個世界只剩下我和安娜，我再也看不見安娜以外的事物，也覺得安娜以外的世界沒有任何價值。

那一天，我們第一次親吻了彼此的雙脣。

第八章

母親的愛，女兒的心思

資格授予儀式隔天，岳母邀請安娜共進茶會，應該是想追問霸凌的事情。畢竟岳母當場目擊，已經發現安娜被霸凌了。

然而安娜似乎也有話想說，所以反過來邀請岳母共進茶會。我也被受邀參加這場茶會，所以現在才會在這裡。

茶水端上桌後，我們先簡單聊了一會兒輕鬆的話題，隨後岳母將人支開，僕人便離開房間並關上門。

「我聽巴爾巴利耶夫人說吉諾的禮服毀損了。安娜，這跟妳有關嗎？」

岳母切入主題。聽她詢問的方式，似乎想假裝自己從來沒有目擊過現場。

「……我今天就是為了談這件事，才會邀母親共進茶會。」

說完這句話，安娜就沉默不語，看來尚未下定決心坦承一切吧。這也難怪，要把自己被霸凌的事告訴父母，需要很大的勇氣。

我與安娜共進茶會時也會將人支開，只會將布麗琪留在室內，因為未婚男女不得在密室內單獨相處。今天因為岳母也在，所以房內一個僕人也沒有。

安娜始終沉默。岳母也用溫柔的眼神看著安娜，沒有催促她繼續說下去，只是靜靜地等著她。我這個第三者也安靜地在一旁觀看。名為「黝輝」的第十八會客室豪華又寬敞，只有水時鐘清涼的水滴聲在室內迴蕩。桌上擺放的花瓶裡插了幾枝紅色精靈花，也靜靜地在我們周遭散發出微弱的香甜氣息。

安娜放在膝上的手握得死緊，於是我伸手握住安娜的手。我能做的只有這些。安娜看著我微微一笑，隨後又做了幾次大大的深呼吸，才終於開口細說。

她先從最近自己的私人用品遭到破壞一事說起，接著再提到以前被欺負的事，以及我為了保護她被清掃用的石灰溶液潑灑的事。

岳母靜靜聆聽，臉上帶著混雜了憤怒與悲傷的複雜神情。

「為什麼不早點告訴我呢？我或許是個靠不住的母親，但至少可以給我一點機會，讓我為妳盡力做點什麼。」

「真的很抱歉。」

說完這句話，安娜又陷入沉默，不打算繼續辯解。安娜感到自責時經常會出現這種態度，岳母一臉哀戚地凝視著她。

然而我覺得安娜表達得還不夠充分。雖然我不想發表太多意見，至少可以幫她們化解誤會。

「岳母，安娜是考慮到您的心情才沒說出口。」

「什麼意思？」

「安娜之所以一直沒告訴岳母，是因為她把自己被霸凌的原因歸咎於長相。假如知道女兒因為長相而遭到霸凌，她認為生下自己的岳母一定會很傷心。所以為了保護岳母，安娜才會選擇獨自隱忍。」

岳母的眼神開始動搖。

「我以前的想法確實就像吉諾先生說的那樣……但現在不一樣了……我總是給吉諾先生添麻煩……所以我開始思考自己哪裡出了問題，又該怎麼做才好。結果我才發現自己誤會了。」

「誤會？什麼意思？」

「……小時候聽到別人批評我的長相時，我都會哭著回家，看到這樣的我，母親總是傷心難過。所以一直以來，我都以為是自己的長相讓母親難過。可是我現在才發現……如果當時我沒有哭著回家，而是勇敢反擊讓對方哭著回家的話，母親就不會傷心，而是會狠狠責罵我吧。」

說到這裡，安娜閉上雙眼。她似乎還沒整理好心情，所以沒能馬上接著說下去。

「母親真正難過的理由，是因為我只會哭著跑回家……我終於發現這一切都源自於我的軟弱。假如我能堅強到讓母親和吉諾先生都感到驕傲，母親就不會悲傷，我也不會給吉諾先生添麻煩了……如今我是這麼想的。」

「安娜……妳……」

岳母說到一半就泣不成聲，眼淚哽在她的喉間。

為了不傷害岳母，安娜選擇獨自承受霸凌的痛苦。而且就算痛苦難忍，也完全不怪罪岳母，而是把所有責任扛下來，決定要為了以岳母為首的那些重要之人變得更強。

得知實情後，岳母會受到多大的打擊啊。

前世我也因為長相遭受欺凌，當時我只會埋怨自己倒楣生了這張醜陋的臉，憎恨欺負我的人，對母親充滿怨言。

安娜則不一樣。為了不讓旁人因自己的容貌受到傷害，她絞盡腦汁，並像這樣找出答案改變自己。明明是自己受罪，卻還是顧慮旁人的心情。

多麼清高又溫柔的女性啊。簡直無可挑剔，我這種人根本配不上她。

「……我真的、真的、太沒用了……讓母親受盡傷害，還給吉諾先生添這麼多麻煩，到現在才終於發現這件事……我一直、放棄去思考……」

安娜低著頭，再次淚如雨下。

「……不對……不對……安娜……不是這樣……」

看著兩人含淚相擁的畫面，我判斷自己不該留在現場，便悄悄離開房間。

◆◆◆

「吉諾，你猜的沒錯。」

岳母在名為「乳白水晶」的第十一會客室這麼說。此刻我正在和岳母共進茶會。

為了將來給弗洛羅集團定罪，我收集了至今為止的霸凌證據，讓那些被我收買的千金小姐們寫日記也是這個用意。安娜向岳母坦承霸凌實情後，我便將收集到的證據偷偷交給岳母。

安娜毫不知情。她不知道弗洛羅同學威脅下級貴族欺負自己，不知道我收買了那些女同學，也不知道岳母拿到了這些霸凌證據。

假如知道弗洛羅同學為了欺負自己威脅那些無辜的人，安娜一定會很難過，所以我才沒告訴她。我要等到一切塵埃落定，安娜不再需要苦惱之後再說出口。

交出證據時，我將自己的想法告訴岳母。

特級班幾乎都是上級貴族，倒垃圾的工作不是學生而是由僕人負責。因為大部分的工作都是僕人處理，所以特級班周遭有很多僕人來來去去。儘管如此，學園竟對安娜私人用品遭到破壞一事毫不知情。明明發生過好幾次，卻沒有任何人目擊過，明顯很不自然。

確認細黃胡蜂的攝影紀錄時，我發現每次只要鄰近作案時間，所有僕人都會同時離開教室，由此可見主嫌是控管僕人之後才對安娜進行霸凌。學園僕人由弗洛羅家所派遣，所以弗洛羅同學有能力控制僕人。

那些被弗洛羅同學當成棋子的女學生們接獲命令，必須要事前報告各自的預計作案時間。要將僕人支開，就必須事先得知作案時間，這讓她控管僕人的嫌疑越來越大。

然而，控管僕人真的只是弗洛羅同學一人所為嗎？

向岳母打聽後，才知道他們在初等科三年級以前曾經接到學園的霸凌報告，之後就再無消息。但從安娜口中聽到的狀況是，雖然程度有大有小，她從初等科就一直被霸凌到現在。儘管安娜沒把最近那些小惡作劇當成霸凌，在我看來卻是讓人非常不舒服的霸凌。可見弗洛羅同學是從初等科三年級時才開始控管僕人。

對僕人來說，主人並非弗洛羅同學，而是弗洛羅侯爵。威脅僕人進行不在原先業務範圍內的工作，就表示要讓他們放棄弗洛羅侯爵指派的工作。難道弗洛羅同學能強制這些僕人放棄職務這麼長一段時間嗎？更何況安娜就讀初等科的時候，弗洛羅同學也是年幼的孩子，我實在不認為她能做出這些事。

我得出的結論，就是霸凌安娜這件事也跟弗洛羅侯爵有關係。不久前將證據交給岳母時，我把這個想法告訴她。

『因為弗洛羅家會把每個人的來歷查得一清二楚，所以我們不會派密探潛入學園，但或許真是如此吧。』

岳母這麼說，並答應介入調查，而調查結果報告就是岳母剛剛說的那句話。果然如我所料，弗洛羅整個家族都跟霸凌事件有關。

「我去了學園一趟，請校方讓我查看僕人的舉發報告。過去明明持續有人上報安娜被霸凌的狀況，但在初等科三年級的某段時期以後，報告書就驟減許多。」

如果目睹霸凌或暴力現場，學園僕人必須寫報告書提交給僕人管理者，岳母調閱的就是這些報告書。畢竟其中可能有霸凌證據，校方似乎也二話不說允許岳母調閱。

「報告書上的『僕人管理者描述始末欄位』也一樣。在報告書驟減之前，每次都會寫上『此事重大，須上報學園理事會』，但在報告書驟減後就變成『此事無須上報』，統統被處理掉了。不知情的僕人偶然目擊的少數報告，似乎也都被僕人管理者擱置不理。因為無人上報，學園也無從得知，就不會跟我們家聯絡了。」

霸凌從初等科一年級開始。之所以在三年級途中忽然停止上報，恐怕是因為一開始的霸凌只是孩子們自發性的行為吧。他們在初等科三年級途中才想到這種濫用方式。

「他們的目的到底是什麼呢？」

「只要在童年時期被灌輸上下關係，長大後這股意識便難以根除，容易將對方的要求全盤接受的樣子。」

我也有過這種經歷。我曾在前世的同學會見到當年欺負我的那些人，明明大家都出社會了，不可能再發生拳腳糾紛，然而光是看到他們的臉，我的背上就不自覺狂冒冷汗。心中湧現出強烈的恐懼感，忍不住想避免和他們起衝突。

然後，這些人的盤算十分正確。公爵和岳母都很寵安娜，當然我也一樣。只要能讓安娜言聽計從，就等於支配了這個握有極大權力的家族。

「我派密探去蒐證了，除了弗洛羅家以外，賈斯特紐家和拜茲家也牽涉其中。」

一問之下才知道，賽文森瓦茲家的密探甚至在弗洛羅家的金庫中找到了備忘錄。有別於當時擔心和弗洛羅家關係惡化才刻意不派密探進學園，現在岳母已經作好被發現時關係惡化的心理準備，卯足全力蒐證調查。

「不好意思，看你的表情似乎很想參加這場報復行動，但我已經全都處理完了。吉諾，你沒機會出場了。」

「已經處理好了嗎？」

「是呀。那些人盯上我們家，目標竟然不是我或老公，而是安娜。身為那孩子的母親，必須讓他們付點代價吧？」

看到岳母「唔呵呵」微笑的模樣，我的背脊竄過一股惡寒。

以美貌出名的岳母若要歸類的話，應該是楚楚可憐的溫婉美人。不愧是連笑的方式都受到嚴苛教育的王室出身，岳母的笑容也是優美而文雅。

不過本該帶著溫柔的雙眼，不知為何就像捕獲獵物的猛禽類。本該優美的微笑，宛如地獄獄卒那種凶惡無比的笑容。

「……那些人也不傻，應該也做好事情曝光後的準備了。」

他們應該會請王家介入仲裁吧。話雖如此，他們也不可能拜託國王陛下。賽文森瓦茲家是陛下最大的後盾，陛下不會愚蠢到接下這種必須和後盾對立的仲裁工作。王子殿下也不可能，他的地盤勢力依然薄弱，不足以牽制這個家族。

我猜他們會找王太后殿下、王妃殿下和側妃殿下三人。主要目標應該還是王太后殿下吧，畢竟只有王太后殿下有辦法制止這個家族發起的攻擊。他們應該還會拜託剩下那兩個人輔佐王太后殿下。

「來個政治隨堂考吧。為了讓王太后殿下出面仲裁，你覺得弗洛羅侯爵他們會怎麼做？」

「就算直接向本人提出請求，王太后殿下也會以岳母這個親女兒為優先。我猜他們會找上王太后殿下的娘家史萊托利，透過親屬去說服她吧。」

「沒錯。為了說動史萊托利家，他們會怎麼做？」

「那個家族雖然地位崇高，資產規模卻不大。我猜會提供資金援助吧。」

「那麼我們該如何阻止他們的計畫？」

「……可以提供比那些人更高額的資金援助。」

「只答對一半，但你的政治觀念挺優秀的。」

看岳母露出心滿意足的笑容，可見她在稱讚我吧。

「準備對方想要的東西是最簡單的方法。史萊托利家現在最想要的不是資金，而是事業。」

「史萊托利家？想要事業嗎？」

大約在一百多年前，絕大多數的貴族都看不起商業，並視為「低劣卑俗之事」。在這一百年間發生了很大的變化。

不經營事業的貴族，主要收入為領地農作物的課徵稅金，換句話說就是以農業為主的收入。然而工業或服務業的生產性遠高於農業，經營事業的貴族，經濟能力也大幅成長。而財力就是權力，看到經營事業的貴族權勢漸增，過去輕蔑商業的那些貴族也不肯服輸，紛紛投入事業經營。

如今貴族經營事業已是理所當然，未經手事業的貴族少之又少，史萊托利家就是這些僅存的古風貴族之一。因為領地有肥沃的穀倉地帶，這個家族才能不靠事業走到今天。

「沒錯。史萊托利家也知道繼續裹足不前只會走向衰敗，雖然想開展事業，卻不容許失敗，所以還在慎重考慮中。」

居然能掌握到這種情報，真不愧是岳母。

因為過去不斷發表輕蔑商業的言論，所以才不容許失敗吧。一旦失敗，可能就會招來「那個家族之所以否定事業，是因為自己沒有經營的本事」的恥笑評論。貴族相當看重名譽，如果淪為眾人笑柄，門下貴族就會大發雷霆，導致家門陷入混亂。

「所以啊，我們要提供絕對不會失敗的事業，其他王族也比照辦理。少了王家的仲裁後，報復計畫就不會出現干擾了。」

岳母帶著極為優雅高尚，卻讓人背脊發涼的笑容說。

◆◆◆

我和安娜來到學園時，發現公布欄上貼出退學名單。名單內容就是弗洛羅同學她們。由於證據充分，處分很快就下來了。學園是培育在王宮任職的人才，王宮也不歡迎和這種陰險小人共事，所以會馬上讓霸凌者退學。

弗洛羅集團確實是受到家族指示霸凌安娜，實際卻不只如此。這是因為缺乏家族合作而被僕人寫進報告書的霸凌也層出不窮。她們把安娜當成霸凌目標，一方面也是為了擴大派系，而家族包庇時往往會疏忽這些自主性的霸凌。由於她們也會主動欺負安娜，根本沒有同情的餘地。

可是安娜看著公布欄時，表情卻有些陰鬱。

「如果我用更妥善的方式應對，拉拉雅同學她們就不用離開學園了吧……」

「妳不恨她們嗎？過去妳一直被她們欺負吧？」

「把吉諾先生也牽扯進來的那件事當然不能原諒，但她們對我做的其他事，我早就不放在心上，絕大部分都消化掉了。」

「這是能原諒的事情嗎？妳是怎麼原諒她們的？」

「雖然不知道能不能稱之為『原諒』，我不會一直將那些事擱在心裡。只要每天面對心中那些負面情緒慢慢削弱，一年後、五年後，就不會受這些情緒束縛了。」

太驚人了！安娜居然能消化負面情緒！

要我別把往事擱在心裡，我根本做不到。經歷了這麼漫長的人生，我頂多只能將醜惡的情緒掩蓋不提，僅此而已。由於漆黑無比的憎惡依然殘存心底，偶爾還是會不小心洩漏出來。

「每當像這樣慢慢消化負面情緒，人心就會變得越來越寬容。騎士每日揮劍練習可以讓手臂變得粗壯，心靈也是一樣的道理。只要好好鍛鍊，心靈也會越來越堅強。」

因為有前世的經驗，我才能理解這番話的道理。遭受不合理的待遇時，我會熬過憤怒的情緒接受現實，自行找出該反省的部分，讓自己心服口服後，我的個性也漸漸變得寬容。

然而前世我在邁入中年後才發現這一點，安娜在這個年紀就已經參透這個道理。遭受不合理的待遇時，她會比我更勇於面對吧。

「人類並不是神，世上也沒有絕對完美的存在。因為每個人都有缺點，長時間相處下來當然會有看不順眼的時候。面對任何人都是如此，所以人才要學會原諒，因為人就是活在這個不存在完美的世界裡。」

安娜露出靦腆的笑容，讓我不禁看得出神。她的笑容閃閃動人，彷彿透露出內在富含的溫柔體貼。

安娜的思想比我想像中還要成熟，可見她花了不少時間思考「原諒他人」這個議題吧。

安娜和前世的我所處的環境不一樣。前世的我只要從學校畢業就不會再見到欺負我的人，但安娜和我不一樣，畢業後還得在社交界跟那些霸凌者見面。在這種嚴苛的環境下，她不得不認真思考「原諒」的議題。她那彷彿從未嘗過辛酸的溫婉笑容，背後卻經歷了無比艱辛的苦難。

有了前世的人生經驗，我的精神年齡比安娜成熟許多。過去我總認為自己應該以成年人的身分站在安娜的監護人立場，這種想法實在太自大了。有辦法消化負面情緒，不，能將心靈昇華成寬廣胸襟的安娜，遠比我穩重許多。

不過我也十分慶幸。當時我想幫助安娜卻被岳母阻止時，我才察覺到自己的心情。我不想成為安娜的監護人，而是能陪在她身邊的伴侶。我不想只是站在遠方默默守護，而是想與她並肩同行，在她身邊呵護她。

如果安娜比我更加成熟，我就不必逼自己成為非意願的監護人，可以毫無顧慮地與安娜並肩同行了。

察覺到這件事後，我忽然愣住了。

每次傷心難過時，安娜就會讓心靈繼續成長，而且成長速度相當驚人。她原本就是完美出色的女性，但明明才十七歲，就已經比我還要成熟穩重。如果以後她仍堅持不懈地打磨心靈，使其昇華成更加美麗的狀態，那麼十年後的安娜將會變成多麼令人驚豔的女性啊……

十年後的我，還有資格站在安娜身邊嗎……

為了在十年後、二十年後或更久以後都能陪在安娜身邊，我也必須磨練自己。先從最不拿手的和女性對話開始吧，往後我也得積極挑戰才行。

「我聽說了，真是一場災難呢。」

「妳終於開口頂撞她們了，幹得好。」

一走進教室，安索尼和賈斯汀就來找安娜搭話。教室裡到處都在持續談論班上有人被退學的話題。

「妳終於勇敢反擊了，真是大快人心。雖然妳說會獨自面對霸凌，妳真的言出必行，真不愧是我的朋友。」

拜隆同學說得像自己的事一樣開心。安娜之前會找拜隆同學商量霸凌的事情，我能理解她想找女孩子討論的心情，但她沒找我商量，還是讓我覺得十分落寞。

「我也發現過好幾次，但因為我不能插嘴，所以看到妳勇敢反擊，我真的很開心。」

安索尼這些武門貴族之所以不想和霸凌扯上關係，是因為他們接受的教育。

騎士的主要任務就是護衛，經常會隨侍在主君或其家人身邊。他們必須無時無刻在身邊護衛，所以也會碰巧遇到主君家人們的紛爭。

比如主君和妻子發生爭吵，如果騎士為某一方說話，那個騎士就會被當成主君派或夫人派。只有一個人參戰還算好，如果正好在場的所有護衛都選邊站，夫妻吵架就會演變成家臣團分裂的家族內訌了。

為了不像這樣助長家門失和，騎士總被父母教育「不能干涉他人的爭執，發生暴力才能上前阻止」。因為從小就被灌輸這種觀念，所以武門貴族遇到他人爭執通常只會旁觀，這就是他們的正義。

「安娜史塔西亞同學，妳變得跟以前很不一樣呢。頂撞弗洛羅同學她們也是，但現在妳在辯論課會積極發言，分組討論時也會主動扛下責任較重的工作。妳最近怎麼啦？」

安索尼詢問安娜。

「……那是因為……那個……」

安娜瞥了我一眼，就滿臉通紅地低下頭去。安索尼也一臉愉悅地觀察安娜的反應。

「原來如此，妳想讓未婚夫看到自己的優點吧？」

「我哪有、什麼優點……只是……至少在性格方面，我不想比吉諾先生遜色……」

什麼！安娜最近這麼努力，難道！都是為了我嗎！

「不對！安娜！遜色的是我才對！妳可是耀眼奪目，全世界最棒的女性啊！」

「你真的還是老樣子耶。」

賈斯汀這麼說著並哈哈大笑，班上的女學生尖叫連連。

我又衝動了。安娜說出這麼堅定又可愛的話，讓我失去理智，忍不住將她緊擁入懷。我最近的煩惱，就是安娜太可愛了。

◆◆◆

弗洛羅家被拔除學園僕人的管理業務了。畢竟掩蓋霸凌實情，這也是理所當然的。

除了學園以外，在岳母的安排下，弗洛羅家的人才派遣業客戶也陸續流失。失去工作後，弗洛羅家也無法繼續僱用勞工，只能逼不得已大幅裁員。

那些被解僱的勞工，獲得王太后殿下的娘家史萊托利家再次僱用。史萊托利家開始經營的就是人才派遣業。史萊托利家陸續接收弗洛羅家流失的客戶，再將原本弗洛羅家的勞工和賽文森瓦茲家援助的人才派遣給這些客戶。現在學園僕人的派遣也由史萊托利家負責。

賽文森瓦茲家領地內也有經營人才派遣業。在經營上軌道之前，賽文森瓦茲家都會派負責人監督史萊托利家的事業。這樣即使是經營外行人也不會失敗。

一邊奪取弗洛羅家的事業，一邊將奪取的事業提供給史萊托利家，岳母就是這樣同時進行制裁與事業提供的雙面手段。而且不必割讓手上的事業，所以賽文森瓦茲家負擔的費用也微乎其微，真是出色的謀略。

送給側妃殿下的禮物則是巨大煉鐵廠。在賽文森瓦茲家的主導下，在她的娘家盧夫領地建造了一座煉鐵廠。該領地經濟基礎薄弱，有這種稅收急增的發財機會從天而降，對方也十分欣喜。

另一方面，這相當於對以煉鐵出名的賈斯特紐領地宣判死刑。賽文森瓦茲家在鐵礦流通市場握有極大影響力，為了不讓鋼鐵供應鏈出問題，賽文森瓦茲家還是會暫時提供鐵礦，一旦巨大煉鐵廠正式啟用，可想而知賈斯特紐家真的會面臨彈盡糧絕的窘境。這也是同時進行制裁與送禮的雙面手段，而且還考慮到國內的鋼鐵供應鏈，真的相當高明。

不只這兩家而已。牽涉到安娜霸凌的其他家族下場也都十分悲慘。

乍看之下會以為賽文森瓦茲家是為了不讓王家妨害制裁才百般討好，其實不然。

史萊托利家暫時將經營權交給賽文森瓦茲家，這段期間採用的幹部候補，其實絕大多數都是賽文森瓦茲旗下的人。在史萊托利家得以獨自經營後，這些人也會繼續留下來，成為事業的中心人物。

巨大煉鐵廠也一樣。盧夫家可能以為那些有力平民是礙於賽文森瓦茲家的壓力才答應共同出資，其實是賽文森瓦茲家出資給平民，岳母再用契約和借款綁住他們。只要一有事情，這些形同傀儡的平民馬上就會對盧夫家舉旗造反吧。

不是單純討好王家而已。岳母讓外界產生這種錯覺，同時偷偷安排許多屬下潛入其他家族，默默拓展勢力。這種謀略——名為「埋伏之毒」。

我對岳母的謀略佩服得五體投地。看似溫柔守護的無害外表之下，性格卻截然不同。

賽文森瓦茲家該提防的王族有三人。王太后殿下的娘家得到了人才派遣事業，側妃殿下的娘家得到了巨大煉鐵廠，但王妃殿下只是多拿了一點化妝品的配額而已。面對岳母提出的優渥條件，王妃殿下並沒有立刻上鉤，可見她也是個聰明人。

◆◆◆

我得到了或許能讓安娜解咒的藥物情報。

「萬靈藥」——似乎是一種能治百病的藥，在世界各地都有類似的傳說。

如果前世聽到傳說中的神藥，我可能只會一笑置之，但這個世界有舊世界遺跡存在，而且遺跡中還發現了人稱「遺物魔道具」的神奇魔道具。

遺物魔道具相當貴重。如果將遺物魔道具進貢給王家，就算是農家的三男也能獲得封爵晉升貴族。歷史上也確實記載了幾名案例。

既然在官方史實中留下紀錄，就表示神奇魔道具確實存在，就算世上真有能治百病的神藥也不足為奇。

為了調查可能會有「萬靈藥」的未發掘舊世界遺跡，我現在正在賽文森瓦茲家圖書館查詢舊世界遺跡。

遺物魔道具雖然會帶來地位與名譽，世界上仍殘留許多未發掘的舊世界遺跡。這是因為遺跡附近有凶猛魔物棲息，所以無法發掘。這個世界的人類尚未支配地面上的一切，仍有大範圍由魔物支配，人類無法擅闖的領域。

蒐集舊世界遺跡的資料時，我想起前世的遊戲。遊戲中都會在地下城配置寶箱和凶猛魔物。明明舊世界遺跡內藏有遺物魔道具，卻因為凶猛魔物存在無法靠近，簡直跟前世的遊戲沒兩樣。

遊戲中的地下城之所以會配置怪獸和寶箱，是因為遊戲製作者故意設計，這個世界卻不然。沒有魔物或是只有弱小魔物棲息的地點已經全數發掘，只有發掘困難的遺跡殘留至今。

翻閱資料後，我發現幾乎所有舊世界遺跡都位於地底下。每個遺跡都是分成好幾層的地下設施，冒險者們會一層一層往下探索。越來越有遊戲的感覺了。

只是這個世界不像遊戲那樣，會在初始村莊到最終頭目所在地的這條路上隨機配置地下城。這個世界的未發掘舊世界遺跡都位於魔物領域，也就是非人類生存圈。話雖如此，也並非只在國境之外。國境之外當然也有魔物領域，但國內四處都有非人類生存圈，比如這份資料上的鬼王之森就是如此。這片森林位於這個國家的正中央，有許多魔物棲息，也有未發掘的舊世界遺跡。

根據資料記載，鬼王之森的生還成功率僅有百分之五。所謂的生還成功率，就是騎士團或冒險者隊伍挑戰遺跡後生還的機率，只有一人生還也行。既然是百分之五，就表示冒險者們挑戰了一百次，但九十五次都無人生還，危險程度相當驚人。

然而此處被我列入了有力候補名單。畢竟距離不遠，百分之五也算安全。

「哎呀，吉諾先生，你在圖書館啊？」

我正好在書架前尋找新資料時，安娜開口喊了我一聲。安娜一看到我就雀躍地跑到我身邊，真的好可愛，好像小狗狗。

「你在找什麼呢？」

「啊啊，我在想那些可以觀光的舊世界遺跡裡面有些什麼。」

貴族非常重視誠信，就算會隱瞞或敷衍，也會努力讓自己不說謊。所以為了不構成謊言，我刻意選擇了迂迴的說法。就算要斬殺魔物，只要我在遺跡內部邊走邊看，應該也算得上是「觀光」。雖說如此，由於對象是安娜，這種宛如欺騙的行為讓我有些內疚。

「安娜，妳來這裡找什麼書？」

「我啊，想找找有沒有解說黎貝王國刺繡技法的文獻。」

安娜開始聊起自己要找的書。總之她對遺跡不感興趣，讓我鬆了一口氣。

若安娜發現我要去未發掘的舊世界遺跡，她一定會阻止我。如果安娜苦苦哀求，我沒有自信能狠狠拒絕。倘若她傷心落淚，我應該會對她言聽計從。為了得到萬靈藥，為了安娜的幸福，絕對不能被她發現。

找到資料後，安娜馬上就要回學園了。我今天不必去學園，於是將安娜送到玄關口。

「說到舊世界遺跡，我很想親眼看看『希絲莉威鐘』呢。」

我將安娜引領至玄關大廳的途中，安娜說了這句話。

「希絲莉威鐘？是指幸運女神露托娜拿的鐘嗎？」

「是呀。那座巨塔高度超過三百公尺，外型是仿造露托娜女神手持的希絲莉威鐘。因為已經發掘完畢了，現在變成了觀光景點。據說在巨塔前向露托娜女神祈求，就會有好運降臨喔。」

變成觀光景點的遺跡相當罕見，而且還是如此巨大的奇妙建築物。我應該會有所耳聞才對，卻從來沒聽說過。

「你沒聽過也很正常，畢竟那座遺跡位在黎貝王國的康托爾地區。」

黎貝王國啊？不但跟這個國家沒有邦交，距離又很遙遠。居然連那種國家的遺跡都知道，真不愧是安娜，知識量真的很豐富。

送安娜出門後，我回到圖書館查詢「希絲莉威鐘」的資料。已經被發掘過了，又位在遠方，如果此行的目的是尋找萬靈藥，那就不在我的考慮範圍之內。不過安娜說想親眼看看，那我無論如何都想帶她去一趟，難以壓抑這股澎湃的心情。

我找到一本介紹觀光景點舊世界遺跡的書，正好是用這個國家的語言寫的。我拿起書在附近的椅子坐下。

「唔！這是！」

我太過驚訝，忍不住站了起來。打開的書頁上配有「希絲莉威鐘」的插圖，應該是由擅長繪畫的騎士所描繪，風格相當寫實，就像照片一樣。

我知道！這座建築物！這不就是！

晴空塔的上層部分嗎！

怎麼回事？難道這裡是前世世界的未來嗎？

我又翻看其他舊世界遺跡的頁面。有別於只有文字描述的未發掘舊世界遺跡，這本書都配上了插圖。若是連生還都有困難的地方，根本沒辦法慢慢打草稿，可是如果安全到足以成為觀光景點，就能寫實描摹了吧。

翻到介紹「雙子塔」的頁面時，我又停下翻頁的動作。

這個我也有印象！不就是都廳廳舍的上層部分嗎！

這個國家和鄰近國家都沒有變成觀光景點的舊世界遺跡。就算早已發掘，也都位在眾多魔物棲息的危險地帶，正常來說根本沒辦法觀光。這是我第一次看到舊世界遺跡的插圖。初次見識的舊世界遺跡，全都酷似前世的高層建築物。

我重重坐回椅子，全身癱在椅背上眺望天花板陷入沉思。難道這裡不是異世界，而是未來的世界嗎？

……不對，現在下結論還太早了。我對建築物的外型記得不是非常清楚，只是舊世界遺跡跟

前世被稱為大樓高塔的建築物非常相似而已，還需要繼續查證。

儘管我想確認遺物魔道具，這並不是件容易的事。在遺物當中，目前還能當成魔道具使用的物品才會被稱為遺物魔道具，而且基本上都是王家或上級貴族的國寶或傳家之寶。由於有遭竊的風險，別說是展示給外人看了，連隨口提及都是嚴重違反禮儀的行為。

然而如果只是「遺物」，去博物館就能看到許多展示品。所謂的「遺物」，就是舊世界遺物中無法再當成魔道具使用的物品，價格不如遺物魔道具昂貴，所以會當成博物館展示品，也會當成學者的研究材料。

安東魯尼領地沒有博物館，但是王都有。因為工作繁忙，來到王都後我從來沒去過博物館，可是現在似乎非去不可了。

後記

大家好，我是新天新地，非常感謝您購買這本書。

創作這部作品之前，我看了《象人》和《鐘樓怪人》兩部電影。一部是澈澈底底的悲劇，另一部的結尾也算不上喜劇收場。

看完後我心想：為什麼會是這種結局呢？劇情走向可以再溫暖一點，讓主角得到幸福啊？於是我便著手寫下這部作品。

至少在故事裡，我想讓主角們得到美好的結局，所以這部作品一定是喜劇收場。就算中途會歷經磨難，最後一定會是完美大結局，請各位放心閱讀。

我帶著這股動機在「成為小說家吧」網站上投稿這部作品，多虧各位的支持才有機會出版成書。這部作品完結時，「成為小說家吧」的點數只有兩百左右，如今已經成長到三十三萬點，還拿下各類排行榜冠軍。各位讀者的支持化為實際成果，沒有你們的支持，這部作品根本無法成書，真的很感謝大家。

網路連載版跟書籍版的內容有些差異。

其實在網路連載時，我已經從最初構思的劇情中刪去了將近一半的情節。將原先的劇情刪減成約一本文庫本的文字量，讓大家可以簡單輕鬆地閱讀。

另一方面，書籍版則是以未精簡的原版劇情為主，所以劇情比網路連載版多了好幾倍。雖然字數遠超出文庫本的程度，應該能看得更加投入。

至於這一集的主要追加劇情，是額外加筆三萬字以上的學園篇、吉諾與布麗琪的雙人之旅，以及賽文森瓦茲領地等描寫。此外還追加了吉諾為安娜採集黑冰花、和安娜一起欣賞白紫雙星花、在王都賽文森瓦茲家的圖書館和刺繡室，以及吉諾在安東魯尼家的描寫等劇情。故事也是從吉諾以商人身分活動的場景開場。

就算是看過網路連載版的讀者，也有很多從未讀過的劇情，一定能讓各位看得盡興。

本書的插畫家是とき間老師。這部作品很難以繪圖方式呈現，您卻畫出如此出色的插圖。我想將故事營造出優雅又美麗的氛圍，您的插圖跟這部作品的感覺實在太契合了。

畢竟是難得的後記篇幅，我想聊點故事中沒提到的隱藏設定。這次就聊聊吉諾的老家——安東魯尼家吧。

雖然原先是騎士世家，因為功勳顯赫獲賜領地，就不再提劍作戰，變成單純經營領地的貴族。家紋是「繩結與雙劍」。由於獲賜領地時安東魯尼家還是使用雙劍的騎士世家，便留下這個雙劍象徵，如今已經連個影子都沒有。雙劍技術失傳，吉諾一家沒有人會使用雙劍。

因為有騎士血脈，吉諾的父親托爾庫特也是精壯身材，身高一百八十二公分，在這個世界算是普通。吉諾十六歲時就已經有一百八十四公分的高挑身材，而且身形修長，這點遺傳自母親。

受到身材好的母親影響，除了吉諾之外，薇薇安娜的身形也是修長又纖細。她有一百七十四公分，足足比安娜高了十公分以上。儘管長男戴比特也很高挑，由於受到父親的影響，所以不像吉諾，身材較為壯碩。次男凱文和三男亞修則跟父親一模一樣，身高普通，身材精壯。

戴比哥哥——也就是大哥戴比特現在單身。早前曾有過婚約，但也是純粹的策略婚姻。他和對方女性從來沒見過面，這場婚事就因為策略因素宣告破局。雖然在這個世界算是相對高齡的單身漢，貴族多以策略婚姻為主流，相差十歲的年齡差婚姻也不算稀奇，所以他一點都不心急。

二哥凱文和三哥亞修在故事一開始還沒訂婚。這兩人跟吉諾一樣無法繼承爵位，再繼續下去也只能走入平民，所以始終沒人願意嫁給這種前途迷茫的人。為了獲得騎士封爵避免淪為平民，兩人都加入了騎士團，每天都過得水深火熱。

薇薇安娜已經訂婚了。她在候補對象中挑了個最帥的男性瘋狂追求，好不容易才訂下婚約。不過對方家教十分嚴苛，性格奔放的薇薇安娜被對方的嚴格家風折磨得十分痛苦，還曾經因為穿著裙子爬樹被未婚夫一家人看見，搞得婚事差點破局。

而且，沒想到！這部作品居然被改編成漫畫了！我太驚訝了！可以看到吉諾和安娜用豐富表情說話的樣子，實在太感動了！

漫畫家是風守いなぎ老師。這位老師不只畫技高超，還能確實感受到他的實力，真的非常厲害。目前已經在「少年Ace plus」網站上連載，請各位務必欣賞！

原版劇情雖然在網路連載之前就已經構思好，確定成書之後，我又花了一年半的時間改稿，改了好幾十次，直到上市前書籍排版都定案了，我還在改。雖然給各位相關人士添了很大的麻煩，我也因此寫出自己能夠接受的作品，請各位務必欣賞。

希望看過這部作品的人都能擁有善良的心，這就是我的心願。

第二集預計會在春天出版（註：此為日本的發售情形），希望各位屆時還願意陪伴這部作品。

聖女魔力無所不能 1~9 待續

Kadokawa Fantastic Novels

作者：橘由華　插畫：珠梨やすゆき

聖的首次異世界海外旅行，
是充滿中華風色彩的迦德拉！

聖和艾爾柏特訂下婚約，享受幸福的滋味。同時聖聽說以第一王子凱爾為大使的迦德拉使節團中，出現因神祕疾病而昏倒的人。由於無法置之不理，聖決定前往迦德拉！然而前來迎接的凱爾表示所有人都安然無恙，而且港口還關閉了，彷彿在阻止他們回去！

各 NT$200~230/HK$67~77

八男？別鬧了！ 1~19 待續

作者：Y.A　插畫：藤ちょこ

Kadokawa Fantastic Novels

威爾遠赴邊境欲支援與魔族之國的對戰
卻被魔族媒體採訪並與魔王接觸！

以巨大魔導飛行船琳蓋亞失去音訊，西方海域出現魔族之國的魔導飛行船艦隊等事件為開端，威爾等人去邊境欲支援，情況卻陷入膠著。後來威爾意外接受來自魔族媒體的採訪，還與「魔王」接觸！為您送上來到魔族之國這個全新舞臺的第十九集！

各 **NT$180~250/HK$55~83**

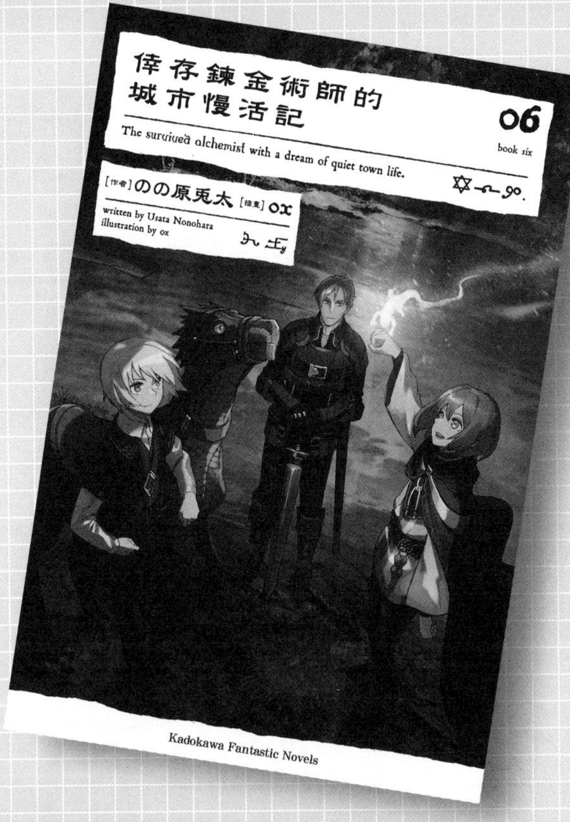

倖存錬金術師的城市慢活記 1~6 完

Kadokawa Fantastic Novels

作者：のの原兎太　插畫：ox

這是居住在魔森林的精靈與魔物，
以及人類之間的故事。

對吉克蒙德失去信任的瑪莉艾拉從「枝陽」離家出走。就像是要「回老家」似的，瑪莉艾拉為了尋找師父芙蕾琪嘉，與火蠑螈及「黑鐵運輸隊」一同前往「魔森林」。然而……

各 **NT$260~300/HK$87~98**

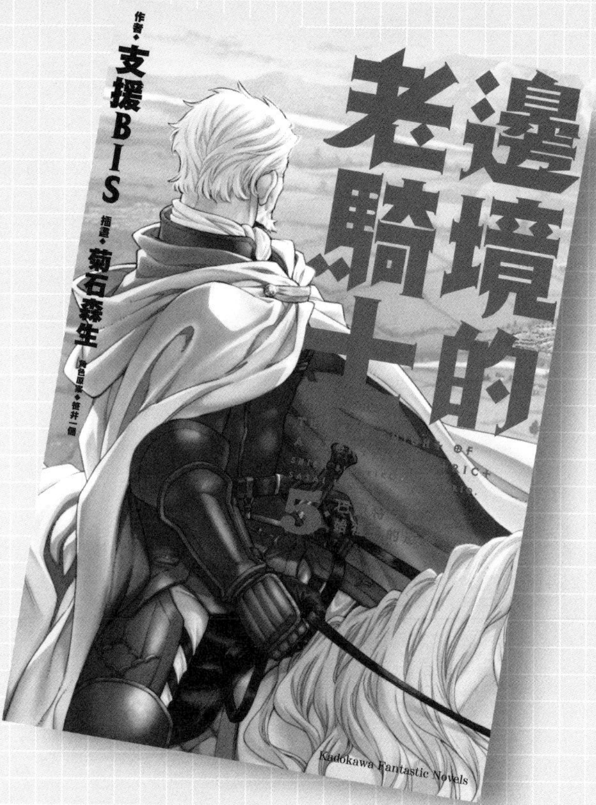

邊境的老騎士 1~5（完）

作者：支援BIS　插畫：菊石森生　角色原案：笹井一個

美食史詩的奇幻冒險譚最終幕！
燃燒生命而活，直到最後一刻——

巴爾特總算踏上解開魔獸與精靈之謎的旅程。他從與龍人的邂逅中得到新線索並逐漸逼近世界的祕密。就在這時，帕魯薩姆王宮遭到意料之外的勢力所襲擊。巴爾特被迫面臨處於劣勢的防衛戰。面對身懷壓倒性力量的對手，他該如何與之對抗呢？

各 **NT$240~280/HK$75~93**

國家圖書館出版品預行編目資料

哥布林千金與轉生貴族的幸福之路：為了未婚妻竭盡所能運用前世知識/新天新地作；林孟潔譯. -- 初版. -- 臺北市：臺灣角川股份有限公司, 2023.11-
冊；　公分. -- (Kadokawa fantastic novels)

譯自：ゴブリン令嬢と転生貴族が幸せになるまで：婚約者の彼女のための前世知識の上手な使い方
ISBN 978-626-378-172-6(第1冊：平裝)

861.57　　112015453

Kadokawa
Fantastic
Novels

哥布林千金與轉生貴族的幸福之路 為了未婚妻竭盡所能運用前世知識 1

（原著名：ゴブリン令嬢と転生貴族が幸せになるまで 婚約者の彼女のための前世知識の上手な使い方 1）

2023年11月27日 初版第1刷發行

作　者：新天新地
插　畫：とき間
譯　者：林孟潔

發行人：岩崎剛人
總編輯：蔡佩芬
編　輯：彭曉凡
美術設計：吳佳昫
印　務：李明修（主任）、張加恩（主任）、張凱棋

發行所：台灣角川股份有限公司
地　址：104台北市中山區松江路223號3樓
電　話：（02）2515-3000
傳　真：（02）2515-0033
網　址：www.kadokawa.com.tw
劃撥帳戶：台灣角川股份有限公司
劃撥帳號：19487412
法律顧問：有澤法律事務所
製　版：巨茂科技印刷有限公司
ISBN：978-626-378-172-6